風文創 1240

大力作作青雲妻 3 完

一筆生歌 著

目錄

第五十一章　地道探險

封上上一臉無語地說：「我說你一個大男人，搬重物叫我這麼個姑娘家？」

「別逗了，妳是姑娘家沒錯，但是個能徒手搬大石的姑娘家，那麼大的力氣不用多浪費，別囉嗦了，快來搬！」

封上上秒變臉，給了景皓幾個死亡凝視後，就捋起袖子準備上前發揮，但立刻被一隻手給攔住了。

應青雲不動聲色地拉下封上上捋起來的袖子，遮住她的胳膊，然後越過她，伸手開始搬櫃子。

景皓叫喚。「你的力氣可沒有小仵作大，讓她來唄。」

應青雲頭也不回地說：「別廢話，搬。」

「哦。」景皓只好乖乖地聽話。

封上上抿住唇，努力憋住自己湧到嘴邊的笑意，一顆心甜得都快化了。

很快的，櫃子被搬開了，不過搬開之後，牆上乾乾淨淨，地面也沒有任何異狀。

景皓不信邪地趴在地上敲了半天，也沒找到疑似地道出入口什麼的，不由得傻眼。「真的沒有地道啊……那凶手到底是怎麼進來殺人的？難不成真是魯來那小廝幹的？我們要不要動刑啊，就不信他扛得住，到時候什麼都得交代。」

應青雲皺眉不語。

封上上咬咬唇，不由自主地踱起步來，視線在這間不大的書房內來回巡視，嘴裡唸唸有詞。「地板沒有、牆壁沒有、櫃子這邊也沒有，那還能在哪兒呢……」

「小仵作妳別念叨了，這兒就這麼大點地方，都被我們翻遍了，是真的沒有別的出入口，我看啊，凶手絕對是從外面進來殺了魯時冒的，魯來肯定撒謊了，他不是凶手就是幫凶。」

封上上停住腳步，皺起了眉。「但我覺得不是他，他的言語、表情都不像是撒謊，再找找，看看有沒有遺漏。」

說著，她的視線重新開始掃描，從櫃子、矮榻、地面一一掃過去，最後視線一凝，定在了屋內唯一一個沒被檢查過的地方——那張大得出奇的書桌。

封上上繞著書桌走了兩圈，細細地觀察。

景皓好奇地問道：「妳看著書桌幹什麼啊，這裡面還能藏東西不成？」

封上上蹲下，打開書桌下的儲物櫃察看。

應青雲走過去在她身邊蹲下，輕聲問：「發現什麼了嗎？」

封上上指了指儲物櫃。「這個。」

「嗯。」應青雲看了一眼，站起來對景皓道：「過來搬書桌跟儲物櫃。」

景皓不明所以地走過來。「你們要看書桌下面？」說著伸出了手。

應青雲沒說話，和他一起將書桌、椅子與儲物櫃搬起來挪到旁邊，空出原本的地面。

景皓伸腳在這塊地面上踩了踩，道：「你們看，這地面的聲音很正常，你們想多了。」

封上上不語，直接跪在地上，俯下身，鉅細靡遺地檢查著，整張臉都快貼到地面上了。她伸手在地磚上摸了摸，突然道：「大人，您來看這塊地磚。」

應青雲俯下身子仔細察看，終於發現了不對勁。「這塊地磚四周縫隙的石灰漿好像很新。」

「對，明顯比其他地磚縫隙隙裡的漿要新一點，像是不久前剛填進去的。」

「我看看。」景皓趕忙趴下去一起看，瞪著眼睛瞅了半天才道：「我說你倆的眼睛是真尖，要不是你們，我就算看穿了眼珠子也看不出來哪裡有問題，現在一瞧還真是，這塊地磚近期好像被動過。」

封上上說道：「來，我們把這塊地磚撬起來看看。」

眾人拿著工具開始撬地磚，一炷香的工夫後，隨著「咯噔」一聲，地磚終於被撬了起來。

應青雲將整塊地磚挪到一邊去，就見這塊磚底下填著沙土、石灰漿等混合而成的黏土，材料本身是正常的，但明顯跟周圍地磚下的黏土顏色稍微不同，乍一看很難發覺，但仔細一看就知道是新鋪上去的。

「真的不一樣，這塊是最新鋪上去的！」景皓一喜。「底下說不定真有東西，快敲開來看看！」

應青雲吩咐雲澤去拿些工具來，最後人手一個鑿子和鎚子，對著地上這塊黏土鑿起來，一時之間整個房間滿是叮叮噹噹的鑿擊聲。

半個多時辰後，書房內傳來景皓興奮的呼喚聲。「找到了！」

地磚底下並不是土地，而是一塊光滑的石板，上面有個環釦，手指勾住環釦便能把石板給拉起來。

「下面果然有東西！」

景皓太過激動，伸出手就要去拉環釦，卻被應青雲阻止。「先別動，萬一裡面有什麼機關就不好了。」

景皓趕忙縮回了手，緊張地看著那塊石板。

封上上看著石板，道：「這塊地磚原先肯定不是固定的，可以隨時掀起來，通到地底下去，現在卻被固定了，偽裝成普通的地磚，要不是我們搜查得仔細，說不定就錯過了，壓根兒找不到這裡來。」

應青雲「嗯」了一聲，沈著臉色道：「這說明魯時冒身亡之後凶手來過這裡，掩蓋了一切痕跡，怕被我們找到線索。」

封上上跟他對視一眼。「若是我沒猜錯的話，這底下應該是地道，而這地道不光可以讓人進出，還可以運送東西，比如——稅銀。」

應青雲眼神一凝。「這樣一來就能解釋魯時冒貪墨的稅銀到底去了哪裡，若是從這裡運出去，神不知、鬼不覺。」

景皓一拍掌。「我就說呢，怎麼把魯府都給抄了也沒找到那些稅銀，原來是從這裡運走了！只要打開石板看看地道到底通向哪裡，一路順著找出去，不就能抓到背後之人了嗎？」

應青雲讓雲澤去拿了根粗繩過來，將繩子一端拴在環釦之上，另一端握在手中，然後命所有人後退到安全距離之後，方用力慢慢拉動石板。

「嘎吱——」一道聲響，石板慢慢地開啟。

眾人屏住呼吸等了一會兒，發現沒有任何動靜或危險，才緩緩朝這邊靠攏。

「竟然真是個地道。」景皓探著脖子往裡面看，可惜太黑了，什麼都看不到。「這個地道好像很深，不知通往哪裡。」

吳為高興道：「不論通往哪裡，最起碼現在我們能有七分肯定凶手就是利用這個地道進來殺了人的。」

景皓道：「那還等什麼，咱們下去看看不就什麼都知道了？」

應青雲說道：「別急，這地道的深度和長度我們都不知道，通往哪裡也未知，需要做好完全的準備再下去，帶好燈籠、蠟燭以及預防蛇蟲的日常藥物，再備些工具。」

「對對對，萬一被什麼蛇啊蟲啊咬到就不好了。」景皓趕忙拉著雲澤去準備東西。

等物品全部備齊之後，眾人這才下了地道。

從入口下去是一道十分陡峭的石階，大概有百來階，順著石階一路走下去便是一個四四方方的地道，寬高各約六尺，一路向前延伸，看不出深度。牆壁兩側每隔一丈就有個壁龕，壁龕上擺著燭臺，燭臺上還有未燃燒殆盡的蠟燭。

雲澤掏出火摺子一一點燃蠟燭，地道瞬間亮了起來。

封上上蹲下用手摸了摸腳下的石頭。「從這些石頭的顏色來看，這地道修建的年頭應該不淺了。」

應青雲「嗯」了一聲。

封上上問：「魯時冒擔任南陽知府多少年了？」

應青雲答道：「接近七年。」

「那……這地道到底是魯時冒修的呢，還是再前一任……」

後面的話封上上沒說出來，但在場之人都懂。若這地道是在魯時冒上任之前就存在的，那麼再前一任南陽知府都用它來做些什麼？這地道是不是出自前前任知府之手？

過了很久，景皓咳了咳，突然出聲道：「我記得前前任南陽知府好像是如今的山西巡撫江同……」

眾人靜默了。山西巡撫這個官位非常高，若是此案牽扯到這樣的大人物，整個朝廷都得震一震了，到時候應青雲一個小小的知府頂得住後果嗎？光憑人家背後的龐大家族勢力，伸出一根手指頭就能弄死他。

景皓悄悄湊到了應青雲身邊，小聲對他道：「青雲，這江同是江家人啊，你不能……」

應青雲抬手止住他接下來要說的話，神情平淡道：「此案該如何便如何，我只認證據。」

景皓神色複雜地看了他片刻，最終嘆了口氣，喃喃道：「也許是我們想多了，就是魯時冒建的，不一定跟江同有關。」

應青雲似是沒聽見這話，率先朝前走去，雲澤見狀趕忙衝到他前面，手持長劍警戒地說：「少爺您走小的後面，小心這地道有什麼危險。」

吳為和景皓也跟著往前走了幾步，將應青雲護在身後。

封上上見狀偷偷笑了一下，然後追在應青雲身後道：「大人，前面有人了，那卑職給您殿後，在後面保護您！」

應青雲回頭看了封上上一眼，正對上她含笑的眼眸，知道她是故意調皮的，不由得無奈地搖頭，輕聲低語。「別鬧，過來。」

封上上無聲地笑了笑，往前快走兩步趕到應青雲身邊，仗著背後沒人看到，她大膽地伸出手拽住他的衣服，扯著他讓他帶自己往前走。

應青雲腳步先是一頓，但很快就恢復正常，隨她拽著。

見應青雲沒說什麼，封上上又將手慢慢地挪開，默默地伸向他垂在身側的手，握了上去。

雙手相握的瞬間，明顯感覺應青雲的身子一震。封上上沒放開，反而張開五指，一根一根地插入他的五指之中，雙手緊密相連。

身邊那麼多人，兩人就這麼十指相扣，應青雲耳根發熱，手指無意識地動了動，指尖立即觸摸到封上上溫熱細膩的皮膚，心臟猛地漏跳了一拍，呼吸也亂了，想掙開她的手，但才剛動便被她牢牢攥住，不許他掙扎。

應青雲抿了抿唇，猶豫了許久，最終還是放棄掙脫，只分了一點心思在其他人身上，確保不會被他們看見。

兩人保持著十指相扣的姿勢一路往前走，不知道走了多長的距離，終於看到了盡頭，但卻是一堵牆，沒路了。

景皓拍了拍面前的石牆。「怎麼沒路了？出口呢？」

雲澤說道：「對啊，沒有出口，這不就等於是個地下室嗎？」

吳為也疑惑道：「不應該啊，沒有出口，那費那麼大的勁修這麼長的地道幹什麼，有勁沒處花嗎？」

應青雲和封上上對視一眼，在所有人都沒注意到的情況下靜靜鬆開了手，像是什麼都沒發生過一般，兩人走上前，仔細地研究起面前這堵牆來。

封上上用手在牆上敲了敲，又附耳在上面聽回聲，來回試了好幾次，這才開口道：「牆後面還有路，這面牆是用來迷惑人的。」

應青雲頷首。「不錯。」

景皓微微睜大眼睛。「那怎麼打開這牆？這牆看起來有千斤重，抬不起來啊。」

就算是小仵作出馬也不能。

應青雲凝神看著牆說道：「這是一面機關牆，需要用特定的方式打開。」

封上上也是這麼想的，饒有興趣地看著面前的牆，想起武俠小說裡的各種機關牆，一擰某塊石頭就發出「咯吱咯吱」的聲響，接著門就自動開了，沒想到能親眼看到類似的東西。

只是這牆既沒有鎖也沒有洞，也沒有某個凸起來的按鈕，到底怎麼開來著？

這就涉及封上上不熟悉的領域了，她不禁把視線投向默默不語的應青雲。

應青雲凝視了牆面良久，似乎在思考什麼，過了一會兒，他伸手在牆面上按了一下，牆面沒有反應，他又換個地方繼續按，依舊沒有反應。

封上上見狀，問他。「你是想試試牆面能不能活動？」

應青雲點點頭。

封上上便跟著他一起按，結果按了一圈，牆面文風不動，看起來是普普通通的一堵石牆。

「看樣子開鎖的關鍵不在牆上。」封上上道。

應青雲收回手，背在身後沈默片刻，突然將視線轉向石牆旁邊的牆面，一動也不動地盯著看了起來。

見他看得這麼認真，大家也跟著圍過去一起看，一看就看出了端倪來。

雲澤叫道：「這面牆上有字耶！」

「還真是呢，差點沒發現，這寫的什麼？」景皓湊近了仔細去看。「涒灘、協洽、執徐、赤奮若、屠維、柔兆、閼逢、上章、上章……這什麼玩意兒？這些字怎麼讀來著？青雲，我讀對了嗎？」

應青雲回道：「十七個字讀錯了兩個。」

景皓隨即閉上嘴，沈默下來。

封上上識字，卻不明白這寫的些什麼玩意兒，只能求助地望向應青雲。

應青雲解釋道：「牆上這些字代表的是天干地支，源自中國遠古時代對天象的觀測。十干曰：閼逢、旃蒙、柔兆、強圉、著雍、屠維、上章、重光、玄黓、昭陽。十二支曰：困敦、赤奮若、攝提格、單閼、執徐、大荒落、敦牂、協洽、涒灘、作噩、閹茂、大淵獻，簡化後就變成了如今的甲、乙、丙、丁、戊、己、庚、辛、壬、癸，以及子、丑、寅、卯、辰、巳、午、未、申、酉、戌、亥。」

「哦——」眾人恍然大悟。

封上上嘀咕道：「這要是沒點知識，第一步就卡住了。」

景皓也碎唸。「可就算知道是天干地支，也搞不懂是什麼意思啊，天干地支跟機關有什麼關係？」

封上上望向應青雲說：「應該是有什麼規律，您看出來了嗎？」

應青雲看著牆面解釋道：「磚上有字，但只有第一行是齊全的，其他行都有一塊磚是空白的。」

「對耶，每一行都缺一塊，位置各不相同。」說著說著，景皓的眼睛亮了。「是不是那些空白的磚就是機關，按一下就能開啟石門？」

他忽然覺得自己很聰明。

應青雲瞥了景皓一眼，沒說話；封上上也跟著瞄了他一下，想說話但又閉上了嘴。

「不是，你們那是什麼眼神？我說的話怎麼了？」景皓在兩人的眼神中感受到了一絲對自己的鄙視，非常不服氣。

封上上同情地看著他。「你覺得設計機關的人會讓人這麼簡單就開鎖嗎？要真是這樣，還花這麼大的勁做機關幹什麼？又為什麼要寫這些字呢？我倒覺得這些空白磚像是特地引誘你這樣的人上當的。」

景皓瞪眼。「什麼叫我這樣的人？我怎麼了?!妳給我說清楚！」

封上上不敢說話了，低頭裝死，好怕他跳起來打自己。

雲澤安慰道：「景少爺，其實小的第一個反應也是想到按這些空白的磚，您不孤單。」

景皓心想，可自己並沒有被安慰到！他硬著脾氣道：「萬一就是這麼簡單呢？沒聽過『聰明反被聰明誤』嗎，咱們可以試試看啊！」

封上上搖了搖頭。「若是真按了這些空白磚，說不定機關就鎖死，再也打不開了。」

景皓直撓頭。「那到底怎麼開啊？又是天干、又是地支的，還不按順序排，這有什麼規律可言？」

封上上道：「我認為這些空白磚上缺乏的字就是破解機關的關鍵，我們需要做的便是查出規律，找出空白的字。」

應青雲頷首，讓雲澤拿出特地帶來的紙筆，在紙上將牆上的天干地支謄抄下來，不過用的是現在的表達方式。

抄好以後，他發給每個人一份。「大家都看看，看能不能找到規律。」

封上上拿著自己的那張紙，感覺腿有點痠，於是直接坐到了地上，就著燈火一邊看、一邊思考。

正思考著，有人拉了拉封上上的胳膊，她轉頭一看，就見應青雲正看著她，皺著眉頭，一臉的不贊同。

封上上疑惑地望著他，無聲地詢問怎麼了。

應青雲指了指地面，用嘴形說道：「涼，起來。」

封上上啞然失笑，心想應青雲真是老古董，喝涼水不行，坐在地上也涼，不行。

但……怪可愛的。

她乖乖地站了起來，拍拍自己衣服上的灰塵，準備站著研究，但下一秒應青雲就將自己的外套脫了下來，摺成長條擺在地上，自己坐了上去。

第五十二章 迂迴解謎

封上上詫異地看著應青雲。他有潔癖，衣服總是纖塵不染，手一天都要洗好多遍，但凡身上哪裡髒了，立刻就去換衣服。

對於他這麼個愛乾淨的毛病，她在內心還偷偷地吐槽過，但這麼一個人卻把自己的外套脫下來放在地上當墊子，絕對不是他幹得出來的事情。

應青雲坐下之後，抬頭看向封上上，用眼神示意她坐下來。

封上上嘴角微微一勾，就知道他是為了她。有潔癖的人難得做出如此大的犧牲，她不想辜負他，便故意道：「哎呀大人，卑職累了，帶卑職一起坐吧！」

應青雲「嗯」了一聲。

「謝謝大人。」封上上在他旁邊坐了下來。

兩個人並未挨著坐，中間還有一段距離，倒是沒什麼男女授受不親的問題，也引不起別人的懷疑。

「正好，我也累了呢。」景皓趕過來湊熱鬧，想坐到兩人之間。

應青雲抬手擋了一下，淡淡道：「不夠坐。」

「哪不夠坐了，這麼大地方呢。」

「擠，坐你自己的衣服。」

「小仵作坐就行，我坐就不行？」景皓氣憤道：「你這人怎麼還搞差別待遇呢?!」

「她是姑娘家，你也是？」

景皓被他這麼一句話給噎住了，嘀咕道：「怎麼之前沒發現你這麼有風度？」

應青雲完全不理他，封上上則是頭也不抬，假裝認真研究規律，其實是在憋笑。

景皓只好脫下自己的衣服坐了上去，其他人就沒這麼講究了，直接席地而坐，仔細研究起這機關來，一時之間誰都沒有出聲，安靜極了。

過了大概一盞茶的工夫，吳為率先崩潰，撓著頭認輸。「我不行，什麼都看不出來，這真的有規律嗎？不會是瞎寫來糊弄別人的吧?!」

六子憋到現在，見自家頭兒出聲，也趕忙表示放棄。「我也看不懂，腦殼都看得發疼，這太難了！」

景皓也跟進，生無可戀地道：「我要是能解出來，就不會怕讀書了，也不會從小到大挨我爹那麼多的打。」

雲澤輕聲說道：「小的也看不懂……少爺、封姑娘，靠你們了，你們是聰明人，肯定想得出來。」

六人大軍一下子陣亡超過一半。

封上上望向應青雲，問道：「大人，您有什麼收穫嗎？」

應青雲看著自己那張紙上的字，半晌後開口道：「設計機關者應該精於算術，且頗有研究。」

封上上眼神一亮。「您看出來了？」

應青雲嘴角勾了勾。「妳也看出來了。」

封上上點頭道：「卑職剛剛才看出來的，就知道您肯定也能看出來。」

「你們到底看出什麼了，在這裡你看出來、我看出來的。」景皓催促道：「別賣關子了行不行，有話直說，考慮一下我們這些普通人的心情不行嗎？」

封上上指指牆上的字。「要是圍繞天干地支來找規律，那一輩子都不可能找出來的，因為這不是什麼規律題，而是道變相的算術題。」

其他四人皆沈默，望著手上的紙，怎麼都沒辦法將這些漢字和算術題聯繫到一起。

什麼時候算術題長成這個樣子了？

封上上繼續解釋道：「天干地支是用來迷惑人的，其實設計機關者真正想考的是算術，只要把這些天干地支轉化成數字就好辦多了。」

應青雲在一旁默默拿筆在一張空白的紙上按照順序寫了一串數字，原先每個漢字對應的位置全部變成了數字。

第一行的「申、未、辰、丑、己、丙、甲、庚、庚」變成「九、八、五、二、六、三、一、七、七」，其他每個地方的字都變成了相應的數字，依舊是除了第一行以外每行空一個數字。

在應青雲寫好的紙上，這面牆變成了九乘九的格子，每個格子裡都有數字，但每一豎列裡都空著一個格子。

景皓一拍腦袋。「哦，這下我終於懂了，這些數字分別代表天干地支的排位順序，怪不得你們說天干地支是迷惑人的，這一般人誰想得到啊，一開始就拿些難認的字讓人崩潰。」

所以解不出來根本不怪他，是設計的人太陰險了，要不是他們中有兩個聰明人，到死也研究不出來。

封上上拍拍掌，鬆了一口氣。「這下總算是能解題了。」

其實轉化成數字後就看得出來這機關相當於填字遊戲，有一定的難度。古人對算術專精者很有限，科考又不考算術，就算是通過科考出仕的官員也不一定了解這個領域，更別提普通老百姓了。

然而古人也會填字遊戲嗎？到底是設計這個的人太聰明、太會創新，還是跟她一樣也是穿越者？

看著手上的格子，封上上陷入了沈思。

「怎麼了？」應青雲看封上上一直不說話，輕聲打斷了她的思緒。

「哦，沒什麼，卑職是在想這些數字怎麼解呢。」她無法跟他說出內心的疑惑。

「那妳看出什麼了嗎？」問這話的是景皓。他瞅著手上已經轉化為數字的謎題，再次發現自己的智商不夠高，因為就算是化成了數字，他也不知道怎麼解，這些數字彼此之間又有個什麼破關係。

景皓覺得自己還是別想了，白白浪費時間，等聰明人解出謎題比較實在。

封上上收回亂七八糟的想法，把專注力放在格子裡的數字上。這些數字並不大，考的是算術和邏輯運算，不需要打草稿，所以她直接在腦子裡算起來，嘴上唸唸有詞。

眾人雖然聽不懂封上上在念叨個什麼，但還是安靜地看著她。

過了大概半炷香的工夫，封上上停止「唸經」，她鬆了口氣，朝應青雲伸出手。「大人，筆給卑職一下。」

應青雲雙眸裡染上笑意，將筆蘸了蘸墨，遞到她手上。

封上上「唰唰唰」地將格子裡空白的部分填上數字。「好了！」

大夥兒全都湊過去看，不過左看看、右看看都看不出個所以然，雲澤問道：「封姑娘，您填的這些個數字是什麼意思啊？怎麼填出來的？」

封上上一邊指著上面的數字，一邊解釋。「你們看第一行的數字，九、八、五、二、六、三、一、七、七，其中屬於十二地支的是九、八、五、二，屬於十天干的是六、三、一、七、七。

「九加上八是十七，十七減去五是十二，十二的平方是一百四十四，一百四十四加上六是一百五，一百五平分三份，每份是五十，五十減去一是四十九，四十九平分七份，每份是七。這樣你們聽懂了嗎？」

除了應青雲以外，其他人都目瞪口呆地望著封上上。這也能被她給算出來？可他們連聽都聽不太明白啊！

同樣是人，這姑娘的腦子到底是怎麼長的，為什麼跟他們不一樣?!

一看大夥兒的表情，封上上便知道他們聽迷糊了，直接轉向應青雲道：「大人，您知道其他空白處怎麼算了吧？」

應青雲點頭。「先算十二地支這個部分，按照剛剛的演算法做一遍，再把空缺處補上即可。」

「對。」封上上點頭。「這個設計者特別狡猾，故意把第一行的十二地支放在前面，容易讓人誤以為是從頭往後算，若是真按照這樣算，那無論如何都算不出來，所以先把十二地支代表的數字單獨拎出來算，才是正確的演算法。」

應青雲抿唇，視線放在封上上的臉上，隱藏在內心深處的疑惑再一次冒出頭來。明明生長的環境那麼落後，為什麼她不光會驗屍，連算術也精通？大魏雖不乏才女，但算術能精通到如此程度的姑娘家有如鳳毛麟角，就算是王公大臣家的姑娘，乃至公主，也難找到如此精通算術的人。

她到底是怎麼學會這些的？

有時候，應青雲覺得封上上單純通透得如一汪清泉，但有時候，他又覺得她複雜得讓他無論如何也看不穿。

然而，應青雲並不害怕她的複雜，也不怕她讓人捉摸不透，他只怕……只怕抓不住她，會讓她從自己身邊溜走。

「看什麼呢？」封上上伸手在他面前晃了晃。

「沒事，我們打開機關吧。」應青雲定了定神，轉身走回機關牆前，按照紙上的數字，第二行缺的數字是三，便從上往下數到第三塊磚，伸手按下去，牆磚緩緩地往內凹了進去，緊接著傳來齒輪轉動的聲音。

「成了成了！真的動了！」

「太好了！」

眾人興奮地叫了起來。

緊接著，第三行按第五塊磚，第四行按第六塊磚，第五行按第二塊磚，第六行按第一塊磚，第七行按第四塊磚，第八行按第九塊磚，最後一行按第一塊磚。

隨著最後一塊磚被按下，齒輪轉動的聲音突然劇烈了起來，伴隨著「嘎吱嘎吱」的聲音，緊緊閉合的石門突然動了，慢慢地往上升起。

在大家的歡呼聲中，石門一點點地打開，最終露出門後的景象——依然是通道，遙遠得看不到盡頭。

幾個人越過石門走去，在另一邊的通道盡頭看到了跟剛才一模一樣的機關牆，上面的字依然是天干地支的古老寫法，不同的是位置變了，算術題也不一樣，不過萬變不離其宗，演算法的道理是相同的。

這一次，封上上和應青雲只花了一盞茶的工夫便一起解出了密碼，按照密碼將磚塊按下去後，石門又緩緩地上升。

順著通道繼續前進，花了差不多半個多時辰，走得封上上腳都疼了的時候，終於看到了真正意義上的「盡頭」。

他們的面前再次出現了一道階梯，順著階梯往上，空間越來越小，最後只剩頭頂的一塊石板。

封上上小聲道：「上面應該就是出口了，也不知道是哪裡。」

應青雲說道：「小心一點，提防有人。」

眾人全都點了點頭，沒動手去碰觸石板，而是屏住呼吸，仔細聆聽上面的動靜——

「你們都慢著點，銅板擺這邊，碎銀擺那邊，這上面放銀錠子和金條。」

「手腳給我放輕一點，要是出了問題，賣了自己都賠不起！」

「好了，過來清點一下入帳。」

封上上看向應青雲，小小聲地詢問。「這是哪裡？」

應青雲眼眸微沈，無聲地回了兩個字。「錢莊。」

封上上瞪大了眼睛。錢莊？知府衙門竟然通往錢莊！

「那現在怎麼辦？」她用嘴形問道。

應青雲指了指頭頂上方的石板，擺擺手，示意大家不要發出聲響，一直等到上面的人沒了聲，似乎全部離開了之後，這才觸摸石板，往上用力一頂，但就像他預料的，石板沒有動靜。

「被封上了。」應青雲輕聲說道，接著說：「先按原路返回。」

景皓說道：「我們不想辦法上去，怎麼知道這是哪裡？城中的錢莊可不少。」

「我自有辦法，先回去，上面被封住了，強行打開必然打草驚蛇，他們不知有多少防備，萬一逼急了，狗急跳牆也說不准。」

景皓想想也是，便不再出聲。

一行人按照原路走了回去，等回到魯時冒的書房時，天空已經呈現魚肚白，一夜就這麼過去了。

眾人忙活了一夜，全都神情疲憊，一個接著一個打著哈欠。

應青雲見狀，說道：「現在還早，你們都回去休息兩個時辰，等天徹底亮了再說。」

「那行，我先回去睡一會兒，睏死我了。」景皓哈欠打得眼淚都要流下來了，擺擺手便率先回房。

吳為和六子也跟著離開，他們知道白天可能有大事要做，於是抓緊時間休息。

雲澤忍著睏意道：「少爺您呢？您也一夜沒睡，還是去歇息吧。」

應青雲從櫃子上找出一張南陽府的輿圖，攤在書桌上邊看邊說道：「我不睏，你先去睡。」

雲澤搖搖頭道：「那小的也不睡了，在旁邊候著，少爺有什麼事就跟小的說。」

應青雲回道：「白天還有許多事要你跑腿，你現在不休息，等一下可撐不住，快去吧，我這裡暫時用不到你。」

「那……好吧，小的就睡一會兒，少爺有什麼事隨時叫小的。」說完，雲澤看向一直沒說話的封上上，問：「封姑娘，您現在要回去休息嗎？」

封上上看了應青雲一眼，笑著點點頭。「回去啊，我要睏死了，咱們一起走吧。」

「行，那一起走吧。」

兩人一同離去，封上上看都沒看應青雲一眼，轉眼間只剩他一人獨自站在原地。

應青雲完全沒出聲，一直看著封上上，直到她的背影消失不見，這才收回目光，把剛才鋪在地上的外套放在書桌後方的椅子上，在上頭坐下。

書房內，應青雲坐著看了輿圖好一會兒，安靜的書房突然傳來「呀的」一聲輕響，半掩著的門突然無風自動，慢慢地打開了。

應青雲抬頭望去，門外空空如也，觸目所及是半昏半明的天色。

沈默了片刻，應青雲收回目光，重新低頭看圖。

然而，就在這時，一直關閉著的窗戶也突然發出「咯吱」一聲輕響，跟門一樣，自己慢慢地打開了，窗外同樣空無一人，只有一片朦朦朧朧。

應青雲慢慢放下輿圖，視線就這麼盯著窗外。

空氣越來越沈重，時間似乎在此刻靜止，靜得連風也不曾掠過。

應青雲沒站起身出去察看，也沒有任何動作，就坐在椅子上盯著窗外，臉上既無好奇也無恐懼，雙眸無悲無喜，好像在看什麼，又好像在思考什麼。

如此過了一盞茶的工夫，凍結住的空氣被打破，門外忽然響起了一陣「嗚嗚」聲，連綿不絕，時高時低，像是風聲，又像是人的號哭聲，若有若無，忽遠忽近。

應青雲就這麼面無表情地聽著，聽了一會兒，似乎沒了興趣，又低頭看起了圖，對於窗外的嗚嗚聲充耳不聞。

嗚嗚聲響了半天，見應青雲不動如山，甚至連呼吸都沒變急促，終是停下了。

「欸，你怎麼都沒反應啊，魯時冒之前就死在這個書房，你不怕有鬼來找你？」一顆腦袋從門外伸出來，不滿地看著他說。

應青雲抬頭朝門邊看去，嘴角微微勾了勾，無奈道：「妳怎麼這麼調皮？」

封上上歪了歪頭。「你從一開始就知道是我啊？」

「除了妳還能是誰？」

封上上嘴撇了撇。「就不能是鬼嗎？剛剛的氛圍多恐怖啊！」

應青雲笑笑。「我從不信這些。」

封上上皺皺鼻子，朝他走近。「白白浪費我一番表演了。」

應青雲笑，輕聲問：「怎麼不回去睡一會兒？不睏嗎？」

「睏啊，睏死了，眼睛都快睜不開了。」說著，封上上忍不住打了個哈欠，眼淚都流出來了，水靈靈的大眼睛頓時淚汪汪的，讓她更加楚楚動人。「走了那麼長時間的路，腳好痛，好像起疱了。」

自從跟在應青雲身邊，她就再也沒吃過什麼苦了，人也變得嬌氣起來，走了一晚上的路腳就廢了，要是擱在原主身上，肯定不會這樣。

應青雲聞言，不自覺擔心起來。「那趕快回去休息一下，泡泡腳，再抹點藥膏。」

封上上搖搖頭，又朝他靠近了一點，挨著他道：「可是我不捨得留你一個人在這裡，我想陪你。」

應青雲的心頓時猛然一跳，緊接著便是一暖，這股暖意傳到了四肢百骸，令身心舒暢不已。

他靜默了兩秒，突然握住封上上的手，就這麼鬆鬆地握著，語氣溫柔。「傻瓜，我不要妳陪，快回去睡，睡好了再過來。」

這是他第一次主動握自己手，封上上眼裡皆是笑意，反握住應青雲的手，握得很緊，又忍不住搖了搖。「可我就想陪你，和你單獨待一會兒。」

應青雲拿她沒辦法，也不捨得強硬地趕她走，想了想，便道：「那妳去窗邊的矮榻上睡一下，時間到了我再叫妳。」

封上上沒說話，邁開步子走到門口，關上書房的門，上了門栓，再把窗戶也關上，確保沒人會進來，也沒人能窺到裡面的景象後，這才走回應青雲身邊，笑著道：「我現在不想睡覺，咱們討論一下案子吧。」

「真不睡？」

「不睡，討論一下再睡，我還不知道剛剛發現的錢莊到底在哪裡呢，你是不是已經知道了？」

應青雲指了指另一張椅子。「那妳搬椅子過來坐下，我和妳細說。」

封上上瞅了瞅不遠處倒在地上的椅子，一本正經地胡說八道。「好遠，太費力氣了，不想搬。」

第五十三章　搜索錢莊

應青雲嘆了口氣，站起來準備去幫封上上搬椅子，卻被她眼明手快地摁住了。「您可是知府大人，是卑職的頂頭上司，怎麼能煩勞您給卑職搬椅子呢，真是折煞卑職了，惶恐惶恐！」

聞言，應青雲一陣無語，實在看不出她惶恐在哪裡。

「上上，別鬧了。」他再次無奈地說道。

「沒鬧呢。」封上上嘻嘻笑。「搬椅子幹什麼，怪費力氣的，可以坐別的東西嗎？」

應青雲不解，看了一下書房內，就兩把椅子，沒什麼其他可以坐的。「坐什麼？」

封上上指指他的腿。

應青雲順著她的手指看向自己的腿，那顆聰明的腦子難得地停擺了好一會兒才反應過來，他瞳孔微縮，耳根又不受控制地紅了，那抹紅暈慢慢地向他臉上蔓延。

「別鬧……」他的聲音微顫，眼睛都不敢看她了。

「這算什麼鬧啊，女人坐在自己心愛的男人的腿上不行嗎？」封上上十分厚臉皮地說著讓人招架不住的情話，徹底癱瘓了應青雲的語言功能，半晌不知道該說什麼。

他不說話，封上上就當他默許了，直接側身坐到他腿上，手臂摟住他的脖子。

應青雲的身子一下子僵住，腿上的肌肉瞬間繃緊。

封上上拍拍他的肩膀。「放鬆放鬆，你繃得這麼緊，腿好硬啊，坐著不舒服。」

可這話非但沒有讓應青雲放鬆，反而繃得更緊了。「上上，下去，這樣成何體統？」

「不下、不下，我不下。」封上上無賴地說道：「你腿上坐起來比椅子舒服，我想待一會兒。」

應青雲再次啞聲，只是臉已經紅透了。

封上上暗自嘆了口氣，心想太害羞的男人就是禁不起撩，這才坐坐腿而已，就這麼大反應，要是接吻，他不得羞得把自己給煮熟了？

想到接吻，封上上的視線就不由自主地放在應青雲的唇上，他的唇不厚，但也不薄，唇形很好看，唇色是淡淡的粉紅，泛著光澤，光是看著就很好親，讓人蠢蠢欲動。

封上上下意識地嚥了口口水，很想吻上去試試看，但又怕把他給刺激過頭。這個小古板估計受不了婚前幹這麼「出格」的事情吧，到時候肯定要說什麼「不合禮數」、「沒有規矩」。

算了算了，之後再吻吧，不能這麼像個色情狂。

在心裡默默勸住自己，封上上收起不該有的心思，恢復正經的模樣，清清嗓子道：「好了，你快跟我說說剛剛那個錢莊到底在哪裡吧。」

見她開始講正事，應青雲雖然心跳還是不太穩定，但總算是好過了一些，他自欺欺人地忽略腿上的重量和懷中的溫香，勉強開口指著桌上的輿圖回答道：「這是我們現在所處的地方，剛剛在地道中先是往東走了大約一公里，然後右轉向北一直走了三公里，打開石門之後，通道向西偏移，差不多是東北方向，接下來走了五公里……」

封上上已經暈了。

她詫異地看向他道：「你怎麼知道我們是往哪裡走的？我在底下完全暈頭轉向，壓根兒分不清方向啊！」

應青雲抿了抿唇，不知道怎麼回答這個問題。因為他一直都知道方向，無法理解封上上的感受。

看到他的表情，封上上便知道自己這是找了個人工指南針加認路小高手，有些人天生方向感差，比如她，但有的人天生方向感好，就像他這樣的。

「你這腦子也太厲害了。」她忍不住感慨了一句。應青雲身上的優點已經夠多了，但是到了這個時候還能挖掘出新東西來，真是夠讓人佩服的。

應青雲想了想，說道：「以後我教妳辨認方向。」

「不行，我天生對方向不敏感，常常走錯路，同一個地方從不同角度看過去，我就不認識了。」

在現代，封上上有時候跟著導航都會迷路，出門去陌生的地方，要時刻打開網路地圖，就這樣還不一定能找對方向。

應青雲微微詫異，沒想到她這麼聰明，什麼都會的樣子，結果在認路這方面如此迷糊。他是從來不會迷路的，所以實在想像不出同一個地方從不同角度看就不認識了是什麼感覺。

「東南西北認得清嗎？」他問。

「早晨太陽剛升起來的時候是知道的，日升東方嘛。」過了早上和傍晚，看不見日升日落，她就完全分不清東南西北了。

應青雲突然很不放心封上上，囑咐道：「那妳以後不要一個人去陌生的地方。」

封上上點頭。「我不去，以後要去陌生的地方，我就拉著你一起，你認路那麼厲害，我跟著你走，絕對不會弄丟。」

應青雲想都沒想就答應。「好。」

封上上用手晃了晃他的脖子。「那我去哪兒你都會跟著嗎？萬一我要去很遠很遠的地方呢，你也永遠相隨嗎？」

應青雲心想，她是他心愛的姑娘，自然要將她牢牢地護好，不能讓她一個人去那麼遠的地方，就算要去，他也要跟著，永不分離。然而這話他不好意思說出來，只好指著輿圖道：「我們繼續說。」

「你這人！」封上上自然知道他又因為害羞而轉移話題了，忍不住雙手捏著他的臉頰往外扯，將他俊俏得不像話的臉捏得變了形。

「別鬧。」應青雲將那作亂的手拉下來，怕她再不老實，只好忍著渾身上下的熱意將她的手牢牢握住，不讓她動。

被應青雲這麼控制著，封上上也變得乖巧了。「好吧好吧，那你繼續說，我聽。」

「到了這個地點，一路往東走了近十公里，這才到了終點，也就是這裡。」他放開她一隻手，修長的手指點在地圖上的一個位置。

封上上湊過去一看，這裡正好有一個錢莊的標誌，名字是「恆通錢莊」。

「恆通錢莊？不知道這家錢莊是誰開的，老闆應該是魯時冒的幫手或同夥。」封上上道：「我原本以為魯時冒是透過地道將銀子運到隱秘之處，再想辦法運出城門，送到幕後之人手中。看來他們很聰明，先將稅銀運到書房中，再透過地道將銀子運到錢莊，壓根兒不需要運出去引人注目，之後直接去錢莊取銀票即可。只要將裝銀子的空箱子再從書房運出去，形成銀子原封不動的假象，就沒人發覺了。」

應青雲說道：「這家錢莊的老闆叫宋成源，是南陽府的老字號商鋪，開了有十幾年，匯兌利率低，較受老百姓喜歡。」

在到南陽府上任之前，應青雲就知道要調查魯時冒的死因，因此對跟錢有關的地點都進行了一番了解。

「那宋成源會不會就是殺害魯時冒的凶手？凶手肯定是透過地道聯繫了魯時冒，兩人見面後魯時冒被殺，凶手從地道將魯時冒的屍體送回書房，將他吊起來，裝出上吊自殺的模樣。」

應青雲頷首道：「凶手也許是宋成源，也可能另有他人，但無論如何，宋成源都脫不了干係。」

封上上道：「現在唯一的問題就是，既然魯時冒是被殺的，為什麼他會提前寫好遺書呢？」

應青雲沈思了一會兒，道：「有一種可能，魯時冒知道自己做的事情暴露了，前去與背後之人商量，對方提議讓他寫一封遺書，假裝自殺身亡，想辦法找個替死鬼充作他的屍身，之後再幫他逃到一個誰也不認識他的地方重新開始，魯時冒相信了，寫下了遺書。」

封上上接話。「但是沒想到背後之人壓根兒沒想過送他安全離開，只是誘騙他寫下遺書，再殺人滅口。這麼一說倒能解釋得通，但是魯時冒堂堂一個知府，也不缺錢，為什麼要冒著這麼大的風險連年私吞巨額稅銀呢？要是被抓到，後果應該很嚴重才對。」

應青雲點頭道：「私吞稅銀乃是大罪，當誅三族。」

「是啊，魯時冒不是傻子，為什麼會心甘情願冒這麼大的風險做這種事？做就算了，事發後還願意寫遺書將罪責攬在自己身上，這背後之人到底為什麼能讓魯時冒如此忠心？」

應青雲沈聲道：「有兩種可能，第一種，對方位高權重，許以加官晉爵之誘惑；第二種，那人拿捏住了他的把柄，讓他不得不乖乖聽話。想知道真相，等抓住宋成源審問過後便能知曉。」

「那你準備什麼時候去抓宋成源？」

應青雲看了看外面的天色。「不急，等到天亮錢莊開門後再去。」

封上上道：「那還有兩個時辰呢，休息一下吧，你一宿沒合眼了。」

「我還有些資料要查，暫時不睏。」應青雲道：「妳先回去睡，記得給腳上點藥，不然會疼好幾天。」

「你不睡，我就不回去睡。」她看了看窗邊的矮榻，道：「我在榻上眯一會兒就好，順便陪你。」

應青雲終究點了頭。

封上上便從應青雲的腿上跳下來，朝榻邊走去，將上方的小几挪開，用帕子將榻面仔仔細細地擦乾淨，這才準備躺下。

「等等。」應青雲拉住她，將那件外套拿起來鋪在榻上，這才道：「睡吧。」

封上上忍不住笑了。

她從善如流地躺到應青雲的衣服上，鼻尖能聞到他身上的味道，很好聞。她枕著自己的手臂側身看他。「你要不要也躺下睡一會兒呀？」

應青雲轉開臉。「不了，妳睡吧。」

封上上就知道他幹不出和自己躺在一起的事情。「那好，我睡了啊，時間到了你再叫我。」

應青雲「嗯」了一聲，走到櫃子前抽了本書，站著便看了起來。

封上上雙眼一眨也不眨地看著應青雲挺拔的背影，心中感到從未有過的快樂和心安，看著看著就這麼閉上了眼。

再睜眼，封上上是被應青雲叫醒的，她迷迷糊糊地看了窗外一眼，不知今夕是何夕。

「什麼時辰了？」

應青雲站在榻邊，輕聲道：「快巳時了，起來吧。」

封上上揉著眼睛咕噥道：「我好睏哦，還想睡。」

看她累得眼睛都睜不開的樣子，應青雲心生憐惜，不自覺地輕哄道：「那妳先起來吃個早飯，吃飽了回妳房間再睡一會兒。」

封上上勉強睜開眼，想到等一下就要去恆通錢莊抓人，便咬咬牙坐了起來。「不睡了，待會兒跟你們一起去看看。」

「妳腳不疼了？」他看向她穿著襪子的腳，只一眼就移開了視線，從袖中掏出一個綠色的小瓷瓶遞給她。「先搽點藥。」

「你哪來的藥？」她伸手接過。「是不是趁我睡著的時候出去拿的？」

應青雲低低「嗯」了一聲。

封上上心裡甜滋滋的，將小瓷瓶收起來。「我沒洗腳呢，等洗過腳再搽吧，今天就先忍一忍，沒事的。」

像是早就猜到封上上會這麼說，應青雲轉身走出書房，不一會兒就端來一盆水，放到榻邊道：「洗一下，洗完就搽藥，不然白天就別走路了。」

封上上愣住了。「你從哪兒弄來的水？怎麼還是熱的？」

應青雲淡淡地道：「院中有口水井，還有個耳房。」

「你自己燒的水？」封上上沒辦法想像應青雲彎腰打水、燒水的模樣，他一副謫仙下凡般的姿態，像是完全跟人間瑣事扯不上關係。

應青雲不語，算是默認。

封上上忍不住湊上去，一口重重親在他的側臉上。「謝謝大人，大人怎麼對我這麼好！」

應青雲兩眼發直，站在原地像個木頭樁子一般。

封上上早已習慣應青雲被親了一下元神就要出竅的樣子，也不理他，直接脫下自己的襪子，露出底下白嫩嫩的小腳，只見腳指頭和腳底都磨出了不少水疱，看著挺嚴重的。

她伸手戳了戳，頓時疼得「嘶」了一聲。

應青雲這才回神，一低頭便看到一雙嫩腳在自己眼下，第一反應便是移開目光，但又不放心她，終究回過了頭，沒看其他地方，視線集中在那些水疱上，眉頭不由得皺了起來。

「腳怎麼磨得這麼厲害，妳今天不要再走路了。」

「我就是好長時間沒走這麼多路了才這樣，沒事的。」封上上搖了搖頭，將腳伸進熱水中，瞬間舒服得長嘆了一口氣，又看向他的腳。「你也走了那麼多路，腳疼不疼？」

應青雲搖頭道：「我沒事。」

封上上一臉狐疑道：「真的沒事還是騙我的？」

應青雲道：「真的沒事，以前走習慣了。」

封上上好奇。「你以前經常走路嗎？」

應青雲點點頭，說道：「小時候在書院讀書，書院離家很遠，一趟需要走一個時辰，我每日都在書院與家裡之間往返。」

封上上吃了一驚。「這麼遠！那你怎麼還走啊，不能住書院嗎？」

應青雲笑笑。「住書院很花錢，索性來回走，反正路上可以背書，順帶溫習老師教的功課，還能思考問題，不算耽誤時間。」

封上上張了張嘴，想問他為什麼雲澤喊他少爺，他卻好像並不富裕的模樣，但最終還是沒開口。她看上的是他的人，與他什麼出身沒有任何關係，等到他自己主動跟她說的時候再聽也不遲。

默默地洗好腳，封上上將水疱戳破，塗抹了藥膏，等藥膏乾了之後才穿上襪子、套好鞋子，隨應青雲到前衙點好人馬，朝恆通錢莊而去。

衙役們手持長刀，在應青雲的示意之下將恆通錢莊給團團包圍，錢莊中的客人見到如此陣仗，紛紛恐慌而逃，生怕惹上什麼官司，轉眼間錢莊便空空如也。

「這是怎麼回事？為何要包圍草民的錢莊？」只見櫃檯裡的人臉色大變，急急忙忙地跑了出來，一臉緊張。

吳為問道：「你是這個錢莊的老闆宋成源？」

宋成源低頭抱拳道：「正是草民，不知官爺有何事？」

見他承認，應青雲立刻道：「拿下。」

吳為馬上將刀架在宋成源的脖子上，另外幾個衙役則上前制住他，給他戴上手銬。

「你們這是幹什麼？為什麼無緣無故地抓人！」宋成源驚叫，一副被冤枉的模樣。

應青雲冷冷地望著他。「所為何事，你心中不知？」

宋成源試探著問道：「您是……」

吳為道：「這是我們知府大人。」

宋成源瞳孔一縮，這才知道為首的年輕人竟是新上任的知府大人，隨即跪地，誠惶誠恐道：「參見知府大人！不曉得知府大人為何要抓草民，草民就是一個普通的生意人，沒做任何違法的事情啊！」

應青雲淡淡地道：「做沒做，你自己不清楚？」

宋成源身子一顫。「大人，草民規規矩矩地開錢莊，不欺、不騙老百姓，草民的錢莊兌換率可是全南陽府最低的，大家都愛在這裡存取錢，草民能做什麼虧心事啊，大人您是不是有什麼誤會？」

「大人，這是怎麼了？」

一道聲音突然插了進來，應青雲轉過頭，就見曹岩從門外走了進來，滿臉的不解，他對應青雲解釋道：「下官的馬車剛好從門外經過，看到這裡有動靜就下來看看，斗膽請教大人這是怎麼了？」

應青雲平靜道：「此人與貪墨稅銀有關係。」

「什麼？」聽聞這話，曹岩吃了一驚，一時之間沒再多說。

宋成源喊冤。「大人，草民就是一個普通的生意人，跟稅銀有什麼關係？大人您真的誤會了！還請大人明察！」

「你認為是誤會？那便去看看。」應青雲朝後招了招手，吳為立刻帶著一批人馬闖進了後堂，直奔錢庫而去。

宋成源的眼睛瞬間瞪大，神情慌張。「大人這是做什麼？為什麼要闖錢庫?!」

應青雲沒理會宋成源，只讓衙役押著他往後頭走，曹岩見狀，也跟著他們往地下錢庫而去。

打開錢庫的門，應青雲率先走了進去，視線在一處櫃子前一掃，吩咐道：「將此櫃子移開。」

兩個衙役很快就合力將櫃子給移開，露出下面的地磚。

應青雲的視線在地磚上細細掃過，指著其中一塊道：「將這塊地磚撬開。」

雖然知道扮男裝的效果不是特別好，但這次封上上又假裝成了一個男子，她縮著脖子、垮著肩，低著頭不敢看人，一副很畏縮的模樣，再加上個子矮小，不怎麼引人注意，這就方便她在一旁觀察眾人。

宋成源在聽到應青雲差人撬開那塊地磚時，瞳孔急縮、身體重重一抖——這是典型的秘密被發現後的害怕、心虛，還有難以置信的反應。說明他根本不是嘴裡喊的那般無辜，絕對是這件案子的參與者。

第五十四章 紅顏知己

封上上收回視線，目光無意中在曹岩臉上一掃而過，竟發現他下頜緊繃，表情很是凶狠地瞪著應青雲。

她嚇了一跳，眨了眨眼，再次看過去時，就見曹岩還是平常的模樣，一臉好奇不解地看著應青雲，不明白好好地為什麼要把一塊地磚給掀起來。

封上上不禁懷疑剛剛自己是不是產生錯覺了。

另一邊，幾個衙役拿著工具一點一點地將地磚撬了起來，又一點一點地將地磚下凝固的石灰粉給鏟掉，最後底下露出跟魯時冒書房中一模一樣的石板。

吳為上前一步拉住石板的環釦，用力往上一拉，石板慢慢地被掀了起來，出現了地道的入口。

宋成源雙腿一軟，直接癱倒在地。

曹岩大驚失色，快步走到地道入口處，驚訝不已。「這是地道？為什麼會有這東西？」

應青雲看了他一眼。「此地道直通知府後衙、魯時冒生前所用的那間書房，曹同知若是不信，可以親自下去看看。」

「這這這……」曹岩驚得差點眼珠子都要瞪出來了，一時之間不知道該說什麼才好，他能坐到這個位置上就代表他不是傻瓜，自然知道這條地道代表著什麼。

應青雲轉頭看向宋成源，只見他已經徹底失去了辯駁的力氣，明明天氣逐漸轉涼，他卻滿臉都是汗。「宋成源，這條地道你怎麼解釋？」

宋成源恍惚地抬頭，看向地道入口，好一會兒突然回過神，喊道：「不不不，草民不知道這裡為什麼會有條地道，草民從來沒見過！」

對於宋成源這番垂死掙扎，應青雲絲毫不意外，讓人將他押回府衙大牢之中，並迅速封鎖恆通錢莊。

曹岩一臉感慨道：「下官真的沒想到府衙中會有這般規模的地道，看來魯時冒之前就是用這條地道來運送稅銀的，怪不得下官從沒見過有稅銀從衙門運出城過，原來是與錢莊勾結了，真是好計謀啊！」

應青雲沒搭話，曹岩卻依舊自顧自地說著。「幸好大人明察秋毫，一上任就發現了如此重要的線索，大人真是厲害，下官佩服。」

封上上偷偷瞥向曹岩，心想這臉皮的厚度可真不一般，拍馬屁的功夫堪稱爐火純青，比她還溜，正主都沒回應了，依然拍得下去，真是比不得、比不得。

「如此一來，只要好好審問那宋成源，就能破了魯時冒貪墨稅銀的案子，咱們也能給聖上一個交代。」終於找到重大破案線索，曹岩感到很開心。

應青雲仍是一副處變不驚的模樣，對他來說，聖上重不重視並不是他破案的動力，只是盡自己該盡的責任罷了。

回到了府衙大牢，應青雲立刻提審宋成源。

宋成源在癱軟了一陣子之後，態度突然強硬起來，一口咬定自己並不知道那條地道的存在，一切與他無關。

明眼人都看得出宋成源在說謊，偏偏完全拿他沒辦法，不論是動之以情、曉之以理還是恐嚇兼用刑，他的嘴巴就是硬得撬不開。

連續逼問了將近一天無果，應青雲停止審問，打算第二天再繼續。讓眾人都去休息後，他又一頭鑽進書房中，直到深夜還亮著燈。

封上上敲了敲門，提著食盒走了進去。

應青雲見是她，皺起眉。「怎麼這麼晚了還不睡？」

「你不也是一樣?昨夜整晚沒休息，今天又忙了一整天，到現在還不睡!你以為你不吃、不喝、不睡都不會死嗎？」封上上深深覺得應青雲是典型的工作狂，一遇到案子就成了拚命三郎，也不怕猝死，她實在受不了不把自己身體當一回事的人。

看封上上真的生氣了，應青雲有點無措，他放下手上的資料，解釋道：「我看點東西而已，看完了就去睡。」

封上上將食盒重重地放在桌子上。「等你看完都快天亮了，還睡個屁！」

應青雲難得不敢吭聲，也沒要封上上別說髒話。

「哼！」封上上瞪了他一眼，打開食盒的蓋子，從裡面端出一大碗餛飩來。「這是奶奶包的餛飩，你快吃，吃完了馬上去睡覺。」

應青雲聽話地接過碗，拿著湯匙低頭認真吃了起來。

封上上坐在他旁邊，用手撐著下巴，一邊看他吃、一邊安慰道：「目前可以肯定的是，宋成源不是真正的幕後主謀，他跟魯時冒一樣是受人指使。你別太著急，宋成源今日不招，不代表永遠不招，只要我們想辦法攻破他的心理防線，肯定能找到背後之人。」

應青雲抬頭看她一眼，眼神溫和，等嚥下嘴裡的餛飩之後才開口道：「宋成源的父母早逝，早年喪妻、膝下無子，多年來未曾續弦，無牽無掛，所以心理防線不容易被攻破。」

封上上冷笑道：「看來宋成源是一人吃飽全家不餓，一人獲罪誰也不連累，幹這種活倒是正好，看來背後之人看準了他沒有軟肋才用他的。」

應青雲道：「宋成源二十多年前便靠做生意發家，本身不缺錢花用，是什麼吸引他幹這種足以掉腦袋之事？」

「對啊。」經他這麼一說，封上上也反應了過來。「要是我的話，有錢又有閒，何不過著快活自在的日子，為什麼要做這種危及生命的事情？瘋了不成！」

「這一點與魯時冒相同。」應青雲若有所思地道：「我猜測這背後之人可能有一套控制人心的方法，能讓人心甘情願為其效忠。」

封上上不由自主地想到了武俠小說以及電視劇的橋段，喃喃道：「難不成那人會什麼迷魂大法不成？」

應青雲被她這想法逗笑了。「世上哪有這種東西，都是說書人杜撰的罷了。」

「那還能有什麼辦法控制他人？許以錢財、美人、權勢？」說著，封上上自己都搖了搖頭。「這些東西沒那麼牢靠，身外之物再誘人，也不如自己的命重要吧？」

「的確。」應青雲陷入沈思。

見應青雲又開始思考而忘了吃飯這件事，封上上拿起他手上的湯匙舀了一顆餛飩直接送到他嘴邊。「張嘴！」

應青雲下意識地張嘴，還沒反應過來就被她成功餵食。他瞬間一愣，連咀嚼都忘了。

「快吃！」封上上催促道：「想案子也不能耽誤吃飯，聽見沒？」

應青雲抿了抿唇，視線挪回碗裡，慢慢咀嚼起嘴裡的餛飩，吞下去後才低聲道：「把湯匙給我，我自己吃。」

封上上知道剛才能餵成功不過是出其不意，自己要是再餵應青雲，他肯定渾身不自在，便把湯匙還給他，看他一勺一勺不停地吃，這才滿意了。

一直等到應青雲全部吃完，封上上收拾好東西，就把他從椅子上拉起來，吹滅蠟燭，一路拖著他往房間走。

應青雲本來想看完手邊的資料，但此刻被封上上強制拽回去睡覺，也不敢說不，乖乖地跟著她走。

書房到房間有一段距離，中間需要穿越一個小花園，封上上怕應青雲躺上了床還惦記著案子，便趁走路的時間跟他討論。「其實突破口還是有的，宋成源雖然無父無母、無妻無子，看似沒有任何牽掛，但他畢竟是個男人，肯定不會清心寡慾那麼多年，就算他沒有妻妾，可正值壯年，總有那方面的需求，不可能不找女人的，你說對吧？」

應青雲不知道該說什麼。

沒得到回應，封上上轉頭看他。「你覺得我說得沒有道理嗎？」

應青雲含糊地應了一聲。

封上上繼續道：「你想啊，他一個男人，身邊常年沒有女人，絕對憋不住，憋不住時要怎麼辦？就是去找女人啊，說不定他在家中藏了個什麼紅顏知己，又或是在哪間青樓裡包了個什麼花魁的，通常這種對象都知道一點事情，男人最禁不住枕頭風了，也許錢莊裡怎麼樣都找不到的帳本就藏在他的相好那裡呢！」

應青雲還是不說話。

封上上又道：「我們私下去查一查，看看他到底有沒有要好的女人。」

應青雲勉強應道：「嗯。」

封上上歪頭看向應青雲，突然「噗哧」一聲笑了出來，扯了扯他的袖子，笑問：「我說這些，你也會不好意思啊？」

應青雲目光直視前方，低聲道：「沒。」

「沒才怪。」封上上呵呵笑了幾聲，慢慢與他十指相扣。「在這個世間呢，大多數男人是好色的，越有錢有勢就越會找女人，你看那些富商，家裡十幾房妾室，還有那些大官，一大堆庶子女，不就是因為女人多嗎？」

應青雲不反駁這番話，但是他忍不住道：「不是所有男人都是如此。」

封上上轉頭看他。「你會如此嗎？」

「不會。」應青雲一秒都沒猶豫地回道。

封上上眨了眨眼，又問：「你現在不會，以後也不會嗎？如果你以後步步高陞、坐擁金山，無數鮮嫩的女子向你投懷送抱，你真的不會動心嗎？」

「不會。」這一次，應青雲說得甚至比剛剛更堅定。

封上上「唔」了一聲。「那如果，有高官想把女兒嫁給你，或者聖上賜了女子給你，一旦你拒絕就會影響仕途，你也不要嗎？」

大概是聽出封上上玩笑背後的認真與試探，應青雲停下步伐，轉身就著月光看著她，一字一句道：「若是我想要，當初在京城便那麼做了，那時不要，以後也不會要。我應青雲這輩子只娶喜歡的女子為妻，身邊唯她一人，不會讓她受任何委屈，任何人都逼不了我。」

封上上斂起嘴角的笑意，靜靜地看著他，看了許久才道：「應青雲，我跟你說實話吧，我這人呢，沒有顯赫的家世，也沒有足夠的財富，給不了你任何助力。」

應青雲皺眉道：「我不需要任何助力，況且誰說妳對我沒有助力，因為妳，我才能破了一個又一個案子；因為妳，我才早早地坐上知府這位置，妳給我的助力，是天下其他女子都給不了的。」

封上上平靜道：「不管怎麼樣，我都有我自己的驕傲和堅持，我封上上這輩子要跟的男人只能愛我一人、寵我一人，不能三心二意、不能左擁右抱，若是做不到這一點，我情願徹底放棄也不會委屈自己。若是有一天，你愛上了別的女子，記得跟我說，我會主動離開。」

一聽「離開」兩字，應青雲心裡便很不舒服，斬釘截鐵道：「我不會有別的女子，更不會愛上其他人。」

「好。」封上上踮起腳尖，用食指刮了應青雲的鼻子一下。「我現在相信你。」相信你現在說的話都是真心的，但以後你要是變了，我便會毫不猶豫地離開。

應青雲自然聽出了她話中的意思，想說些什麼，卻又覺得言語保證不如實際行動來得讓人信服，便將嘴裡的話嚥了下去。

第二天，應青雲派人打聽宋成源的私生活，結果得到的消息還真如封上上所說的。

宋成源有一個紅顏知己，名叫曼娘，原先是城內如意樓的姑娘，但尚未開苞便被宋成源看中包了下來，只要有空便會去那邊與她恩愛。後來宋成源越發喜愛曼娘，與她也有了感情，便花巨額買下曼娘，拿走她的身契後銷毀，從此曼娘便恢復了自由身。

不過宋成源沒把曼娘帶回家中，而是依然將她藏在如意樓中。他花錢在如意樓後院修建了一棟小樓讓曼娘住進去，他平時忙完後便會去那小樓歇息，與曼娘雖不是夫妻，關係卻極為親密。

應青雲立刻派人去如意樓將曼娘帶回來審問。

過了一炷香的工夫，衙役就將曼娘給帶了回來，她還沒進門，封上上就聞到一股香味，像是花香，又帶了點甜，很是好聞，讓人下意識地想去追尋這香氣。

隨著香味越來越明顯，一道嬝嬝婷婷的身影慢慢地從外面走了進來，只見來人身著一襲紅色輕紗，豐胸細腰、步伐輕盈、姿態婀娜，白嫩無瑕的手臂和脖頸在紅紗下若隱若現，每走一步，裙襬便輕輕飄揚，像是一朵牡丹，幽幽生香。

再看她的面容，鵝蛋臉、柳葉眉、丹鳳眼、櫻桃唇，眼角天生往上勾，輕輕一瞥便似能勾人魂魄。

哪怕明白這是一名青樓出身的女子，哪怕知道此人可能牽扯進重案之中，在場大部分男人們還是為她失了神。

封上上心想，又來了一個狐狸精。

「妾身參見大人。」曼娘不光有好面容、好身材，連聲音都非常好聽，甜得像是加了糖，嬌嬌嗲嗲的，喊一聲便能讓男人的身心都酥了。

別說男人，封上上一個女人都聽得耳朵一麻，心想自己跟人家確實比不得，瞧瞧人家這股甜膩勁，多溫柔多可人啊，怪不得宋成源寶貝成這樣，這簡直就是為男人量身打造的尤物嘛。

不過呢，教封上上欣慰的是，應青雲對曼娘沒什麼反應，臉色冷淡得甚至有點嚇人。「真名為何？」

曼娘柔柔地低下頭，聲音裡似乎帶著一絲怯意。「回大人，妾身自幼被父母賣入樓中，那時年歲尚小，不知自己姓名，嬤嬤便給妾身起名為『曼娘』，妾身從此再無他名。」

應青雲淡淡地看著她，略過這個問題，緊接著問道：「妳可認識宋成源？」

曼娘點頭。「當然認識，是源郎為妾身贖身，給了妾身安定的生活。」她抬起頭看向應青雲。「大人今日將妾身找來，是因為源郎出了什麼事嗎？」

她的雙眸因擔憂而染上一絲水光，眸中泛著清淺的波光望著應青雲，那楚楚可憐的樣子可說是我見猶憐。

封上上懷疑這個女人是在對她男人放電，但不知道是她想多了，還是曼娘跟誰說話都這樣。

應青雲對曼娘這副模樣卻是不耐煩，他眉頭微皺，並未回答她的問題，而是嚴肅地問道：「妳可知宋成源與前任知府魯時冒往來甚密？」

曼娘一臉無辜地搖頭。「妾身不知，妾身一直在如意樓中生活，對外界之事不太了解，對源郎生意上的事情就更不知了。」

「妳跟了宋成源多年，真的一點都不知他與前任知府之間的往來？」

曼娘眨了眨眼睛，再度輕輕搖頭。「妾身只知道源郎是開錢莊的，認識許多官府之人，也常常與他們喝酒應酬，也許這當中便有前任知府大人，但具體的情況妾身便不知了。源郎不會與妾身一個婦道人家說這些，說了妾身也不懂，妾身待在源郎身邊，唯一能做的便是替他打理好餐食，伺候好他。」

「那宋成源可曾交給妳帳本、書信等物？或者妳知道他習慣將這些東西放在哪裡？」

曼娘終於意識到事情不對勁了，眼眶一下子便紅了，泫然欲泣。「大人，源郎到底怎麼了？」

應青雲的聲音更冷了。「妳只要回答本官的問題，宋成源到底有沒有將帳本、書信等物交給妳保管？」

曼娘被他冷硬的態度弄得一顫，趕忙低下頭，低聲道：「不曾，妾身沒見過什麼帳本，也沒有什麼書信。」

應青雲緊緊地盯著她。「妳可知在本官面前撒謊是什麼後果？」

曼娘趕忙搖頭。「大人，妾身沒有撒謊，是真的不知道。」

應青雲轉頭就吩咐吳為。「將她押入大牢之中，每日審問，直到問出結果再放人。」

吳為應是，上前將曼娘上銬，扯著人往外走。

「大人……求求大人饒了妾身，妾身真的不知情啊……」

曼娘一邊啜泣，一邊回頭向應青雲求饒，奈何應青雲鐵石心腸，對她的梨花帶雨、懇切哀求半點都沒反應。

等到人被押了下去，應青雲又招來幾個衙役，讓他們去曼娘的住處進行搜索，看看能不能搜到與貪墨稅銀有關的帳本或書信。

待身邊都沒其他人了，封上上這才將見到曼娘後就產生的疑惑道了出來。「你覺不覺得這個曼娘有點熟悉？」

應青雲搖頭，很肯定地說：「之前並未見過此人。」

封上上說：「不是說我們之前見過她，我是說你有沒有覺得她的神態、模樣與氣質有似曾相識之感？」

應青雲皺眉，想了想還是搖頭。「不曾，妳是覺得她與誰很像嗎？」

「你這麼快就忘了？」封上上沒想到應青雲在這方面會這麼遲鈍，提醒道：「你不是才審過魯時冒最寵愛的香姨娘嗎？你難道不覺得香姨娘和這個曼娘很相似？」

第五十五章　虛與委蛇

應青雲一愣，繼而仔細回憶香姨娘跟曼娘的外貌，但她們長得並不像，他有點不確定地問：「相似的點……是兩人都得男人寵愛？」

封上上見他是真的沒察覺出來，只好直接挑明。「不是說長相，而是舉手投足給人的感覺，你不覺得這兩人都是活生生的狐狸精嗎？」

應青雲一時語塞，遲疑道：「是嗎……」他倒沒看出來。

封上上點頭肯定道：「當然是啊！兩人都婀娜嬌媚，走起路來香風陣陣，說起話來柔弱甜膩，眼睛跟鉤子一樣，眼風一掃就能把男人的魂都給勾去，就是你們男人最喜歡的狐狸精模樣啊！」

應青雲實在不知該說什麼。你們男人……可不包括他。

封上上還在分析。「氣質相像就算了，還都很得男人歡心，魯時冒獨寵香姨娘，宋成源只愛曼娘，又是一個相似點，你說，這會不會跟案子有關呢？曼娘出身青樓，那個香姨娘出身自哪裡？」

應青雲想起魯府成員的資料，眼神一凜。「香姨娘也是出身青樓，她被魯時冒看中後贖身帶回府裡成為姨娘，從此以後他再也沒有納過其他女子。」

封上上的神情一震。「香姨娘是出身哪間青樓？」

應青雲知道封上上想問什麼，搖了搖頭。「香姨娘出自一家名為秦香閣的青樓，與曼娘並不是同一家。」

封上上有一點失望，但很快又振奮精神道：「不管怎麼樣，兩人都是出身青樓，被男人贖回，此後獨得寵愛。雖然此事不算少見，但我們不能忽略，還是要查一查兩者之間是不是有什麼關聯。」

應青雲頷首。「多虧妳心細發現了這一點，我這就派景皓親自去查。」

「對了！」封上上又想起一件事，忙道：「你辦一場宴席吧，主動請曹同知、魏通判以及下面其他官吏吃個飯。」

「嗯？」應青雲微微挑了挑眉。「為何？」

「人家之前幾次邀請你吃飯，你都拒絕了，如此不近人情，可能會得罪人，不如主動招待一次。反正新官上任，總要與手底下的人熟悉熟悉嘛，這吃飯喝酒啊，最能增進感情了。」

應青雲靜靜地看著封上上，等她說完，才淡淡開口。「說實話，妳在打什麼主意？」

封上上噘了噘嘴。「好吧，老實說，我覺得曹岩好像有點不對勁。」

應青雲表情變得慎重。「為何覺得他不對勁？妳發現了什麼？」

封上上便將在錢莊撬開地道入口時發現的事情說了一遍。「我也不知道是不是自己看錯了，但總有點懷疑。我心想，就算是看錯了也不能輕易放過，應該試探試探，免得錯過了什麼重要的線索。」

應青雲點頭道：「妳說得沒錯，不管是不是看錯了，這點懷疑都不能輕易放過，若是此事與曹岩有關，那麼的確要會一會他。」

封上上說道：「所以我才讓你主動請他們赴宴，男人們在一起吃吃飯、喝喝酒、吹吹牛，最容易建立深厚的友誼，多來幾次，就會讓他們認為你與他們一條心，才好探出點虛實來。若是你一直拒人於千里之外，弄得彼此很是生分，那人家就算有小心思，也不可能在你面前表露出來啊。」

應青雲誇道：「說得很有道理。」

「那是，我多聰明啊。」封上上毫不猶豫地接下了這個誇獎。「你想啊，假若此事曹岩真的參與其中，現在見你竟然這麼快就識破了地道的秘密，還一舉抓住宋成源，他會是什麼感受？」

應青雲答道：「憂慮不已、心急如焚。」

「不錯，那他會怎麼辦呢？」

「設法救出宋成源，或想辦法讓我別再查了。」

「宋成源身處大牢之中，你又派了那麼多人看守，想在你眼皮子底下把人救走很困難，所以我覺得他從你身上下手的可能性比較大。」

應青雲「嗯」了一聲，聽她繼續說。

「然而你老是拒絕他的邀請，弄得他很尷尬，他要怎麼接近你？所以你得給他機會，這樣才能看出他到底有沒有狐狸尾巴。就算他沒有嫌疑，請這些官員們吃個飯也不吃虧啊，還能順便了解一下南陽府的官場情況，對你以後只有好處沒有壞處。」

應青雲早已習慣封上上的聰穎，此刻被她一番指點，腦中突然浮現一行不太合時宜的話：家有賢妻，猶國之良相。

她說自己沒有良好的家世、沒有足夠的銀錢，無法給他助力，可在他看來，她的聰慧、她的能力，是那些東西比不了的，有她在身邊，他獲益良多，終身受用。

更何況，除了這些，她帶給他的，是他從未體驗過的輕鬆與快樂，是任何人都無法給予的。

「你一直看著我幹什麼？」封上上在應青雲面前揮了揮手。「是不是被我的美貌給迷得無法自拔了？」

應青雲的嘴角不自覺地勾起。「我這就讓雲澤去準備宴席。」

接到應青雲的請帖時，南陽府大大小小的官吏都很驚訝，畢竟之前曹岩提了兩次要給他接風洗塵，都被他拒絕了。

曹岩是誰，他可是南陽府除了知府之外官位最高的人，誰都得禮遇他幾分，偏偏這位新知府就是沒眼色。此事像是長了翅膀般在南陽府的官員之間傳了個遍，大家私底下都說新來的知府大人是個愣頭青，不懂人情世故，哪想到他會主動設宴招待他們。

眾人心中猶疑，不知道這位年輕的知府大人葫蘆裡賣的什麼藥，但是不論心裡怎麼嘀咕，知府大人的面子肯定是要給的，收到請帖的官員紛紛赴宴。

宴席就設在後衙之中，因為人手不足，應青雲便讓人從外面的飯館訂了飯菜與酒水，因為他是個清官，資金有限，所以東西都是買最便宜的那種，吃不吃得下去就不關他的事情了。

既然餐點已經不怎麼樣了，擔心官員們覺得宴席無趣，沒辦法敞開心扉玩樂，封上上特地花重金從外面請了好些舞姬過來彈琴、唱歌、跳舞，讓場面熱鬧一點。

果不其然，眾官員雖然對吃得不甚滿意，但看到這麼多活色生香的美人，心中的不滿便散了不少。等表演結束，舞姬們紛紛入座，斜倚在官員們身旁，用嬌滴滴的嗓子勸酒，他們僅剩的那點不滿徹底煙消雲散，本來難以下嚥的酒水也多了些滋味。

每位官員旁邊都有一、兩個美人服侍，應青雲這個主人要是身邊空空盪盪，自然格格不入，無法跟其他人打成一片，所以封上上也為他安排了一個美人。

美人一身火紅的貼身舞衣，包裹著纖細的腰身，身段婀娜多姿，她用紗巾遮住了半張臉，只露出一雙含水的眼眸，暗送秋波、勾魂攝魄。

她扭動腰肢走到應青雲身邊坐下，深情款款地看著他，嗓音溫柔似水。「大人，奴家來伺候您……」

應青雲拿筷子的手一頓，上面挾的菜倏然落下，他抬頭看向那美人，眼裡是眾人看不見的愕然。

在外人看來，這個情況就是應青雲看美人看得目不轉睛，連筷子上的菜都掉了，儼然一個受美色所惑之徒。

看見應青雲這副模樣，官員們彼此交流了一個意味深長的眼神。原以為是個正直的翩翩君子，沒想到看錯人了，竟是個好色之徒，被美人迷得如此失態，能是什麼狠角色？

蒙面美人見應青雲這般盯著自己，羞澀地扭了一下身子，嬌滴滴地喊了聲「大人」，接著伸出纖纖素手，執起酒壺斟了杯酒，端起酒杯送到他嘴邊，眉目含情地道：「大人，奴家餵您喝吧。」

應青雲說不出話來。

「大人，奴家的手都痠了，您怎麼還不喝呀……」美人撒嬌地戳了戳應青雲的手臂。

「咳咳——」應青雲差點被口水嗆到，第一次在公共場合這麼狼狽。

「呀，大人，您沒事吧？」美人擔心地給他拍背。

「沒事、沒事。」應青雲擺了擺手。

曹岩就坐在應青雲不遠處，看到此情此景，笑呵呵道：「這位美人真是位可人兒，大人可莫要辜負她一番心意啊！」

應青雲看了曹岩一眼，接過美人手裡的酒杯，對他舉杯道：「曹同知說得極是，本官敬你一杯。」

曹岩哈哈笑了起來，拍了拍自己身旁的舞姬道：「來，我的美人，也給大人我倒杯酒。」

聞言，曹岩身旁的舞姬立刻給他倒了一杯酒，小心地遞給他，他端起酒杯對應青雲示意一下，接著仰頭而盡。

見他們如此愉快，其他人跟著暢飲起來，幾杯酒水下肚，本來還有些拘謹的官員們完全放鬆，不再守著規矩，當面便伸出手在舞姬身上撫摸起來。

應青雲將一切看在眼裡，卻什麼話都沒說，一臉習以為常、見怪不怪的表情。他身旁那個美人也依偎到他懷中，兩人耳鬢廝磨，好不親密。

瞧見他這個模樣，官員們更加放肆，有人酒精上腦之後當眾親起了身旁的舞姬，扯下舞姬身上的薄紗，露出白嫩的肉體，惹得舞姬嬌嗔不已。

此刻，正在與美人打情罵俏的應青雲心情著實不怎麼好，他壓低聲音道：「妳怎麼這副打扮？」

封上上風情萬種地朝他拋了個媚眼，像是在撒嬌，口中說的話卻是：「我假扮成舞姬靠近你，這樣就沒人懷疑你的動機了，為了不讓人認出來，我還故意讓今晚的舞姬都戴上面紗呢。」

「妳來這裡幹什麼？」應青雲一點也不想讓封上上見到男人們下流的表情與舉止。

「別人都是美人在懷，就你沒有，我這不是怕你羨慕嗎？」

應青雲無語。

「你長得這麼好看，既年輕又位高權重，好多舞姬都偷偷地瞟著你呢，說不定蠢蠢欲動想過來伺候你，萬一有膽子大的，膩到你身邊對你癡纏，那我不得酸死啊！」

應青雲低聲道：「我不會讓人伺候的。」

「那要是有人在你喝的酒水裡放點什麼春藥，讓你不能自持，乘機占你便宜怎麼辦？」

應青雲啞然，不明白封上上的腦子裡怎麼老是有那麼多奇怪的橋段。

見他被說得啞口無言，封上上不禁笑了，拉起他的手搖了搖，終於正經起來。「好了好了，我跟你開玩笑的，其實我是怕你不要美人服侍，與其他人相比太過不同，這樣難免引人側目。要是一點美色都不沾，怎麼讓他們相信你與他們是同一路的人？如何讓他們放鬆警戒、露出真實的自己？」

應青雲沒說話，他的確是不打算讓任何舞姬近身。

「你看，你身邊沒女人的時候，他們多矜持啊，現在再看看他們是什麼樣子，他們就是在觀望你的態度呢！」

應青雲的視線在場中迅速巡視一周，很快就不想再看第二眼，也不想讓封上上再看到這樣的場景，伸手擋在她臉頰邊，從遠處看就像在撫摸她的臉一般。

封上上因為他這個舉動而失笑，小聲道：「放心，我不看，我怕辣眼睛。」

應青雲不打算弄清楚「辣眼睛」是什麼意思，儘管封上上說自己不看，他仍舊擋住她的視線，堅決不讓她看到那些人放浪形骸的姿態。

「看來大人很喜歡這位美人啊。」曹岩笑呵呵地看著他們道。

應青雲抬頭看他一眼，「嗯」了一聲。「的確喜歡。」

曹岩笑得更是開懷。「聽說大人至今未婚，身邊無人照顧，既然如此，大人何不把人贖了，帶回去好好伺候自己。」

應青雲點點頭。「確實有此打算。」

「哈哈哈，原本下官還以為大人不近女色，沒想到您也是憐香惜玉之人啊。」

應青雲嘴角勾了起來。「男人自然都愛美人。」

「大人說得沒錯，來，下官再敬您一杯！」

見應青雲舉杯與曹岩對飲，其他人也陸陸續續前來敬酒，應青雲自然不好推拒，一連喝了許多杯，臉上漸漸出現緋色。

封上上不知道應青雲酒量如何，但見他臉色泛紅，便知道他不能再喝了，然而場面正酣，後面還有很多人等著與他敬酒，要是直接說不喝了，那肯定掃興。

想了想，封上上直接趴到應青雲懷中，湊到他耳邊說話，看似撒嬌賣癡，實則用很小的聲音提醒道：「我想去更衣，你陪我去吧。」

說完，她離開他的懷抱，起身朝更衣處走，應青雲跟著站起來，打算跟她一起離開。

曹岩見了，問道：「大人這是去哪兒？」

應青雲雙眼一眨不眨地盯著走在前面的封上上，嘴裡心不在焉地「啊」了一聲。「去……去更衣。」

見應青雲那模樣，在場的人都曉得他捨不得與美人分開，紛紛起鬨。

「大人這是一會兒都離不得美人了？」

「是怕美人寂寞了嗎？」

應青雲像是默認這些調侃般笑了笑。

一群人笑得更歡了，曹岩道：「大人快去吧，別讓美人等久了。」

應青雲一路隨著封上上進了更衣處，兩人在裡面待了半晌，接著又半摟半抱著去了供客人歇息的房間。

直到關上房門，確定再沒有人能窺視他們，封上上這才鬆了口氣，往椅子上一坐，摘下臉上的面紗。「累死我了。」

直到此刻應青雲才看清封上上的臉，今晚的她化了妝，本就精緻的五官更顯明豔，跟平時展現出了不一樣的美，就像是個蠱惑人心的小妖精。

應青雲的視線定在她臉上好一會兒才移開。

封上上給應青雲倒了杯茶，擔心地問：「你今晚喝了這麼多酒，頭暈不暈？」

應青雲接過茶杯喝下。「還好，不用擔心。」

見他眼神還算清明，封上上這才放心，也給自己倒了杯茶喝下，笑著道：「外面那些人現在肯定以為你是跟美人共度春宵去了，應大人，你的一世英名今晚徹底毀嘍。」

應青雲抿了抿唇，轉身坐下，對此並不在意。

封上上狀似可惜地搖搖頭。「唉，明明大人是坐懷不亂的真君子，真是委屈你了。」

應青雲自己倒了一杯水喝下，心想自己並不是坐懷不亂的君子，她高估他了。

房間裡有張矮榻，封上上今晚又是扭腰、又是捏嗓子裝嗲、又是演戲的，可累壞了，她走過去坐下，雙腳一踢甩掉了鞋子，然後徹底癱倒在榻上，舒服地吁了口氣。「咱倆今晚就待在這裡一會兒做做樣子，等人離開了再出去。」

「嗯，妳休息一下。」應青雲走過去，將封上上的鞋子撿起來擺到榻邊，又將榻上的薄被抖開蓋到她身上。

封上上一直看著應青雲，在他轉身要走之時拉住了他的手。「別坐得離我那麼遠，就坐我身邊好不好，這樣我才安心。」

應青雲拒絕不了，順著封上上的動作坐到榻邊，背脊挺得非常直，半點都沒挨到她的身體。

封上上知道應青雲向來守規矩，也不勉強他跟她一起休息，就這麼拉著他的手跟他說話。「經此一晚，你接下來應該會很忙。」

應青雲問道：「忙什麼？」

封上上挑了挑眉，笑道：「忙著赴宴唄，你等著，那些人接下來絕對會紛紛邀請你去吃飯喝酒。」

不出封上上所料，第二天應青雲便接到了許多請帖，以各種名義邀他赴宴。

應青雲挑了幾個去了，每次回來都是一身酒味，甚至還有隱隱的脂粉味，可見宴會上少不了請女子助興。

不過應青雲這個當事人比封上上這個女朋友還受不了這點，一回來就皺著眉，一言不發地進入浴間，洗洗搓搓半個時辰才出來，皮都快搓沒了，可他出了浴間之後臉色還是黑的。

看他這個樣子，封上上心生愧疚，總有種自己出了餿主意把他推出去接客之感。

幾日後，應青雲又接到一封請帖邀他赴宴，邀請者是曹岩。

應青雲看了請帖一會兒，答應赴宴。

第五十六章　順水推舟

曹岩舉辦宴席的地點就在他府上，應青雲抵達後才發現，赴宴的人除了他之外，只有一人，就是南陽府通判周恆。

「今日下官終於有幸請到大人赴宴了。」曹岩開玩笑般地說道，暗指應青雲最近應酬很多。

應青雲笑了笑。「大家太過熱情，實在是盛情難卻。」

「大人新來乍到，底下人自然要熱情一點。」曹岩道：「今日輪到下官盡地主之誼，定要好好招待大人一番。」

說完，他朝旁邊的下人使了眼色，馬上就有丫鬟將飯菜酒水端了上來。

跟應青雲的宴席相比，曹岩這邊的層級提升了不止十級——水榭亭臺、珍饈美酒、美婢環繞、絲竹聲不絕於耳，更有眾多舞姬上臺獻藝。

假扮成小廝跟著一起來的封上上看到這些舞姬，瞬間覺得輸了。本來以為她那天花重金請的舞姬已經很不錯了，然而曹岩家的舞姬個個婀娜多姿、腰細腿長、美豔無比，連衣服都穿得更少；更氣人的是，這些舞姬都有大胸部，在衣料極少的情況下，胸前的兩抹雪白呼之欲出，簡直能把人的眼晃花。

論起吸引男人，還是這一批更厲害。

三個男人一邊喝酒、一邊欣賞歌舞，氣氛融洽，但也沒有什麼特別之處，曹岩與周恆談論的多是些詩詞歌賦、生活瑣事，半點不涉及政事，更未與魯時冒的案子有關。兩人的嘴巴嚴得像蚌殼，堪稱滴水不漏。

封上上失望得很，心想今晚是白來了，可惜了應大人的犧牲。

等到酒過三旬，場中的樂聲忽然改變了，高昂的樂曲響起，瞬間吸引了每個人的注意，原先的舞姬們退場，取而代之的是一名低著頭的女子，她赤足踏入會場，紅衣如火、輕紗飄蕩、蓮步輕移，腳下踩著節拍，旋轉著跳了進來，帶來一室香氣。

女子舞到場地中央，雪白的蓮足踮起，飛快地在場中轉動起來，身上的紅裙飛舞，像是一朵熱情綻放的芍藥，花蕊中藏著一個仙子，正呼之欲出。

過了一會兒，樂聲由剛剛的激烈轉變為舒緩，花中的仙子這才緩緩抬起頭，露出一張動人心魄的小臉來，含水的霧眸朝人緩緩看去，瞬間能奪人呼吸。

只見她杏眼瓊鼻、櫻桃紅唇、杏臉桃腮、眉眼含春，一顰一笑間，韻味十足。

封上上突然想到了一個很俗的詞：天仙下凡。

這是封上上活了這麼久以來見過最漂亮的女子，這美貌就算是擱在現代娛樂圈，估計也是頂尖的存在。

香姨娘和曼娘兩人已是貌美嬌媚至極，但比起眼前這位還是差了不少。

封上上瞥了曹岩和周恆一眼，心想他們真是好大的手筆啊，這等美女都拿得出手，是想幹什麼？難不成是準備來個美人計？

思索之間，絲竹聲漸止，美人停止舞動，然而由於剛才跳得太過激烈，此刻她呼吸急促、胸部上下起伏，胸前兩抹雪白在紅紗遮掩下若隱若現，惹人注目。

封上上在她胸前停留了幾秒——嗯，比她的胸大了不少。

「參見大人，奴家雪媚給大人見禮了。」

她不光是貌美，聲音也嬌甜，微微彎腰朝坐在首位的應青雲盈盈一拜，那腰細得一手可握，柔柔一扭，特別勾人。

封上上心想，胸大、腰細、聲音軟，正常男人看到估計都癡傻了。

她轉頭看向了應青雲，他倒是沒癡傻，只微微勾起了嘴角，朝雪媚點了點頭。

曹岩笑著說道：「大人，雪媚是下官的養女，自幼善舞，因仰慕大人的名聲已久，今晚特來獻舞給大人助興，讓大人見笑了。」

「哪裡。」應青雲客套道：「原來是曹同知的養女，難怪如此出眾。」

「哈哈哈……」曹岩很高興，對雪媚道：「還不快去給大人倒酒？」

雪媚羞怯地看了應青雲一眼，赤著雪足，蓮步輕移到應青雲旁邊，緩緩坐下，纖纖素手執起酒壺斟酒，然後翹著蘭花指捏起酒杯送到應青雲面前，軟聲道：「大人請喝酒。」

封上上無語。這一套動作可太熟悉了，前幾天她剛做過，可她有這位雪媚姑娘這麼嬌媚嗎？肯定沒有。瞧瞧她這誘惑人的模樣，她就是再練幾年也學不會啊。
幸好應青雲好像不太喜歡嬌媚型的，不然她就輸了！
「多謝雪媚姑娘，」應青雲笑笑，接過她遞來的酒杯，一飲而盡，臉頰微微泛起了紅。
雪媚趕緊執起筷子挾菜放到他碗中，嬌聲細語道：「大人吃點菜，不然光飲酒傷胃。」
封上上心想，嬌媚就算了，同時還溫柔可人，路線這麼齊全的嗎？
周恆笑著說道：「雪媚這孩子可真是體貼入微啊，瞧瞧她對咱們大人多細心。」
曹岩也跟著笑了起來。「她平時對我這個爹都沒這麼貼心，是見到特定的人才會這樣。」
「哈哈哈，女兒家嘛。」周恆打趣道。
「爹——」雪媚被說得雙頰通紅，不好意思地瞥了應青雲一眼，含羞帶怯地嬌嗔。
曹岩道：「瞧瞧，還不好意思了呢，好了好了，咱們不說了，喝酒喝酒。」
雪媚撒嬌道：「爹，您別喝那麼多酒，對身體不好，多吃菜吧。」
「喲，這怕不是心疼我，是心疼別人吧。」曹岩又是一陣揶揄，周恆也跟著在旁邊取笑。
「爹！」雪媚羞得都不敢看應青雲了。
封上上實在很想打人。這拉郎配也拉得太過明顯，只差把人直接塞進應青雲懷裡了！
她剛這麼想，曹岩便開口道：「大人，想必您也看出來了，下官這女兒心儀您，大人這般氣宇軒昂、才高八斗，只怕她是萬萬再看不上別人了。下官心知大人正妻之位尊貴，不敢妄想，這樣吧，若是大人不嫌棄，便帶雪媚回家當妾，讓她在大人身邊伺候著。」

雪媚羞澀地瞄了應青雲一眼便低下頭，雙手緊張地扯著衣袖，小女兒姿態十足。

應青雲臉色不變，笑著婉拒。「不瞞兩位大人，應某正妻之位的確不能許諾，但曹同知的愛女給應某做妾實在是委屈了，憑雪媚姑娘的才貌，應當找個人中龍鳳，享正妻之尊才是。」

雪媚急了，連忙道：「大人，小女不委屈，只要能伺候大人便好。」

曹岩嘆了口氣，無奈道：「大人您看，下官這女兒鐵了心地要跟著您，當爹的也拉不回來啊，大人就成全她一片癡心吧，能伺候大人也是她的福氣。」

雪媚由坐改成跪，雙眼含水地看著應青雲，眼中滿是期待。

應青雲還是不說話，似乎仍在猶豫。

見狀，周恆勸道：「大人無婚配在身，身邊又無人照顧，找個人伺候自己也正常，想來正妻進門並不會多說什麼。」

應青雲搖頭。「家母在世時曾說過，要尊重正妻，絕不可在正妻進門之前納妾，以免影響夫妻感情，還望曹同知和雪媚姑娘見諒。」

曹岩和周恆的笑容微斂，顯然是被應青雲這怎樣都不肯接納的態度弄得有點不快，兩人對視一眼又迅速移開目光。

周恆語重心長道：「這樣吧，大人若實在顧慮正妻感受，大不了先讓雪媚當個丫鬟，等正妻進門再將雪媚抬成妾，這樣大人也不算違背母訓。雪媚心儀於您，大人何必傷這孩子的心呢？」

雪媚趕忙點頭。「大人，小女當丫鬟也願意。」

應青雲仍是遲疑。「這……」

曹岩臉色微沈。「大人不斷推辭，難不成是看不起下官，嫌棄下官的女兒不成？」

「當然不是。」見曹岩擺出這個態度，應青雲心知再推託下去就要引起懷疑了，只好假裝心中猶豫但又無可奈何的樣子道：「那好吧，多謝曹同知的美意。」

笑意重回曹岩臉上，他道：「大人不必客氣，以後就是一家人了，來來來，咱們再喝一杯。」

宴席結束時已屆亥時，曹岩喝得醉醺醺的還執意要送應青雲，等親眼看著雪媚上了他的馬車，這才被下人扶著回府。

馬車中，應青雲坐在最側邊，雪媚剛想坐到他身旁，卻被人捷足先登，那個一整晚都跟在應青雲身邊的小廝一屁股坐到他身邊，緊緊挨著應青雲。

雪媚一愣，只能放棄原本的計劃，坐到另一邊去。她第一次見到如此沒有規矩且這般沒有眼力見兒的下人，這要是在曹府，早就被發賣了。

她想開口喝斥，又顧慮自己才剛到應青雲身邊，不好表現得對下人太過苛刻，只好可憐兮兮地瞅著應青雲，希望他能訓斥這小廝一頓，最好把人給趕下車，他們兩人才能好好親近親近。

沒想到她瞅了半天應青雲都沒反應，好像一點也不覺得這小廝哪裡不對。

雪媚心想這可真是個木頭，難怪會帶出這麼笨的小廝。

眼見應青雲理解不了自己的眼神，雪媚只好撒嬌道：「大人，雪媚想和您說說話，您讓這小廝出去吧。」

應青雲看了身旁的「小廝」一眼。「妳說便是，她不是外人。」

雪媚瞪大了眼睛，像是沒想到自己會得到這種答案。

封上上抿唇，努力不讓自己笑出來。

「那……也不急在這一時，以後再說吧。」雪媚努力壓下心中的不滿，接下來沒再出聲，規規矩矩地坐著。

抵達府衙，下了馬車，雪媚一路跟著應青雲往他的住處走，結果剛要進院子，應青雲便停下腳步，轉身朝她道：「我讓人給妳安排了一個院子，妳過去吧。」

等在院子外的雲澤非常適時地招呼道：「雪媚姑娘，您跟小的走吧。」

雪媚愣住了。「大人，您讓小女單獨住？」

應青雲反問道：「妳不想單獨住，想和誰住？」

「小女……」她當然是想跟他同住一屋，但這話不好當著下人的面說，不然肯定會被暗中議論不夠矜持，所以她只好委婉提醒道：「小女是來伺候大人的，自然要跟您住得近一些。」

應青雲回道：「我有小廝，不用妳伺候。」

雪媚差點控制不住自己的表情，不禁懷疑應青雲到底是不是故意的，她跟他回來是做什麼的，難道他不清楚嗎？為何此時裝得如正人君子一般？

「好了，時間不早了，妳早點去休息。」應青雲丟下這麼一句話便舉步進入院中，只剩下雲澤和雪媚兩人在院外大眼瞪小眼。

雲澤再次說道：「雪媚姑娘跟小的走吧，您的院子離這裡有點遠，還是早些過去才好。」

雪媚盯著應青雲頭也不回的背影看了良久，這才不情不願地跟著雲澤離開。

封上上隨應青雲進了房間，等到房門一關上，她立刻撕下鬍子，再把臉上的黑粉擦一擦，這才坐到桌邊給自己倒茶。

應青雲走上前拿走她手中的杯子。「跟妳說過多少遍了，不能喝涼茶。」

封上上癟了癟嘴。「我眼睜睜地看著別人給我情郎塞女人，關鍵是我的情郎還收下了，還不准我喝點涼茶去去火啊？」

應青雲眉心猛地一跳，放下了杯子，在她旁邊坐下，認真解釋道：「上上，我不是想收下她，是曹岩和周恆表現得太過奇怪，似乎下定決心要把人塞給我，甚至在我多次拒絕時表現出了急切，這不太對勁，所以我才順水推舟應了下來，等事情過去後，我就會將人送走。」

封上上歪頭看他。「她那麼漂亮溫柔，甚至願意給你當丫鬟，你就絲毫都不動心？真的捨得送走？」

應青雲眉頭皺了起來，語氣跟以往截然不同。「上上，我之前已經跟妳說過這個問題了，妳現在還不相信我？」

第一次見應青雲跟自己生氣，封上上知道這玩笑開大了，她馬上蹭了過去，趴到他身上抱著他的脖子晃了晃。「哎呀，我開玩笑的，我就是見她比我漂亮、比我嫵媚、比我溫柔，心裡酸了一下下嘛，我知道你一點都不想收下她，我的應大人才不是好色之徒呢！」

見封上上整個人都貼在他身上，他懷裡一片柔軟與馨香，應青雲剛剛才生起來的那點氣都被身上升騰的熱氣給沖得丁點不剩，那股熱流從體內往上竄到臉上，蔓延至耳根。

「上上，下去。」應青雲抓住封上上的手臂，試圖將她拉開，聲音裡帶了絲不易察覺的低啞。

封上上反倒摟得更緊，堅決不肯下去。「你說不生我的氣了我就下去。」

應青雲立刻道：「我不生氣。」

「真不生氣？」

「對。」

「那好吧。」封上上笑了。「那讓我再抱一會兒，我就相信你不生我的氣了。」

應青雲拿封上上一點辦法都沒有，只能努力控制住自己，免得生出不該有的心思。

封上上壓根兒不知道她的行為有多磨人，摟著應青雲的脖子問：「你別跟我說你看不出雪媚想跟你回房，可你卻偏偏讓人家單獨住一個院子，還對人家那麼冷淡，要是傳到曹岩耳中，會不會有什麼想法？」

「有又如何。」喉結滾動了一下，應青雲的視線集中在燭火上，聲音淡淡的。「人是他們勸我收下的，若他們真有什麼目的，那麼不用我做什麼，她也一定會露出狐狸尾巴。」

「目的肯定是有的，宴席上我一直盯著曹岩和周恆呢，這兩人多次四目相對，一唱一和的，關係絕對不一般，而且他們絞盡腦汁也要你把人收下，要是沒目的，費這勁幹什麼？不知道他們葫蘆裡到底賣的是什麼藥，若是單純想透過送女人跟你打好關係，那在官場上也算正常，但若是別的原因……」

應青雲說道：「不論是什麼原因，等下去便知。」

「哼，你看著吧，明天早上那隻狐狸精就要主動來勾引你了！」封上上捏住應青雲的臉往兩邊扯。「你可要隨時保持警戒，絕不能讓她碰到你！」

應青雲的臉被她捏得變了形，聲音也模糊不清。「嗯——」

「乖。」封上上親了應青雲的臉一口，這才從他身上跳下來，蹦跳著往門外走去。「雲澤要回來了，我回去睡覺嘍，你也早點休息。」

應青雲摸了摸自己的臉頰，看著封上上的身影消失不見，這才勾了勾唇。

第二天，封上上恢復了姑娘家的打扮，一大早便來找應青雲，決定儘量保護他。然而封上上實在錯估了狐狸精的勤奮程度，還沒進屋就聽見裡面有道嬌滴滴的女聲道：「大人，您嚐嚐這個雪燕粥，是雪兒一大早起來特地為您熬的。」

雪兒？封上上被這個稱呼刺激得雞皮疙瘩都起來了，心想狐狸精這一行還真不太好做，人要美、身材要好、要善解人意、要會撒嬌就算了，還要早起下廚房？

看來她是沒這資質了。

書房中，應青雲正坐在書桌後看書，而雪媚一改昨天那誘人的裝扮，改穿一身白衣，恍若雲端仙子。

「仙子」此刻端著一碗粥站在應青雲身邊，似乎是想親手餵他，應青雲卻皺眉道：「我吃過了，妳拿下去吧。」

雪媚噘了噘嘴。「可這是雪兒一大早就起來熬的，大人嚐兩口吧。」

「我還要看書，妳先下去吧。」

雪媚神色一僵，眼中閃過一抹惱色，不過很快就恢復正常，她放下手裡的碗，伸手拿起墨條。「那雪兒為大人磨墨吧，雪兒磨墨的功夫很好的。」

「不用，我暫時用不著墨。」

雪媚的動作僵住，她靜止了一會兒，突然哽咽了一下，眼眶瞬間紅了，悲戚地看著應青雲。「大人，是不是雪兒哪裡做錯了？」

應青雲回道：「並無。」

雪媚擦了一下眼淚，語氣滿是委屈。「那大人為何對雪兒如此冷淡？大人不喜歡雪兒嗎？若是不喜歡，為何要帶雪兒回來呢？」

應青雲垂下眼睫，眉頭皺起，眼神是不易察覺的冷，若是有熟人在此，就知道他這是厭惡某樣東西了。

「喲，大人，這是誰呀？」一道嬌滴滴的女聲插了進來。

兩人同時抬頭看向自門外走進來之人，應青雲眼中的冷意不自覺地消失了，盯著她今日格外精緻的妝容與服飾，過了許久才回神。

雪媚則皺起眉頭，眸中閃過一絲不善和警惕。「妳是誰？」

不是說應大人府上沒有女子嗎，為何此時會出現一個？而且這女子長得還頗為不俗，難道消息有誤？

封上上不理她，反而鼓起嘴巴，不滿地看向應青雲。「大人，為何有女人會在你房間裡？」

第五十七章　急不可耐

「我……」應青雲直覺封上上是要開始進行某種表演了，而他能做的就是乖乖配合。

「我什麼都沒做。」

「不信，你騙人家！」封上上跺腳。「你不是說就喜歡人家一個嗎？為什麼還會把其他女子帶回來？你這個大騙子！」

應青雲低下了頭不說話，讓封上上繼續發揮。

然而這副模樣看在雪媚眼中，便是應青雲羞愧不已，無法反駁。

雪媚心頭一驚，這女子竟如此不懂規矩地質問知府大人，知府大人也不喝斥，反而垂首不語，此種情況只有一種解釋，那便是知府大人十分寵愛這女子，寵愛到了縱容的程度。

沒想到這位知府大人雖然沒有正妻或妾室，身邊卻不缺女子，怪不得他不把她帶進屋中，甚至如此冷淡，肯定是顧慮這女子的感受而不敢親近她，就算內心垂涎她的美色，也不敢明目張膽地示愛。

可是堂堂知府大人為何要顧慮一個小小女子的感受？難不成這女子有什麼特殊身分不成？可若是有什麼特殊身分，怎麼會連個名分都沒有呢？

雪媚正疑惑著，封上上便紅了眼眶，泫然欲泣道：「大人，當初在村裡可是我爹救了你的命，我們家是你的救命恩人，你不是答應過我爹要好好對我的嗎，你就是這樣報答他的？」

應青雲實在不知該如何接話，只好遵守「沈默是金」這個準則。

雪媚恍然大悟，原來是被一個村姑仗著救命之恩賴上了啊，怪不得知府大人會這般容忍她，甚至不敢接納自己。

只要不是因為有了感情而如此容忍，那一切便好辦。

雪媚暗暗鬆了口氣，打起精神來，出聲道：「這位姑娘，妳怎麼能如此挾恩圖報呢？妳爹救了大人的命，大人將妳收在身邊已經算是報了恩了，不然妳以為妳一個村姑能伺候大人？妳不知感恩就算了，還拿恩情威脅大人，不准他親近其他女子，難道妳以為大人一輩子只能有妳一個？怕不是在作夢吧?!」

封上上瞪著她，蠻不講理道：「關妳什麼事！大人的命是我爹救的，他得對我負責，我就不讓他碰別的女人，否則他就是無情無義的小人！」

「妳真是好不要臉！」雪媚露出鄙夷的神色，這般粗俗無禮的女子真是讓人倒胃口，虧知府大人竟然為了恩情而忍受她。

「妳才不要臉呢！」封上上雙手扠腰，罵道：「妳這個狐狸精、騷蹄子，休想勾引大人，大人是我的！妳要是敢黏著大人，我就撕爛妳的臉！」

「妳——」雪媚自幼學習禮儀詩書、琴棋書畫、廚藝女紅，就是沒學過罵髒話和吵架，當然不是封上上的對手，她氣得直瞪眼，忍不住朝應青雲道：「大人怎麼能讓一個村姑如此拿捏您？您可是一府之首，想要多少女人便有多少，想寵愛誰便寵愛誰，哪能任由這個村姑爬到您頭上?!」

應青雲垂著頭不說話，似乎極為無奈。

封上上被雪媚這話氣到了，指著她罵道：「妳個不要臉的狐狸精，這裡有妳說話的分嗎？給我滾遠點，別在這兒礙我的眼！」

雪媚氣極，說道：「大人，您看她，簡直無法無天，您還不管管?!」

封上上也道：「大人，我都要被她氣死了，您快讓她滾！」

兩個女人針峰相對，皆緊緊盯著應青雲，等著看他到底聽誰的。

應青雲猶豫了片刻後，最終還是選擇站在封上上這邊，他對雪媚道：「妳先回去吧。」

封上上立刻昂起頭，得意洋洋地瞥著雪媚。

雪媚氣壞了，不禁跺腳。「大人！」

封上上耀武揚威道：「聽到沒有，大人讓妳滾，妳還賴在這裡做什麼，臉皮怎麼這麼厚！」

「妳——」雪媚從來沒想到自己會輸給其他女人，自尊心受創，情緒一下子控制不住，氣得轉身便走。

「慢走啊，以後別來了。」封上上喊了一聲。

雪媚氣得差點絆倒在地。

直到她的身影徹底消失不見，封上上才「噗哧」一聲笑了出來，笑得止不住。

應青雲無奈地看著她，眸中也染上笑意。

「你看我演得像不像？」封上上邊笑邊問道。

應青雲嘴角微勾。「最起碼她是相信了。」

「就是要她相信才好，這樣她會以為你是因為我才冷淡她，就不會起疑心了，這樣才能更快露出狐狸尾巴，還有……」她意味深長地看向應青雲。「這樣我就有了立場，能在接下來的日子裡保護你的貞操！」

應青雲再次因為封上上的嶄新想法而無語。

雪媚當然不會就這麼放棄，在得知應青雲是為了報恩才對她冷淡之後，她反而更積極了，晚上便調整好情緒，下廚做了好幾道料理，親自送到書房給應青雲品嘗。

「大人肯定沒吃晚飯吧，雪兒做了幾道拿手菜，大人嘗嘗，等吃飽了再看書，不然對胃不好。」

應青雲的視線在飯菜上掃了一圈，微微頷首。「多謝妳的好意，但以後不用這麼麻煩了。」

「不麻煩，為大人做事怎麼會麻煩，雪兒求之不得呢。」

「妳……以後還是不要來書房了，被人看到了不好。」

雪媚動作一頓。「雪兒本就是大人的女人，伺候大人天經地義，有什麼不好的？大人不讓雪兒伺候，是不是顧慮到封姑娘的心情？」

應青雲不語。

在雪媚看來這便是默認，不由得再道：「大人，容雪兒踰矩說幾句，大人實在是太縱容封姑娘了，就算大人是看在她父親對您有恩的分上不好斥責她，但也不能讓她如此拿捏您啊。

「您可是一府之首，以後身邊的女子不會少，怎麼可能只有她一個，這要是傳了出去，難免惹別人笑話。況且，封姑娘的身分也……大人遲早要娶正妻的，不如現在就讓她認清現實，免得將來接受不了。」

應青雲仍是沈默不語，似乎是在思考，良久之後，他微微點頭。「妳說得不錯。」

雪媚嘴角勾起，又從食盒中提出一壺酒來。「大人，好菜須配好酒，所以雪兒特地為您溫了酒，讓雪兒陪您喝兩杯吧。」

應青雲回道：「我還要看書，喝酒就免了。」

雪媚勸道：「喝兩杯而已，不會醉人的，也不耽誤大人您看書。」

「這……好吧。」

見應青雲答應，雪媚高興極了，連忙斟了兩杯酒。「來，大人，這杯雪兒先敬您，慶賀雪兒來到大人身邊。」

她先一步仰頭喝下，朝應青雲展示空杯。

應青雲微笑，跟著喝下杯中酒。

雪媚連忙又倒了一杯酒。「大人，再喝一杯，這杯是雪兒向您賠罪，今天不該跟封姑娘對上，他們家畢竟對大人有恩，雪兒讓您為難了，以後雪兒不會再這麼做，一定處處讓著封姑娘，大人別生雪兒的氣。」

應青雲舉杯喝下。「還是妳懂事。」

雪媚羞澀一笑。「大人政務繁忙，在後宅本該好好放鬆，雪兒不忍教大人心情不佳，就算雪兒受點委屈也不算什麼，只盼大人能輕鬆些。」

應青雲露出欣慰的笑容。「若是上上能像妳這般便好了。」

雪媚趕忙又將他空了的酒杯倒滿。「別的雪兒不好說什麼，但若是大人在封姑娘那裡不開心了，可隨時來找雪兒解悶，雪兒給大人做好吃的，陪大人喝酒。」

「好。」應青雲又仰頭喝下杯中酒。

「大人，雪兒有個請求，希望大人能答應。」

「妳說。」

「雪兒想將原來在府中的貼身丫鬟接來這裡，您看行嗎？」

「自然可以。」

「多謝大人，雪兒再敬您一杯。」

兩人邊吃邊聊，不知不覺便把整壺酒給喝完了，其中絕大多數進了應青雲腹中，到了最後，他已是滿臉酡紅、雙眼迷離，顯然已經醉了。

「大人，您還好嗎？」雪媚擔心地問道。

「我……」應青雲身子晃了晃，差點沒坐穩。

「呀，大人您喝多了，雪兒扶您去榻上躺躺。」雪媚走到應青雲身邊扶起他，吃力地把人扶到榻上，替他脫下靴子，讓他躺好。

雪媚走過去將門閂好，又走回來坐在榻邊，輕聲問道：「大人，您暈不暈啊？」

「嗯……」應青雲微微瞇眼，神志不清地看著雪媚，他的眼角因醉酒染上一抹紅，讓本就俊秀的面容多了一股專屬於男人的魅惑。

雪媚一顆心撲通撲通狂跳，雙頰也染紅了。她從沒見過如此俊美的男人，伺候他，她是心甘情願的。

只要兩人有了夫妻之實，那麼她在他心中的地位便不一樣了。

雪媚俯身湊到他耳邊道：「大人，雪兒今晚伺候您好不好？」

「嗯？」應青雲含糊不清地應了一聲，眼前越發矇矓。

「您喝醉了，得醒醒酒才行。」雪媚從身上拿出一個十分玲瓏的小熏籠，然後放進一塊香料，用火摺子點燃，接著便有清煙從熏籠中飄出，一股沁人的香味在鼻尖散開。

「大人，這是醒酒的熏香，聞聞就會好多了，比醒酒湯更有用。」

應青雲只覺得一股香味竄入鼻中，瞬間有種神清氣爽之感，可這感覺剛一過，體內突然升起一股熱流，這股熱流衝向下腹，令他的內心升起一股渴望來。

見應青雲如此，雪媚緩緩地脫下身上的薄紗，露出雪白的臂膀，將手伸向他的腰帶，慢慢地扯開。「大人，雪兒伺候您更衣。」

應青雲的喉頭劇烈地滾動了一下，眼睜睜地看著自己的腰帶一點一點被解開，然而，就在此時，書房的門突然被人敲響。

「大人——大人你在裡面嗎？」

是封上上的聲音。

雪媚一頓，惱恨封上上陰魂不散，不想理會她，可她竟然砸起了門，那一下一下的力道震得人耳朵疼，再這麼砸下去，門很快就會爛了。

應青雲似乎一下子回過神來，趕忙阻止雪媚的動作，閉著眼道：「去開門。」

外面的聲音讓雪媚無法再繼續下去，她氣惱地在心中罵了一句「粗婦」，隨即停下手，起身去開門。

「妳在幹什麼?!」門一打開，封上上便橫眉怒目，氣到想把雪媚吃了。

雪媚露著雪白的臂膀，咬著下唇臉紅道：「沒什麼，只是大人喝多了，我照顧他。」

「照顧就照顧，脫什麼衣服?!妳這個狐狸精，給我滾！」封上上被她衣衫不整的樣子刺激到了，發了瘋一般地將人往外拽。

雪媚根本不是封上上的對手，不管她怎麼掙扎都沒用，就這麼被一路拖出院子，關在了院門外。

「妳這個潑婦！」雪媚氣得咬牙，卻做不出拍門大叫的行為，只好忍氣離開。

封上上走進了書房，在榻邊坐下，默默看了雙眼緊閉的應青雲一會兒，突然伸手捏住他的鼻子，不讓他呼吸。

應青雲眼睫一顫，緩緩睜開了眼睛，哪裡還有剛剛的迷離和醉意，他從榻上坐起身來，努力將心中的那點渴望壓下去。

「酒醒啦應大人？」封上上斜睨著他。

應青雲挪開她調皮的手，解救了自己的鼻子。

「我再晚一點來，你的貞操就要不保了！」

應青雲無奈地看著她。「不是妳要我裝醉，看她到底有什麼意圖嗎？」

「那你看出來了嗎？」

應青雲眸中閃過一絲厭惡，想到她碰觸自己的身體，他便有點反胃，方才那點陌生的渴望也漸漸散去了。「她拿出了一個熏籠，裡面燃了某種香料，很是好聞，她去開門的時候，把熏籠一併帶走了。」

封上上頓時緊張起來，忙問道：「什麼香料？幹什麼用的？」

「她說是醒酒的，聞了之後的確能讓人感到爽快，但是……」後面的話應青雲說不出口。

「但是什麼？」封上上追問。

應青雲猶豫了一下，還是道：「似乎有催情之效。」

「催情?!」封上上一愣，立刻朝他下腹看去。

應青雲臉一僵，伸手捧起封上上的臉蛋，轉移她的視線。「上上，別亂看。」

「你起反應了啊？」封上上克制自己不去看某個部位。「那你現在怎樣？」

「那香料拿走之後漸漸就沒事了。」

「她怕與你成不了事，所以用了催情香？」封上上怒極反笑。「她這是對自己的魅力多沒自信啊，竟然要用那種東西？我就不用！」

應青雲又不知道該怎麼回應了。

「我覺得……」封上上湊到應青雲耳邊輕聲道：「我比催情香管用，你說呢？」

應青雲耳根泛紅，警告地喊：「封上上！」

封上上默默閉上嘴，眸中卻滿是笑意。

笑了一陣子，封上上嚴肅起來。「現在可以百分百確定那個雪媚不對勁。」

應青雲看著她，「嗯」了一聲。

「她似乎很著急。」封上上眯了眯眼。「她才剛來，若是想征服你，慢慢來便是了，透過相處和你培養感情才是聰明人的做法，何必像現在這般急著與你成事，甚至連催情香都用上了。這種行為一個不慎就容易引起你的懷疑，蠢貨才會幹這種事，但曹岩既然敢把她送到你身邊來，就說明她絕對不笨。」

應青雲點點頭，若曹岩別有所圖，的確不會送個蠢貨來。

封上上攤了攤手。「總不會是她見到你的『美貌』，把持不住才這麼猴急吧？」

知道應青雲回不了話，封上上繼續道：「你說，她為什麼這麼急呢？」

應青雲回道：「魯時冒的案子。」

「我也是這麼想。那個地道被我們發現了，查出了錢莊和宋成源，背後之人萬萬沒想到我們能解開石門的秘密，甚至這麼快就查到如此多線索。宋成源已被關入大牢，雖然他死不承認，但總有一天他會堅持不住，說不定會說出什麼來，所以背後之人肯定急了。大牢如今被盯得死緊，就連送飯的人都是咱們自己人，對方不太可能從宋成源那邊下手，我若是他，就會把目標轉移到你身上。」

應青雲眸色轉深。「是。」

封上上繼續道：「有什麼比送一個美人牢牢抓住你的身心，讓你就此言聽計從更好的辦法呢？」

應青雲道：「所以，曹岩要麼是參與者，要麼便是背後之人。」

封上上點頭。「我是這麼猜測的，但還需要驗證，畢竟我有一點想不通。」

應青雲知道她的疑問。「想不通為何一個女子就能讓我言聽計從，從而控制我？」

「對。」封上上說道：「他們憑什麼認為一個女人就能收服你？就算雪媚國色天香，你就一定會被迷惑？他們該不會篤定你是個色令智昏之輩吧？」

她左右打量了一下應青雲的臉，搖搖頭。「可就憑你這張臉，想看美人的話自己每天照照鏡子不就好了，而且你天天瞧見自己這麼一個大美人，難道還會被其他美人迷住？」

應青雲總是被封上上調侃「美貌」，忍不住伸手輕輕捏了捏她的臉。「妳呀，別老是拿我開玩笑，我一個男人，說什麼美貌、美人的。」

封上上嘻嘻一笑。「你要是個女人啊，絕對豔壓雪媚，哪有她什麼事呢？」

應青雲無奈地收回手，看著她，輕聲問：「妳是不是就看上我的臉了？」

封上上眨了眨眼，關於這件事嘛……

「嗯……你的臉的確是一大原因。」封上上很誠實地說了出來。「不光是男人愛美女，女人也愛美男嘛，你長成這樣，我都被迷得暈頭轉向了。」

應青雲定定地看著她。「若是有那麼一天，妳又遇到一個長得好看的，也會喜歡上？」

封上上湊到應青雲臉邊觀察他的神色。「怎麼了？這麼沒自信啊？」

應青雲不語，就這般默默地看著封上上，等待她的回答。

「我肯定不是光看臉，我哪有那麼膚淺呀？臉只是其中之一，我更在乎優不優秀，你看看你，有學識、有氣質、有責任心、有擔當，對我還那麼好，上哪兒再找到你這般傑出的男人啊，我已經撿到這個世間唯一的寶貝了。」

應青雲抿了抿唇，移開視線，嘴角卻微不可察地往上翹起。

第五十八章　成癮之苦

「咳——」應青雲用拳頭抵了抵唇。「繼續說案子。」

「你的臉皮怎麼就這麼薄啊。」封上上不禁戳了戳他的臉。「跟你比起來，我的臉皮可太厚了，我都有點不好意思了呢。」

應青雲嘴角微抽，心想沒看出妳哪裡不好意思了。

「好吧，咱們繼續說。」封上上道：「剛剛說到他們憑什麼認為一個女子就能收服你，你說，他們為什麼這麼有自信？」

應青雲搖頭道：「關於這一點，我暫時沒想通。」

「那你說，魯時冒和宋成源會不會全是被這一招收服的呢？香姨娘和曼娘可都是不可多得的美人。」

應青雲眼眸微瞇。「魯時冒和宋成源都不是等閒之輩，就算好色，也不至於被一個美人迷得犯下此等殺頭大罪。」

封上上用食指點了點自己的腮幫子。「所以他們可能有什麼我們不知道的秘密，只要找出來，案子就能解開了，現在想弄清楚這件事，唯一的途徑便是雪媚。」

應青雲頷首。

兩人各自思索著，一時之間安靜下來。

突然間，封上上眼睛一亮，想到了一種可能性。「欸，你說，雪媚這麼急著與你同房，是不是秘密就在她身上啊？該不會……她有什麼房中秘術，只要男人碰了她，就會欲仙欲死、欲罷不能，從而徹底離不開她？」

應青雲低下頭，用手扶了扶額頭。

封上上一臉無辜地說道：「沒有這個可能嗎？」

應青雲嘆氣，抬頭看向她。「上上，沒什麼房中秘術能把男人的腦子也給拿走。」就算男人在床上忘情投入，下了床，腦子還是會正常思考的。

「哦──」封上上心想也是，都說男人在床上的話信不得，大概就是這個意思吧。「那……沒辦法了，突破口就是雪媚，一味避著她是不行的，還是得跟她接觸，才能徹底弄清楚背後的情況。」

她眨巴著眼睛看向應青雲，嘆道：「所以啊應大人，得委屈你繼續和她周旋了，你一定要保護好自己的安全啊，你的貞潔可是屬於我的。」

應青雲的耳根不出意外地又紅了。

這天，應青雲剛辦完一個案子回來，剛進院子便被等在一旁的雪媚攔住了。

應青雲停住了腳步。「妳怎麼會在這裡？」

雪媚穿了一身鵝黃百褶對襟紗裙，整個人顯得很秀麗，她朝他盈盈一拜，柔聲道：「大人，雪兒今日新學會了一道料理，想請大人過去品嚐一下。」

應青雲稍稍猶豫了一下，便點頭答應。

聞言，雪媚很高興，馬上就去拉應青雲的手，他下意識地避開。「大庭廣眾之下，注意形象。」

雪媚笑了笑。「是雪兒考慮不周，下次在外面不會這樣了。」

應青雲點點頭，隨她往她待的院子走。

進了院子，就見院中有兩個眼生的丫鬟，見應青雲多看了兩眼，雪媚便立刻解釋道：「大人，這是雪兒在曹府時的兩個貼身丫鬟，她們過來照顧雪兒，雪兒跟您提過的。」

應青雲頷首，抬腳往屋內走去。

雪媚趕忙給兩個丫鬟使眼色，她們隨即將院門閂上，誰也進不來。

進了屋內，桌上已經擺滿了飯菜，全都是應青雲愛吃的東西，他看了兩秒，轉開視線，走到桌前坐下。

雪媚執起酒壺為他斟酒，一邊倒、一邊說：「大人嚐嚐這酒，這是雪兒的爹爹送來的，聽說出自京城那邊最好的酒樓，爹爹也只得了兩壺呢。」

「替我多謝曹同知。」

「一家人說什麼謝呀？」雪媚舉起自己的酒杯。「來，大人，雪兒敬您一杯。」

應青雲朝雪媚舉了舉杯子，一飲而盡。

「大人最近好像很忙，是在查案子嗎？」雪媚一邊給他挾菜，一邊隨意問道。

應青雲點點頭。

「您方便跟雪兒說說嗎？雪兒天天待在後宅之中，有點悶，想聽聽外面的事情呢。」

「每日案子不斷，但都是些小案。」他定定看著她。「唯一的大案便是前任知府魯時冒的案子，到現在都還沒查清楚。」

雪媚低頭為他斟酒。「雪兒聽爹爹說過，府衙後院底下有條密道通往一個錢莊，那個錢莊老闆可能是貪墨稅銀的共犯，是這樣嗎？」

應青雲問道：「妳爹連這個都跟妳說？」

雪媚笑笑。「都是雪兒好奇，一直追問，爹爹便多說了幾句。」

應青雲也沒再問下去，只道：「那錢莊老闆的確是被抓了。」

「真是太好了，那他招了嗎？」

「還沒，犯人的口風很嚴。」

「這樣啊。」雪媚又給他挾了一筷子菜。「那大人慢慢來，總能讓他說出來的，不急。」

「嗯。」應青雲表示同意。「他很快就會開口了。」

「是嗎？」雪媚笑著說：「看來大人想到好辦法了呢。」

應青雲淡淡一笑。「不說這個了，吃飯。」

「好，吃飯，大人辛苦，要多吃一些，雪兒看大人都瘦了，眼下也有點烏青，是不是沒睡好啊？」

「最近的確沒睡好。」

「那大人晚上多喝兩杯，然後在雪兒這裡好好睡一覺，好嗎？」她眨巴著水盈盈的眼睛，期盼地望著他。

應青雲猶豫了片刻後，點點頭。

雪媚高興極了，馬上就讓丫鬟去準備。

吃完晚飯，雪媚就將應青雲帶到浴間之中，浴桶裡冒著熱騰騰的蒸氣，雪媚柔聲道：「大人您泡個澡去去乏吧。」

「好。」

「那大人，雪兒為您搓搓背，再替您揉揉肩，雪兒揉肩的手藝可好了，保證讓大人舒服。」

「不必，妳辛苦了，去歇歇吧，而且我不習慣洗澡的時候有人伺候。」

「原來是這樣啊，那好，等大人洗完澡，雪兒再給您揉揉，雪兒先出去了。」

等雪媚離開之後，應青雲臉上的笑意瞬間消失，他掃了浴間一眼，逕自走到一旁的凳子上坐下來閉目養神，過了半炷香的工夫才起身出去。

一進房間，他便聞到一股奇特的香味，聞著讓人很舒服，像是泡在溫水之中，全身的疲乏都散去，精神也是一振，心情甚至好了不少，整個人都舒暢了。

雪媚迎上前來。「大人洗好啦？雪兒等了您好久。」

應青雲問道：「這是什麼香？怎麼如此好聞。」

「這是雪兒特地找名家研製的安神香，聞了以後能讓人一夜好眠，不會作夢，第二天醒來便神清氣爽，雪兒的爹爹每晚都要用呢。」

「竟有這般好香。」應青雲往香味的來源看去，只見裊裊青煙正從一只小巧的香爐中冒出。「這個味道感覺和之前妳給我聞的醒酒香很相似。」

雪媚臉上的笑容先是一頓，繼而柔聲道：「確實有幾味藥材是一樣的，但兩種香還是不同，大人可能沒能分辨出來。」

應青雲默認了這話，沒再追問。

「大人……咱們早些休息吧？」雪媚嬌羞地說了一句，臉上浮現兩坨紅暈，真是人比花嬌。

「不急。」應青雲坐到了椅子上，視線掠過門外，淡淡道：「我渴了，給我倒杯茶。」

「好。」雪媚稍微有些失望了，但還是迅速倒了杯水遞給他。「馬上就要歇息，就不給大人沏茶了，免得您睡不好，喝點水解解渴吧。」

應青雲點了點頭，端起杯子慢慢喝了起來。

雪媚想讓應青雲喝快一點，但又不方便催促，只好坐在一旁等候，等了有半炷香的工夫，他才終於喝完水。

應青雲感覺體內再次湧起一股熱流，一種難以言喻的興奮感從內心升起，他覺得更渴了，喝水似乎無法解決，只能透過……

他瞥了雪媚一眼，眸中生出一絲不易察覺的怒意。

「大人，咱們歇息吧。」雪媚再次出聲道。

然而她話音剛落，一陣劇烈的吵鬧聲就在院外響起，聽起來像雲澤在大喊。

應青雲馬上站了起來。「怎麼回事？」

雪媚咬了咬牙，暗惱這些人總是三番兩次地破壞她的好事，但又不能不理會，只好走到門口，心情不佳地問丫鬟是什麼情況。

一個丫鬟在門外回答道：「回大人、小姐，大人的貼身小廝非要進門，說是有重要的事情找大人。」

應青雲直接開門走了出去。「我去看看。」

「大人——」

雪媚還沒來得及叫住應青雲，人就已經走遠了，她氣得差點吐血。

應青雲走出了院子，看見真的是雲澤，不禁感到奇怪。「怎麼是你來打斷的？」

干擾雪媚的工作，基本上由封上上負責。

雲澤焦急道：「少爺，這次是真的出事了，宋成源在大牢中發了病。」

應青雲神色一凜，疾步往外走。「怎麼回事？請大夫了沒有？」

「已經去請了，我們也看不出到底出了什麼狀況，之前一直好好的，也沒聽說過他有什麼毛病啊！」

應青雲很快便趕到大牢之中，只見宋成源正躺在地上，整個人蜷縮著，劇烈地發抖，好像很痛苦，嘴裡呢喃著含糊不清的話。

看見應青雲來了，吳為趕忙迎上前道：「大人，一盞茶之前宋成源還好好的，可他突然開始發抖，卑職不知道是什麼問題，只好先讓六子去請大夫。」

話剛說完，六子就帶著一位老大夫匆匆地趕了進來，老大夫已經先聽六子敘述過情況，所以一進大牢就直奔發病的宋成源而去，為他把脈。

漸漸的，老大夫的神情變得凝重，眉頭也跟著皺了起來。

「大夫，他這是怎麼了？是不是中毒了？」吳為著急地問。他本來是例行性地審問宋成源，誰知道突然變成這樣，他懷疑是不是有人混進來給他下毒。

老大夫搖頭。「沒有中毒，但是……」

「但是什麼？」

「老夫也看不出這是怎麼回事，他的身體除了虛了一些，其他都好好的，沒問題。」

「怎麼可能？他現在這個樣子怎麼可能沒問題?!」吳為差點以為這老大夫是專門拐騙人的。

應青雲神情相當嚴肅，踱步到宋成源身邊，彎腰蹲下，將耳朵湊到他嘴邊。

「我要……給我……」

應青雲眉頭一皺，湊得離宋成源更近了一點，就聽見他模糊不清地說著。「我要……我受不了了……」

聞言，應青雲問道：「你要什麼？」

「神仙……神仙……給我……」宋成源抓著自己的衣襟，似乎快要喘不過氣來了，全身劇烈地抽搐，看起來恐怖至極。

「神仙？」應青雲不明白他在說什麼，可眼下的情況已經不容許自己多問了。

吳為著急道：「大夫，您快想想辦法！」他可不希望案子還沒審出個結果來人就死了，到時候他們也要承擔責任。

「這……不知道是什麼病，老夫也沒辦法啊！」老大夫很無奈，他從醫幾十年還沒遇過這種情況，明明患者的身體沒問題，為什麼會這麼痛苦呢？

吳為看向應青雲。「大人，現在怎麼辦，他會不會疼死啊？」

應青雲思索了片刻，知道不能再讓宋成源這樣下去，便對老大夫道：「大夫可有方法讓他暫時昏睡？」

老大夫點頭道：「這倒是可以，老夫給他扎個針，扎完之後會昏睡一陣子，但能睡多久老夫就不知道了。」

應青雲便要老大夫為宋成源施針。

老大夫讓人幫忙穩住了宋成源的身體，按照步驟仔細處理過後，沒一會兒宋成源就睡了過去，只不過他依然不斷抽搐，嘴裡的呢喃也沒停下來。

應青雲讓吳為帶幾個人在牢中看著宋成源，等他醒來後再向他稟報，接著便離開大牢，直奔書房查閱相關醫書，想找找看有無線索。

封上上聽到消息後也趕了過來，找到應青雲後便問是怎麼回事。

應青雲的眉頭一直沒鬆開過。「像是某種病突然發作了，全身抽搐，十分痛苦，連大夫也看不出來是怎麼了。」

「大夫也不知道？」封上上很驚訝，不由得猜測。「是不是大夫醫術不行？」

應青雲搖搖頭。「這位大夫是城裡排得上號的，醫術沒問題。」

「怎麼會這樣呢？」封上上很疑惑。「之前不是都好好的嗎，也沒看出他有什麼毛病，為何突然間發作了呢？」

應青雲又道：「他似乎很想要某種東西，一直念叨著，我只聽懂了『神仙』兩字，其他的便聽不清了。」

「神仙？」封上上在嘴裡咀嚼著這兩個字，但一時想不出這有什麼涵義，只好道：「那等他醒來以後我也去看看吧，也許能發現什麼。」

過了不到一個時辰，六子便匆忙地跑過來稟報，說是宋成源醒了，一醒來就發作，情況比之前還嚴重。

封上上隨應青雲趕到大牢，一進去就看到宋成源趴在地上發抖，手指在地上痛苦地抓撓，五根手指像是痙攣了，很是恐怖。

他似乎難受至極，還用自己的腦袋去撞地板，「砰砰砰」的一聲比一聲響，他像是感受不到疼痛一般，一邊撞、一邊嗚咽道：「給我……快給我……我受不了了！」

旁邊好幾個衙役正死死地壓著宋成源，怕他撞出個好歹來，但他的力氣變得格外大，衙役們都快制不住他了。

應青雲問道：「怎麼回事？」

吳為答道：「他醒來以後情況跟之前一樣，甚至是更糟糕了，可力量卻奇大無比。」

封上上站在一旁，仔細地觀察著「發病」的宋成源，再聽他嘴裡模糊不清的話，只覺得越看越熟悉，一個想法不由自主地從她腦海中冒了出來。

「大人。」封上上拉了拉應青雲的衣袖，不太確定地說道：「卑職覺得……他好像，是某種東西的癮犯了。」

封上上之所以這麼說，是因為宋成源的表現讓她想起吸毒者毒癮發作時的模樣——渾身發抖抽搐，嘴裡不停地討要毒品，甚至還會傷害自己，撞牆或撞地這類情況都很常見。

應青雲挑眉。「什麼意思？」

「意思就是說，他像是對某種東西上了癮，必須時常接觸才行，一旦超過時間還得不到，便會痛苦異常，心心念念都是那樣東西，只要將東西給他，他便能恢復正常。」

應青雲看向還在顫抖的宋成源，發覺封上上說的話跟他的情形完全能對上，但他之前從沒聽說過這般邪門的事，不禁問道：「妳見過這樣的人？」

封上上點點頭。「之前見過，有的人喜歡吸食某種東西，時間長了便會上癮，需要定時服用才行，一旦斷掉便會發作，全程痛苦異常，恨不得去死。」

應青雲沒問封上上在哪邊見過這種人，只問道：「他們是對什麼上癮？」

「很多東西都能讓人上癮，比如旱菸，有些人抽的時間一長便戒不掉。不過旱菸的效力沒那麼強，要是狠得下心也戒得掉，如果致人上癮的東西效果很強，便不能輕易戒掉了。」

應青雲自然知道旱菸，大魏很多人有抽旱菸的習慣，久了確實容易上癮，但抽不到的時候頂多讓人心煩意亂，不至於像宋成源這般恐怖。然而若像封上上所說，真的有東西讓人上癮的能力比旱菸強上百倍、千倍，那後果便不堪設想。

究竟是什麼東西能讓人上癮至此？

封上上說道：「卑職記得您說宋成源想要『神仙』什麼的東西，也許讓他上癮的東西便叫這個名字。」

應青雲點點頭，走到宋成源身邊，默默地看著他。然而宋成源像是對一切人事物都失去了反應，除了嘴裡一直念叨著要什麼，其他什麼都不理會。

應青雲淡淡開口。「宋成源，你是不是要神仙——」

他說到這裡便停下，但「神仙」兩個字還是被宋成源捕捉到了，原本對外界的刺激沒有半點回應的他突然抬起頭，像是聞到了肉味的惡狼般緊緊地盯著應青雲，雙手伸過去要抓他，但被幾個衙役制住了，沒能碰到。

宋成源也不在意，神色癲狂又渴望地看著應青雲，抖著聲音道：「給我……給我！」

應青雲平靜地問道：「你要什麼？」

宋成源毫不猶豫地回答。「神仙散！給我神仙散！快給我！」

聽到「神仙散」這三個字，應青雲眉心一跳，想起在某本書中看過、曾流行一時的害人之物，名為「神仙膏」，因禍害人民極深，被本朝嚴令禁止，很多人都不知道有這麼個東西。

神仙散和神仙膏，是不是有關聯？

封上上道：「看來卑職猜得沒錯，他對這個叫『神仙散』的東西上了癮，現在急需這個東西救命。您說——」

她看向他，沈吟道：「背後之人是否就是用這個東西控制宋成源？」

第五十九章　將計就計

「極有可能。」以前應青雲絕對想不到用一樣東西便能隨心所欲地控制他人，但今日親眼看見宋成源痛苦渴望的模樣，他不信也得信。若是無法得到某樣東西就會變成這樣，的確會使人屈服於提供這項東西的人，無論做什麼都願意。

封上上說道：「說不定魯時冒也是被這樣東西控制了。」

之前她一直想不通，為何既不缺錢又不缺勢的人甘願冒著被殺頭的危險犯下私吞稅銀的大罪，可他們若是被類似毒品的東西給控制，那便能解釋了。多少吸毒者為了繼續從毒品上尋求快感，連親生父母跟子女都敢殺，有毒癮的人，已經不算是正常人了。

「嗯。」應青雲點頭。

封上上想得到的，應青雲自然也想得到，此刻他的腦子裡正在思索神仙散和神仙膏的形態，奈何書中關於神仙膏的描述太少，他也不太清楚到底是何物。聽起來像是某種藥，但也可能不是藥，而是其他能進入身體的東西。魯時冒已死，宋成源身上也沒有，想找到神仙散有點困難。

對於從現代穿越過來的封上上而言，就更不清楚這東西是什麼了，於是她換了個角度思考。「大人，若您是背後之人，卑職則是您，卑職一上任就找到了密道，還順著密道把宋成源給抓了起來，您會怎麼想？」

應青雲說道：「自然是擔心妳會從宋成源那邊探聽到我的秘密。」

「不錯。」封上上點點頭。「那……為了不讓自己暴露，您會做什麼呢？」

應青雲抬頭，眼神銳利。「我會想盡辦法控制妳，讓妳再也無法查下去，最好是讓妳像魯時冒一樣，乖乖聽我的話。」

封上上激動地打了個響指。「所以大人，這背後之人，肯定也想用神仙散來控制您！」

應青雲瞬間想到了待在府裡的雪媚，眸色一凜，讓六子去將景皓叫來。

等六子領命離開之後，封上上就靠在應青雲身邊，悄聲問道：「你是不是發現了什麼？」

「我大概知道神仙散是什麼了，不過還需要驗證一下。」

封上上沒再問下去，等到景皓過來，應青雲就悄聲在他耳邊說了些什麼，說完後景皓便快步離去。

應青雲待在大牢中等候景皓，期間讓衙役們將宋成源捆起來，嘴裡塞進布團，免得他因為太過痛苦而咬舌自盡。

等了好一段時間，景皓才匆匆忙忙地從外面回來，一進來就將一團用布裹著的東西遞給應青雲，說道：「我可是費了九牛二虎之力才把人引開，好不容易偷了這麼一點出來。」

應青雲將布給打開，只見裡面放著一團類似香料的物品，他把那東西放入六子拿來的香爐之中點燃，然後把香爐送到宋成源鼻下。

香味順著宋成源的鼻子鑽了進去，很快的，剛剛還痛苦得像要發瘋的他瞪大了眼睛，眸中閃過驚喜與解脫，像是在沙漠中渴了許久的旅人突然間看見了水源一般。

宋成源低著頭，興奮地使勁吸取香爐裡的味道，鼻尖差點整個塞進香爐裡，神情貪婪地一吸再吸，彷彿永遠都不滿足。

眾人看到他這副模樣，不由得起了一身雞皮疙瘩。

吸了差不多一盞茶的工夫，宋成源眸中的瘋狂之色褪去，身體也不再顫抖抽搐，整個人平靜了下來，理智也跟著回復。

他閉著眼睛，神情饜足，要不是親眼所見，誰能想到不久之前他還趴在地上痛苦不堪，宛若瘋子呢？

有些東西真的能毀了一個靈魂，乃至全世界。

等到宋成源的呼吸徹底平穩，確定他能正常接收訊息之後，應青雲這才開口道：「宋成源，你對神仙散上癮了吧？」

躺在地上的宋成源眼皮一抖，卻沒睜開雙眼，也未回答。

應青雲不需要他回答，繼續道：「你是被人用神仙散控制住了，才不得不幫忙他們處理贓銀。」

他用的不是疑問句，而是肯定句。

宋成源像是還沈浸在剛剛的歡愉之中，完全沒搭理應青雲，但應青雲知道他目前是清醒的。

「你應該不是自願吸食神仙散的吧？」

一如預料，宋成源並未吭聲，好似睡著了一般。

「是你的愛妾曼娘拿給你用的。」應青雲靜靜看著宋成源臉上的表情，一字一句地說：「她一開始說那是可以解乏助眠的安神香，你用了以後神清氣爽，睡眠情況也好了很多。漸漸的，你愛上了這安神香，然而時間一長，不定期使用便難受不已，甚至痛不欲生，就像你方才那般。」

宋成源的喉結微微地上下滾動了一下。

「不光是你，魯時冒也是被同樣的東西控制住了，而給他神仙散的，便是他的身邊人香姨娘。曼娘、香姨娘都是同一人栽培出來的，特地放到你們身邊，用來控制你們。你們不想做這種事，但為了神仙散卻不得不做。

「事跡敗露之後，魯時冒透過地道與你們見面，想要求救，背後之人告訴他，讓他假裝負罪自殺，之後再送他離開，他答應了。不過在他寫完認罪書之後，卻立刻被殺害，之後你們用地道將他的屍體運了回來，掛上屋梁，偽裝成上吊自殺。」

宋成源緩緩睜開了眼睛，卻沒看應青雲，而是靜靜地盯著頭頂上方。

應青雲淡淡道：「你不願意交代也沒關係，但是你要知道，若你再發作，本官沒那麼好心，還會給你神仙散。」

這句話終於讓宋成源有了反應，他歪過頭來看向應青雲，沙啞著嗓子問道：「你怎麼會有神仙散？」

應青雲說道：「你不需要知道，只要知道本官有就行了。」

宋成源眸中閃過一道亮光。「你有很多神仙散嗎？」

應青雲不語。

「要是我全都交代，能不能給我很多神仙散？很多很多……」

應青雲面無表情地看著他。「宋成源，你現在沒資格與本官談條件。」

宋成源沈默了。他知道說與不說，自己都出不了這個大牢，犯了癮也沒任何人會來救他，但要是說了，知府大人說不定會大發慈悲……

再三掙扎後，宋成源最終認清了現實。「好，我說。」

隔天傍晚，進入府衙後院之後，應青雲沒返回自己的住處，而是去了雪媚所在的院子。

看見應青雲過來，雪媚高興極了，連忙將他迎進房間中，柔聲問道：「大人怎麼來了雪兒這裡？」

應青雲回道：「公務繁忙，最近總是睡得不好，精神也難以集中，妳昨天燃的安神香味道很好，便想來找妳討一些。」

雪媚臉上閃過一絲欣喜，柔柔道：「大人何必討過去用，來雪媚這邊歇下不就得了，雪兒為大人燃香，保證讓您一夜好眠。」

應青雲笑了笑。「我也想在妳這裡入睡，但還要處理許多公事，可能會忙到很晚，到時候就在書房中歇一會兒，所以只能找妳討一些安神香用了。」

雪媚有些遲疑地問道：「大人怎麼突然如此繁忙？是出了什麼事嗎？」

應青雲如今對她很不設防，直接說道：「就是前任知府貪墨稅銀之事，之前抓到的那個錢莊老闆昨晚突然發病了。」

雪媚的臉色微微一變。「怎麼會發病了？什麼病啊？」

「不曉得，大夫也看不出什麼，我正為了這件事頭疼。」

「那問他吧，他不知道自己有什麼病嗎？」

「他要是肯開口就好了，可無論問什麼，他都不說。」

應青雲揉了揉額角，看起來很無奈。

雪媚立刻安慰道：「大人別煩，總會有辦法的，大人不是想要安神香嗎，雪兒拿一點給您。」

說完，雪媚離開了房間，沒多久就捧著一個小盒子回來，遞到應青雲面前。「大人，這安神香非常珍貴，雪兒也沒有多少，只能給您一點，這些分量夠您用三次，就寢之前點燃就行，萬萬不可大方地與別人分享，不然雪兒可是會心疼的。」

「自然不會，我自己都不夠用了，哪會如此大方。」應青雲說著便打開盒子，只見一根手指長的香料靜靜地躺在盒中，他露出笑容。「多謝雪兒了，有了這安神香，便能睡個好覺。記得妳說過這香是一位名家所製，不知道可否引薦，我想多買一些。」

雪媚笑道：「這位製香名家雲遊四海，想遇到他只能看緣分，爹爹是碰巧與他相識，得他贈送了一些，我手邊這點也是從爹爹那邊分來的。這樣吧，過兩日雪兒再去找爹爹要一些來給大人，他那裡應該還有。」

「那先謝謝雪兒了，也替我謝謝曹同知。」應青雲拿著盒子轉身離開，步伐透著幾分迫不及待。

三日後，應青雲再次去了雪媚的院子，他一看見雪媚便道：「雪兒，還有香嗎？」

雪媚仔細打量應青雲的表情，試探著問道：「大人將雪兒給您的香用完了？」

「都用完了，這香實在是絕妙，聞過之後整個人都輕鬆了，不僅身體舒服，心情也變好了。不過不知道是怎麼回事，這香似乎越聞越淡，越來越不夠聞……雪兒，再給我多一點吧，妳給我的太少了。」

聽應青雲這麼說，雪媚輕輕地吐了口氣，這才道：「大人，雪兒告訴過您了，這香非常珍貴，雪兒手上沒有多餘的，給大人的那些已經是雪兒的全部了，您怎麼還能嫌少呢？」

「真的沒有了？」應青雲的神情浮現出了一絲急切，他一向穩定自持，這副模樣與平常的他大不相同，有種說不出來的怪異。

雪媚很為難，然而見應青雲的確想要，便道：「那雪兒今日便回去找爹爹要一些吧。」

「好好好。」應青雲一連說了三個好字，眼神寫滿激動。「妳現在就收拾收拾，趕緊去吧。」

「是。」雪媚沒有耽誤，片刻後便坐著馬車回了曹府。

當天晚上，雪媚帶著一個錦盒從曹府回來，盒子裡是一大塊香料，看樣子起碼能用個十來天。

雪媚嬌嗔道：「大人，為了您，雪兒可是把爹爹那裡的安神香搜刮了大半，爹爹說雪兒現在胳膊肘兒盡往外撇呢。」

應青雲接過錦盒，興奮地說道：「多謝雪兒了。」

雪媚笑著依偎到他身邊，柔聲道：「大人何必說謝，為了大人，雪兒做什麼都願意。大人不是覺得香味越來越淡了嗎，那您每次燃香時可以多加一點，湊到鼻尖吸入，效果會更好。」

「哦？那我回去試試。」應青雲完全沒懷疑這些話，一口答應。

雪媚嬌俏地噘了一下嘴，神情裡帶了點委屈。「大人何必回去試，在雪兒這裡用不好嗎？雪兒來到大人身邊都幾天了，還沒有與您……」

後面的話雪媚著實羞於啟齒，但她的表情已經說明了一切，應青雲不會看不懂，他頓了頓，安撫地拍拍她的手，嘆息道：「我也想啊……但最近案子多，還有宋成源時不時就發病，也不肯開口，要是再破不了案子，我的烏紗帽就不保了，這個時候我實在是沒心思，等這段時間忙完，我便多來陪陪妳。」

雪媚眸光一閃，不滿地說道：「大人該不會是騙雪兒的吧，您是不是還顧忌著封姑娘的感受，才不敢碰雪兒？」

「怎麼會呢，我已經想通了，她家的恩情我已經償還，以後不會再一味縱容她了，我的事情可輪不到她來置喙。」

雪媚在心中竊喜，也不計較應青雲總是不留宿的事情了，反正那一天……遲早會來的。

果不其然，幾日後，應青雲再次上了門，開口向雪媚索要安神香。

雪媚驚訝不已。「大人，上次給您的香這麼快就用完了？」

「一次用太少聞起來不夠舒服，所以每次都用得多了一些。」應青雲急切道：「快，再給我一些。」

這令雪媚十分為難。「大人，上次雪兒便跟您說過，這香珍貴且稀少，爹爹那邊的香料已經被拿來大半，這下子雪兒上哪兒去給您要啊？」

應青雲滿臉焦躁，像是一刻都等不及了一般。「曹同知那裡還有吧，妳再去要一點來。」

雪媚搖頭。「不行不行，爹爹那裡也剩不多了，雪兒哪還有臉面再去要？」

應青雲說道：「那我買不行嗎？妳讓曹同知開個價。」

「不是錢的問題，這安神香本來就稀少，爹爹也是看在我跟了您的情分上才給了那麼多，如今大人還要，雪兒是怎麼都開不了這個口的。」雪媚癟了癟嘴，背過了身。「大人若是還要，那便自己去跟爹爹說吧。」

「這……」應青雲想了想，道：「那我設宴請曹同知喝酒，我親自跟他說。」

當天請帖便送到了曹岩手上，然而曹岩卻未立刻回覆，據說他外出辦公去了，一直抽不出空回來。

應青雲越等越焦急，等了三天還不見曹岩的回函，可體內對安神香的渴望卻越來越強烈，他實在沒辦法，只好前往雪媚院子中，讓她去信催一催曹岩，要他早日回來。

兩人正說著話呢，應青雲體內突然湧起一股巨大的空虛與渴望，他的手不受控制地一抖，手中的茶杯應聲而碎，下一秒，他整個人倒在地上，身子痙攣、手腳顫抖、神色痛苦，模樣十分恐怖。

雪媚嚇得大叫，趕忙去扶他。「大人您怎麼了？別嚇雪兒啊！」

應青雲脖子上青筋畢現，低聲嘶吼道：「香……我要香！快給我！」

「可是雪兒沒有啊，真的一點都不剩了！」雪媚著急卻別無他法，只能眼睜睜地看著應青雲痛苦煎熬。

應青雲絕望極了，只能強忍著一波又一波的毒癮襲擊，最後力竭昏迷，可等他醒過來之後，迎接他的又是下一波折磨。

如此過了幾天，曹岩這才從外面返回，赴了應青雲的約。

六、七天的時間下來，應青雲已經被折磨得快瘋了，他消瘦了一大圈，臉色蒼白、眼圈發紅，眼球上布滿血絲，下巴上也冒出了許多鬍渣。他顯然沒有心思打理自己，甚至煩躁得不讓小廝靠近，導致整個人看起來頗為狼狽。

曹岩瞧見應青雲的模樣時很驚訝，關心道：「大人怎麼弄成這副德行？」

應青雲沈默地看向曹岩，眼神頗為複雜。

「大人為何如此看下官？是不是下官什麼地方做得不妥當？」曹岩問道。

「曹同知。」應青雲的嗓音相當沙啞，一雙通紅的眼睛死死地盯著曹岩。「你們給我的安神香有問題吧？」

曹岩無辜地說道：「大人何出此言？那安神香可是十分珍貴，下官將自己的私藏給了您大半，怎麼反過來還要被您如此誣衊？」

應青雲嘴角微微勾起，露出一絲冷笑。「曹同知何必演戲，你們給我的香有沒有問題，你們不知道？若是沒問題，為何我用了以後會飄飄欲仙？若是沒問題，為何會感覺一次比一次上癮，甚至離了之後會痛苦不堪？你還敢說這香沒問題?!」

說著，應青雲的神色癲狂起來，脖子上的青筋凸起，他怒吼。「曹岩，你們到底給我用了什麼東西！」

「大人，您這麼說可就不夠意思了，香是您自己想用的，也是您讓雪媚來找下官要的，下官可沒逼您。」曹岩的神色出現變化，不復原先的畢恭畢敬，取而代之的是好整以暇、漫不經心。「大人若是覺得這香不好，不用了便是，下官又不會按著大人的頭讓您去吸，大人何至於將如此大的惡意加諸於下官身上呢？」

應青雲的胸膛劇烈起伏，咬牙道：「你明知我對此物上了癮，如今已是離不得，現在說這話也太過假惺惺了。」

曹岩攤了攤手，一臉的無奈。「下官讓大人別用了，您就說下官假惺惺，那大人意欲何為？」

應青雲知道自己這是著了他們的道了，卻依然深陷其中無法自拔，只能屈服於自己的慾望，一字一句道：「我要更多安神香！」

曹岩搖搖頭。「大人，這安神香珍貴得很，您以為下官說拿出來就拿出來？之前已經無條件給大人許多了，現在您還要，那可就太難為下官了。」

第六十章　製造假象

應青雲顯然不相信。「這東西是你們給我的，怎麼可能連你都沒有？」

「是真的沒有。」曹岩完全不鬆口。

雖然不知道這話是真是假，但可以肯定的是，中了這種毒癮的人，只能任由對方擺布了。

「你到底要怎麼樣才肯給我？」應青雲的身上已經完全不見原本的傲氣，此時的他像是為了一口吃的什麼都能幹的乞丐。

曹岩見慣了這樣的人，不管之前多高傲、自尊心多強，在神仙散面前都會成為搖尾乞憐的狗兒，如同此時的應青雲。

他滿臉笑意地看著應青雲，說出口的話也帶著濃濃的調侃。「大人為了這點東西，真的什麼都願意做？」

應青雲臉色青白，內心極為不平靜，咬牙道：「只要是我能做的都成。」

「那……如果是讓您殺了宋成源呢？」曹岩笑著說。

應青雲瞳孔一縮，沈默了好一會兒才開口道：「你、你和這件案子有關聯？」

曹岩不語，等於是默認。

應青雲有了進一步的猜測。「是你殺了魯時冒！你便是幕後之人?!」

曹岩挑了挑眉。「大人，人生難得糊塗，有些事弄得太明白了對自己可不好。」

應青雲愣愣地看著曹岩，過了好一會兒才低聲說道：「你們是不是用這種方法逼迫魯時冒的？宋成源也是如此吧？現在，輪到我了……只怕整個南陽府的官員都任由你們操控了吧。」

「大人，下官說了，知道太多對您沒有好處，您只需要回答想與我們合作，還是不想。」

應青雲眸中滿是掙扎，理智上他知道不能這麼做，但情感上，他卻不想再忍受那種得不到的痛苦了，他想要安神香，想得快瘋了。

「你們就不怕我把這事情向上反映，告訴聖上？」應青雲不甘心地說道。

「大人有什麼證據？」曹岩一點都不擔心。「若是大人非要如此，我們也管不了，只不過這香大人是別想要了，發作起來可別怪下官。這個世上沒別處有這種香了，大人要是不信，儘管去打聽。」

應青雲怒道：「你威脅我?!」

「怎麼能說是威脅呢，下官只是在和大人講道理。」曹岩一副苦口婆心的模樣。「大人可要想清楚了，是想要舒坦快活，還是想在聖上面前表現呢？」

應青雲靜默片刻後，問道：「可是，若是我破不了這個案子，聖上不會饒了我的。」

「這一點大人不用擔心，只要大人將所有罪行都推到魯時冒頭上，咬定他是自殺，下官保證聖上不會怪罪您。」

「你真的能保證？」

「自然。」

「那好，我答應你，但是你得給我夠多的香料。」應青雲最終還是屈服了。

對於他的決定，曹岩似乎一點也不驚訝，笑呵呵道：「您既然選擇和我們站在一起，那咱們就是一家人，安神香——不對，那個叫神仙散，下官一定會給足的。」

「神仙散……」應青雲在嘴裡念叨了兩遍。

曹岩笑呵呵地拍了拍他的肩。「那大人今晚記得要處理掉宋成源。」

應青雲似是有些不忍。「為什麼要殺了他，他也是幫你做事的，他至今都沒招供，足以說明其忠心。」

「忠心也沒用，地道之事已經暴露，上面肯定收到訊息了，放他出來後患無窮，所以必須解決掉。您做得乾淨點，弄成畏罪自殺的樣子便是，這樣誰都無法追究下去。」

應青答應了，卻還是忍不住道：「曹同知，你也是替別人賣命的吧，我不信你有膽子做這麼大的事情。」

曹岩的臉色沉了下來。「大人，您只要做好分內之事，其他的不要多問。」

應青雲閉上了嘴，雖然他心不甘、情不願，卻也無能為力。

當天晚上，宋成源便在大牢中咬舌自盡，屍體被應青雲迅速處理掉，免得被人發現不對勁。

宋成源身亡第二天，曹岩便讓雪媚送了一盒神仙散給應青雲，看那個分量，大概夠他用上一個月。

應青雲實在沒辦法給雪媚好臉色，收下神仙散之後便冷聲讓她走。

雪媚微微有些失落，輕聲道：「大人是生雪兒的氣了嗎？」

應青雲不看她，眸中甚至閃過一抹厭惡。「應某不敢。」

看應青雲如此嫌棄自己，雪媚心裡難受得要命。雖然她是被放在他身邊控制他的，但他年輕有為、學識淵博，最重要的是俊美不凡，她從未見過這麼好看的男子，好看到她作夢都想像不出來。

雪媚很早便知道自己會被獻給某個官員，無論那個男人是什麼樣子，她都要心甘情願地迎合對方，這是她的命，而她唯一的心願，就是不要遇上老頭子或性格殘暴之人。

那一天，當她親眼見到應青雲，知道要伺候的人是他，她的心便不受控制地狂跳，前所未有的興奮和開心，覺得自己實在太幸運了，竟能被送給這樣神仙般的男子，與他共度一生。

雪媚雖然不得不坑害應青雲，但也想與他好好恩愛，便說道：「大人怪雪兒，雪兒理解，可雪兒還是想跟大人解釋一下。雪兒並不想騙您，誰都不願意過這樣的日子，但是雪兒沒有選擇的餘地。雪兒十二歲便被父母賣入青樓，被老鴇選中餵食神仙散，毒癮早已深植，戒不了，只有聽曹大人的話，任他擺布，才有活路。」

應青雲聽罷，臉色比剛剛好了不少。「曼娘還有香姨娘，她們都和妳一樣？」

雪媚點了點頭，神情哀戚。「我們都是苦命人，若是不乖乖聽話，只有死路一條。」

應青雲垂下眼眸。「這麼說來，那位老鴇也是曹同知的人？」

既然應青雲已經加入他們，他就算知道內情也不會背叛，於是雪媚便違背曹岩的交代與他多說一些。「不錯，那老鴇表面上做皮肉生意，可背地裡卻將樓裡的好苗子都挑出來單獨培養並餵食神仙散，等到我們成癮了、不得不聽話之後，便將我們送到官員身邊控制他們。因為雪兒長得最美，便裝成是曹大人的養女，一直待在曹府等候時機，直到大人您出現才被送出門。」

應青雲聽完以後，對雪媚的神色又緩和了一些，繼續問道：「曹同知背後又是何人？」

雪媚搖搖頭。「這個雪兒便不知了。」

見她的確不像說謊，應青雲便換了個問題。「那控制我們的神仙散究竟從何而來？不會是曹同知自己研製的吧？」

「應該不是。」雪媚有心想挽回應青雲，便將自己知道的都說了出來。「有一次雪兒無意中看到曹大人也發了癮，身上卻沒有神仙散，雪兒隱隱約約聽見他和身邊的心腹說什麼

『沒了』、『還沒送來』之類的話，便猜測曹大人的神仙散也是從別人那裡得來的。」

應青雲眸子一瞇。「曹同知也吸食神仙散？」

雪媚點頭。

應青雲的眼神複雜，看來曹岩也受神仙散控制，製作神仙散的人才是真正的幕後主使。摸了摸手中裝著神仙散的盒子，應青雲黯然說道：「這神仙散如此厲害，想必南陽府中所有官員都吸食了吧。」

雪媚沈默了下來，算是承認應青雲說的。

其實這件事在應青雲的意料之中，若不是拿捏住了上上下下的官員，苛捐雜稅、貪墨稅銀此等大罪怎麼可能瞞了多年不被發現？

現在的問題便是，背後之人到底是誰。

為了製造被應青雲厭棄的假象，封上上只能等晚上他回了房間之後，設法避開別人的耳目，偷偷摸摸進去找他。

這段日子，應青雲為了裝出對神仙散上癮的模樣，忠實呈現癮君子的外表，不僅用心模仿宋成源發作時的樣子，更大大減少飯量，甚至減少睡眠時間，讓自己狼狽不堪，這才騙過了曹岩，讓他放下戒心，露出真面目。

封上上看在眼裡，別提有多心疼了，所以這次過來的時候帶了吃食。她找朱蓮音學做雞湯手打麵，歷經數次差點炸了廚房的艱辛奮鬥之後，終於做出了成品，在朱蓮音明顯鬆了口氣的神情注視下，默默提著食盒出了廚房。

應青雲問道：「妳做的？」

「你看出來了？」封上上看看自己做的麵。「很明顯嗎？」

應青雲沒說一句話，嘴角卻勾了起來。他第一次見到封上上這麼奇怪的人，明明說起美食來頭頭是道，指點起別人來也口若懸河，結果到了自己動手時就完全不行了。

封上上將麵碗推到應青雲面前。「這次你放心，我學了好久才做出來的，我嚐過了，味道可以，你不用怕會被毒死。」

「嗯，不怕。」應青雲拿起筷子便吃。

封上上在一旁看著他吃，看著看著便忍不住伸手摸了摸他的臉頰，摸得應青雲吃麵的動作一頓，抬頭看她。「怎麼了？」

「太瘦了。」他的輪廓瘦得比原先更加分明，下頷骨似乎能把人的手戳疼。

應青雲抿了抿唇。「過段時間就好了。」

封上上說道：「你多吃一點，早些把肉長回來，現在不如原來那麼好看了，看得我心好痛哦。」

聞言，應青雲立刻低下頭大口吃麵。

封上上嘿嘿一笑，看到桌子上有個盒子，伸手拿過來打開，就見裡面滿滿的都是神仙散，她神情一冷。「若不是我們警惕，早有準備，恐怕你會著了他們的道，此刻真的需要抱著這個才能續命了。」

她知道這東西的威力能夠徹底毀滅一個人，無論他之前多麼高高在上，又有多驕傲。

應青雲的眼神也很冷。「若真的迷上這東西，不是死，就是為他們做事，成為他們的走狗。」

封上上沈吟道：「你說背後之人為什麼選中曹岩呢？偌大一個南陽府，官位最大的還是知府，為什麼不一開始就將手伸向當時的知府，而是選擇曹岩？曹岩可沒當過知府，只是個權力沒那麼大的同知而已。」

應青雲自然也想過這個問題，他微微瞇了瞇眼，道：「曹岩十年前便來了南陽府任職，奇怪的是，這十年間他的位置從未調動過。」

「十年間沒調動過，這個情況有三種可能，一是沒有靠山，被上面的人徹底忘記；二是得罪了人，被人故意壓著不讓升職；還有一種便是……」封上上道：「背後之人刻意不讓他調動，就想讓他待在這個位置上，好控制此地官員，從而掌握整個南陽府。」

「曹岩背後有靠山毋庸置疑，第一種情況不成立。」應青雲接著道：「既然背後有靠山，第二種情況也不成立，只有最後一種可能，背後之人刻意放他在這個位置上，也許從他調來此地時一切就開始了，他甚至是被故意送來的。」

南陽府離京城頗遠，正所謂天高皇帝遠，若是想做點什麼，是個很好發揮的地方。另外，此地農業發達，同時盛產草藥，連帶的商貿也十分興盛，民脂民膏豐厚，背後之人選擇此地，倒是考慮得很周全。

這麼一來，魯時冒很可能不是第一個被控制住的知府。

封上上非常贊同應青雲。「所以那個人選擇曹岩，很可能是因為曹岩在來南陽府之前便是他的人，只要查清楚曹岩的關係與背景，就能順藤摸瓜，找到幕後主使。」

應青雲走到書架前，從上面拿出一疊紙，走回來遞給封上上。「這是曹岩的資料。」

封上上仔細地看了起來，發現曹岩是草根出身，一路靠自己的努力考上進士，但因為沒有人脈，一開始就跟應青雲一樣，被分發到一個相當偏僻的小縣當知縣，一當就是五年，頗有在這位置上老死之勢。

然而到了第六年，事情卻出現了轉機，曹岩升職了，直接被升為南陽府同知，這一當便到了如今。

封上上說道：「待在偏鄉五年完全動不了，為什麼之後突然高升了？若是沒有背景、沒有人脈，又沒有出色得足以讓人刮目相看的政績，也許他一輩子都會是個知縣。」

參與科考的人多如牛毛，終生死守一個小官位的例子比比皆是，曹岩不過是其中之一，卻因為某種原因而忽然高升了。翻看曹岩的執政紀錄，只能說是中規中矩，並無任何讓人印象深刻的成績。

應青雲道：「重點便是他擔任知縣的最後一年，這一年他應該是搭上了某個大人物，也就是案子的幕後之人，然而我卻查不出此人到底是誰，顯見對方最初行動時便相當隱秘。」

封上上皺著眉看著手上的資料，過了片刻，她抬頭看向他，問道：「若是你現在還在西和縣知縣的位置上坐著，一年、兩年、三年，三年又三年，依然升不上去，你會怎麼樣？」

應青雲眨了眨眼，輕聲道：「不會出現這種情況。」

封上上也跟著眨了眨眼，頗為驚訝。「這麼有自信啊？我還以為你會說升不上去就繼續做知縣，不要急呢。」

應青雲淡淡一笑。若是他沒有揹負著他娘的遺願，他願意坐在知縣的位置上努力為百姓辦事，就算是待一輩子也沒關係。可惜他有更重要的事情要做，他必須前進，必須往上走，就算沒人支撐他，他也會讓聖上注意到自己。

不過這些話應青雲不想跟封上上說，他怕她覺得他沒想像中那麼好，進而減少對他的喜愛。

封上上不知道應青雲在想什麼，也沒多問，只道：「那假如你是曹岩，總是升不上去，政績都被上面的人搶走，你想擺脫這種現狀，於是選擇依附於某人，你會用什麼方法來表現自己的忠心呢？」

應青雲吐出兩個字。「聯姻。」

「聯姻？」

「這是最快也最好的辦法，若是娶了對方的女兒，那麼自然成了對方的人。」

「所以……」封上上眼睛一亮，趕忙在紙上尋找曹岩的婚嫁訊息，就見上面寫明，曹岩在上任知縣的第五年娶妻林知月。

「第五年娶妻，第六年就升職了，這肯定有問題。」封上上看向應青雲。「他的妻子林知月是什麼人？」

應青雲回道：「林知月是一戶普通人家的女兒，父母做豆腐生意，而她因為貌美，被曹岩看中，聘為正妻。」

「啊？」封上上傻眼。林知月是普通人，那她豈不是猜錯了？「不可能啊，若曹岩真的想往上爬，不可能甘心娶個普通姑娘為妻吧？難不成是遇到了真愛，控制不住？世上不只你一個這麼傻的？」

這麼一想好像也不無可能，她自己就是個普通姑娘，應青雲不也是看上了她？聰明一點的男人肯定不會這麼幹，怎麼都得找個能幫助自己的岳家。

她的應大人傻，難道曹岩也一樣？

應青雲片刻無語，過了一會兒才嘆道：「上上，不是每個人都把仕途看得比感情重要的。」

封上上問道：「所以曹岩也是？」

應青雲搖了搖頭。「他應該不是。」

「怎麼說？」

「我猜測曹岩之妻林知月的身分有異。」

封上上立刻猜到了某種可能性。「私生女？」

應青雲點頭。「我已經讓景皓去查了，景府在京城的根基深厚，密探眾多，若想揭開大戶人家的隱私，還是查得出來。」

「嗯？」封上上看著應青雲。「這麼說你早就想到從他妻子那邊下手了？那你還認真跟我討論半天，怎麼不直接說啊，逗我呢？」

應青雲垂眸，他只是很喜歡跟封上上討論案情的感覺，這種一人說話另一人馬上就能接下一句，一人提出一點想法另一人隨即就能延伸的感覺，真的很好。

「好啊，還會逗我玩了，膽子不小啊！」封上上裝出一副凶神惡煞的模樣朝應青雲撲了過去。「今兒個不教訓教訓你，你就不知道怕！」

應青雲怕封上上摔倒，下意識地張開雙臂接住她，這一接便將人攬入懷中，迎面撲來一片柔軟馨香。

第六十一章　一網成擒

面對這個意外，應青雲身子微微一僵，正想放開封上上，卻被她捧住了臉頰，將臉頰往中間壓，他的五官全被擠在一起，嘴巴也嘟了起來，沒辦法說話了。

「哈哈哈……」封上上被他的樣子逗得笑了起來。「看你下次還敢不敢？」

應青雲相當配合地搖了搖頭，滿足了封上上的惡趣味。

「真乖。」封上上嘟起唇，在應青雲嘟起的唇上親了一口。

一觸即分，卻是兩人第一次嘴唇相碰，之前頂多親一下臉頰而已。

應青雲當場僵住了，耳根瞬間紅透，這抹紅暈一直往臉部蔓延，直到他整張臉像極了煮紅的蝦子。

原本封上上親完了以後也有點不好意思，但看到應青雲這麼不淡定的樣子，那點不自在瞬間煙消雲散，反而覺得他好玩得很。她心想，若是有一天她給他來個舌吻，他會不會當場渾身冒煙？

封上上被自己的想像弄得又忍不住笑了，一連笑了好一會兒才停下，把應青雲笑得整個人茫然，那點臉紅也被她給笑沒了。

過了幾日，景皓將從京城傳遞回來的訊息交給應青雲，看過信上的內容，應青雲心中的猜想總算落實——曹岩之妻林知月的確不是普通人，她是戶部尚書林元文的「私生女」。

景皓坐在椅子上翹著二郎腿喝茶，一邊喝、一邊道：「我爹說，林元文在考中進士之前曾經娶妻生子，後來被榜下捉婿，為了攀上厲害的岳家，便休了原配，他的原配受不了打擊，投河自盡了，只留下一個兩歲的女兒。

「林元文的新婚妻子自然不可能同意他帶這個女兒回家，於是他便將女兒送給一對賣豆腐的夫妻，每年給他們一些錢。後來，林元文掌了權，逐漸擺脫岳家的掣肘，開始納妾，也多了不少庶子女，但奇怪的是，他並未認回這個女兒，所以很少人知道林知月跟他的關係。」

封上上分析道：「按理說，林知月是他第一個孩子，應該是有感情的，他不太可能放棄這孩子，除非他另有安排，才隱瞞林知月的真實身分。」

景皓道：「如果是這樣，那就解釋得通了，曹岩是林元文的人，幕後主使就是林元文。」

應青雲卻沒附和這話，而是沈吟道：「也許是，也許不是。」

封上上問道：「怎麼說？」

應青雲沈默片刻後，這才開口道：「林元文，是二皇子的人。」

這下，連封上上都安靜了。

若這件事是林元文自己幹的倒還好，但要是牽扯到皇子……那就嚴重了。

堂堂皇子卻要貪墨稅銀，這代表什麼？

「怎麼辦？那還要查下去嗎？」封上上就算不了解古代的皇家權力到底多大，皇室成員彼此之間的鬥爭又有多殘酷，但還是知道一點——但凡牽扯到皇家，便不是一般人能招惹的，應青雲只是一個沒有任何背景的小官，若是被皇家人盯上，還有活路嗎?!

就算成功破了案子，但翻出了皇家的醜事，皇帝老子也不見得會高興，說不定還認為應青雲沒有眼色。

景皓嚇得直接從椅子上蹦起來，緊張地說道：「二皇子乃是燕貴妃之子，燕家手握重權，可不是好惹的，連聖上都不敢隨便動他們。青雲，你可千萬別再查了，萬一真的查到二皇子身上，你的小命說不定就沒了！」

應青雲自然也知道事情的嚴重性，他沈思了半晌，道：「先將證據拿到手，再秘密呈給聖上，讓聖上自己定奪吧。」

景皓欲言又止，顯然不贊同應青雲繼續查下去。

封上上沒再多說什麼，也沒有勸應青雲住手的意思，只是靜靜看著他。

要是對曹岩以及林知月的情況一無所知，那案子查起來可能很費勁，但是有目標地去查便容易多了。

想知道曹岩與林元文之間有沒有特殊的勾當，只要從林知月著手即可，她是曹岩的枕邊人，不可能不知道他吸食神仙散；同樣的，身為林元文的女兒，神仙散從何而來，林知月必定知曉一二，甚至神仙散就是透過她流入曹岩手中的。

應青雲派了幾個武藝高強的人偷偷盯著林知月，景皓也親自出馬。曹岩連應青雲假裝有毒癮都看不出來，又怎麼能想到他會查到自家夫人身上呢？所以，曹岩在完全沒防備的情況下，被查出了很多秘密。

比如，曹岩表面上愛妻、敬妻，後宅只有林知月一人，實際上，他總是在外頭玩女人，玩的還是同僚和下屬們的另一半。每當舉辦宴會，眾官員們便帶著自家妻妾前去赴宴，等到吃飽喝足之後，那些女人便假借聊天進了同一間臥房，服侍的丫鬟們則各自離開，一刻鐘後，曹岩一個人悠哉地走進房間，和眾位美人共處一室，一待就是大半天。

得知這個訊息，封上上都驚呆了。之前一直覺得古人含蓄，可真要玩起來的話，他們的手段、方法跟程度比起現代人也不遑多讓。當然，純情的人也有，像是她的應大人。

曹岩這般玩弄別人的女人，而那些大人們頭頂都綠得發光了，卻依然對曹岩笑呵呵的，也是厲害了。

她「嘖嘖」了兩聲。「貴圈真亂啊——」

應青雲半晌沒說話。

封上上繼續道：「曹岩愛妻的形象是裝出來的，他不敢公然玩女人，這說明他顧忌林知月，林知月背後雖然有林元文，但曹岩不至於連個妾都不敢納，他甚至連個通房都沒有，對他這種色胚來說，實在太不尋常了。」

應青雲說道：「只有一個可能，就是林知月手上握著曹岩的命脈。」

至於這命脈是什麼，封上上跟應青雲都心知肚明。

過了幾日，林知月那邊有了動靜，她帶著丫鬟們坐車去了城外的莊子，一進莊子便緊閉大門，過了七、八天才從裡面出來，等林知月一走，莊子上的人便再次關上大門，甚至還上了鎖。

景皓發現這莊子看似普通，面積卻很大，四周的圍牆建得奇高，一般人根本翻不過去，不光如此，莊子裡還有許多守衛看守，看模樣都是練家子，這群守衛分成三班，每日巡邏，十二個時辰不停。

不用說都知道這個莊子不簡單，很有可能跟神仙散有關。

幸好景皓武藝高強，輕功也厲害，這高高的院牆攔不住他，他蹲守了三、四天，終於趁守衛換班的機會偷偷溜了進去，等下次換班時再悄悄溜出來。

回到府衙，景皓來不及吃飯、睡覺，就將懷裡的東西往桌上一放。

封上上看到那樣東西，呼吸頓時一窒。

「這是什麼？」應青雲之前從未見過此物，但既然是從那莊子上弄來的，必定不是什麼好東西。

景皓說道：「我也弄不清這是什麼，可是林知月那莊子裡種的全是這東西。我心想肯定有用，就偷拔一棵帶回來了。」

「那裡種滿了此物？」應青雲皺起眉頭，伸手將桌上的紅花拿起來細細察看，同時在腦中搜尋此物，然而遺憾的是，他並未見過關於這種植物的記載。

「沒錯，我進去的時候也嚇了一跳，裡面都是田地，上面搭了很大的棚子，田裡清一色是這些東西，花還怪好看的，不過哪有人養一莊子的花，就算要賣也不值錢吧？」

封上上神色複雜地出聲道：「這個叫罌粟。」她又指了指景皓手中的果實。「那是罌粟果。」

現在並不是罌粟開花跟結果的季節，但是按照景皓的敘述，應該是有類似溫室的構造，才能確保全年都可採收。

「妳認識？」應青雲詫異地問道。

封上上推測這個時代罌粟還未普及，大多數人都不知道它的功效，只有極少數的人發現了它的用處，所以就連應青雲這個飽讀詩書的人都不曉得。

按理說封上上這個村姑是不該知道這些的，說出來明顯惹人懷疑，但是她和應青雲一路走來，露出的「破綻」已經很多了，畢竟她根本沒在他面前隱藏什麼。

封上上知道應青雲會懷疑，也做好他會問自己的準備，然而直到現在，他什麼都沒問過。

此刻，封上上依舊毫無隱瞞地說道：「認識，這朵花是罌粟花，那個綠色的果實便是罌粟的果子。罌粟的用處很廣泛，用得好，可以治病，若是用得不好，便會讓人上癮、毒害身體，此物應該是神仙散的主要原料之一。」

「竟然這麼厲害?!」景皓嚇得趕忙甩開手裡的罌粟果，在衣服上使勁擦手，生怕自己沾上毒癮便完蛋了。

封上上將罌粟果撿了起來。「這個東西直接碰不會有事，需要進一步加工和處理才行。」

她懷疑林知月有特殊的處理方法，肯定不單單使用罌粟作為神仙散的原料，應該還加了其他東西，否則無法製成香料，光聞就能讓人上癮，這點跟以罌粟為原料的鴉片還是有區別。

應青雲顯然跟封上上想的一樣，道：「應該是只有林知月才知道如何用此物製成神仙散，所以每隔一段時間她便進入莊子中製作，帶回去給曹岩。」

封上上接著道：「若非自幼即生長於市井，普通女子不可能知道這種毒物的製作方法，林知月嫁給曹岩以後，除了莊子很少去其他地方，她就是想解釋都難，所以咱們可以收網了。」

應青雲眯了眯眼，當晚便寫了一封密摺，連同罌粟以及神仙散一同交給景皓，讓景皓秘密離開南陽府，前往京城呈給聖上。

密摺中，應青雲只將自己調查到的事實寫下來，同時抖出林知月與林元文的關係，其他的一概沒寫。

這背後牽扯什麼人、什麼事，應青雲相信聖上比他看得清楚，不需要他多嘴。

不過，罌粟畢竟是一種植物，「可以製毒」也是封上上單方面的說法，沒人見過這種植物是怎麼製成神仙散的，包括封上上也不知道，林知月完全能說自己是喜歡這種植物才種的，將自己從此事中摘出去。

所以，他們還差最後一步——人贓俱獲，讓林知月無可狡辯。

送完密摺後，應青雲便調集衙門所有人手，在林知月又一次進入莊子後，帶著人馬打了她一個措手不及。

莊子上的守衛沒想到會有人闖進來，紛紛拔刀相向，雲澤在他們動手之前表明了應青雲的身分，誰知這群人只猶豫了片刻，便在領頭人的指示下攻擊他們，顯然是打算滅口。

眼看雙方即將開戰，下一秒，應青雲帶來的這些人做出了奇怪的舉動——從自己的腰間扯下一個袋子，將袋口打開，手伸進袋子，接著閉上眼睛，從裡面抓出一把粉末，揚手朝衝上前來的守衛們撒了出去，完成動作後立刻往後退。

一陣白霧飄過，這些守衛們先是慘叫，繼而捂著眼睛在地上打滾，連手上的刀都掉了。

衙役們乘機制伏這些守衛，不出一盞茶的工夫，他們便被綁了起來。

吳為笑著說道：「這個辦法太好了，兄弟們不知道少流了多少血！」

應青雲看向封上上，嘴角不由自主地往上勾。虧她想得出在麵粉裡混辣椒粉撒出去這種方法，簡直比動刀子還厲害，若非如此，今日不可能這麼順利。

趁林知月反應過來之前，他們闖入她所在的院子，火速制伏門口的守衛和丫鬟之後破門而入。

林知月待在一間密閉的房間中，她站在一張桌子前，桌上擺著各種材料，其中就包括罌粟果，此外還有一個冒著煙的香爐，林知月正將材料往香爐裡放，而一旁擺著的錦盒中，已經有不少做好的神仙散，這下林知月想賴都賴不掉了。

很顯然的，林知月沒想到會有人闖進來，當場愣在原地，等看到應青雲之後，她瞳孔先是一縮，接著便回過神來，說道：「應大人這是何意？」

應青雲淡淡答道：「來捉拿製作神仙散為禍南陽府之人。」

林知月的心猛然一跳，她咬著牙道：「應大人，您是瘋了不成！」

「本官瘋或是沒瘋，就不勞妳操心了。」說完，應青雲讓人將林知月綁起來。

林知月雖然從小就養在賣豆腐的人家，然而憑著林元文給的錢，她一向過得養尊處優，丈夫也對她尊重並愛護有加，何時被人這樣對待過？此刻被人捉拿，她的表情都扭曲了，怒道：「應青雲，你怕是瘋了！你已對神仙散成癮，要是敢動我，就等著生不如死吧！」

應青雲的臉色絲毫未變，點頭道：「那本官等著。」

見他完全沒被自己說的話影響，林知月隱約覺得不對勁，她慌了，吼道：「你以為抓了我你就好過了嗎？你對神仙散上癮，後半輩子別想戒掉，朝廷不會重用一個有毒癮的人，你會在痛苦中死去，什麼都沒有！只要你現在放了我，後半輩子就能有享之不盡的榮華富貴！」

應青雲淡淡一笑，什麼話都沒說，揮揮手讓吳為將林知月捆起來押回衙門大牢。

半路上，他們被匆匆趕來的曹岩給攔住了。

曹岩身後帶著不少人，此刻他的神情很難看，皮笑肉不笑地說道：「大人這是演哪一齣啊？」

應青雲一副處變不驚的模樣，說出跟剛剛一模一樣的回答。「捉拿製作神仙散為禍南陽之人。」

曹岩神情不善，咬著牙道：「大人，您怕是瘋了！」

封上上心想曹岩跟林知月不愧是夫妻，連說的話都一樣。

應青雲平靜地看著他。「曹同知，本官沒瘋。本官奉聖上之命調查前任南陽知府貪墨稅銀之事，現已查出真相，自然要捉拿背後涉案之人。曹同知來得正好，本官正要緝拿你歸案，你倒是主動送上門了。」

封上上在旁邊差點笑出聲，瞧這話說的，真是要把人氣死了。

曹岩的臉猙獰了起來，死憋著一口氣，態度極差地問道：「你有什麼證據？休想誣賴我！」

應青雲覺得曹岩這個時候還在掙扎，著實有點可笑。「曹同知利用神仙散控制魯時冒與此地官員，讓他們配合你貪墨稅銀，你甚至對本官用了同樣的招數，還讓本官將宋成源滅口，難不成這都不算證據？」

「誰能證明？這只是你的一面之詞！你以為你說什麼聖上就信什麼?!」

「自然不只本官的一面之詞，這些事曹同知就不用操心了，來人，拿下！」

曹岩慌了，使出手上最後一張王牌。「你別忘了你也身中毒癮，動了我，你以為你跑得掉？你是個聰明人，聰明人就別幹蠢事自尋死路，要是沒有神仙散，你就完了！」

應青雲神色平靜道：「本官的事就不勞曹同知操心了，曹同知還是留著力氣去跟聖上解釋吧。」

曹岩並不蠢，到了這個時候，他突然什麼都明白了，眼睛慢慢瞪大，不敢相信地看著應青雲道：「你——你根本就沒吸神仙散是不是？你是裝的，你沒中神仙散的毒癮！」

見應青雲沈默不語，曹岩知道他這是默認了。

「宋成源也沒死是不是？你又騙了我！」曹岩頭一暈，眼前白光一閃而過，身子搖搖晃晃，差點癱倒在地。他聲音顫抖，一遍遍呢喃。「你騙了我……你竟然騙過了我……」

應青雲不想再聽曹岩廢話，示意衙役們上前捉拿他。

曹岩自知被抓會有什麼後果，自然不會束手就擒、坐以待斃，他牙一咬，命令身後的人動手。

可惜，那些人還沒來得及拔刀，迎面便迎來一把又一把的粉末，接著每個人都捂著眼睛慘叫，不可能動手了。

曹岩也中了招，輕輕鬆鬆就被拿下了。

吳為一邊綁人、一邊感慨，覺得自己怎麼就沒想到這麼厲害的方法，不費一兵一卒就把敵人打得落花流水，簡直躺著贏。

拿下曹岩，接下來的事情就簡單了，所有涉案官員都被逮捕，集體關入大牢之中。

過了一個月，景皓帶著聖上的手諭以及一百名御林軍回到南陽府。

聖上震怒，命應青雲將曹岩等人全部押入京城候審，他要親自審理此案。

應青雲銜命入京，他才剛上任不久，椅子都還沒坐熱，便要離開南陽府知府這個位置，讓給其他人坐了。

這一去，不知是福還是禍。

第六十二章　就任京官

聖命不可違，這次的調令比上次來南陽府的急得多，吳為的妻兒才過來沒多久就又要搬家，他們一家的新住處壓根兒來不及賣掉，只能暫時鎖上大門，待日後有空時再回來處理。

前往京城之事刻不容緩，大夥兒連夜收拾行李，第二天便出發了。除了停下來吃飯、睡覺，其餘時間全都在趕路，一連趕了半個多月，他們終於抵達京城。

入京之後，曹岩等南陽府的官員們便被大理寺的人帶走，應青雲則被傳入宮中，聖上指名要見他。

封上上和其他人自然不能跟著進宮，景皓本想帶他們去自家住下，但封上上拒絕了。不管怎麼說，景府都不是普通人家，他們一群人不好上門打擾，還不如住客棧。

景皓幫忙安排了一家客棧讓他們暫歇，等大家放好東西之後，他便要回家去向父母請安，因為要是再不回去，他父母就要派人來捉他了。

待景皓離開之後，封上上帶著朱蓮音、小虎子和二妞一起去街上逛逛，感受一下京城的氣氛。京城的繁華是南陽府遠遠不及的，連封上上這個來自現代的人都看得眼花撩亂，更別提朱蓮音還有那兩個小的了。

「京城好大、好多人呀！」小虎子瞪著圓滾滾的眼睛左看右看，一門心思全放在周遭新奇的事物上，壓根兒沒想到要看路，二妞只好拉著他的手帶他走。

朱蓮音感慨道：「沒想到我這老婆子還能來京城看看，年輕的時候都不敢想，這輩子真是值了。人家都說我沒個一男半女，注定孤苦終老，誰能想到我的福氣比他們都好，不僅有你們這些孩子陪伴，連京城都來了。」

封上上被她的話逗笑了。「我說奶奶，不就是來趟京城嘛，瞧把您樂的。」

朱蓮音說道：「這裡可是天子腳下，是聖上待的地方，我老婆子能來這裡，怎麼不樂？」

封上上完全無法理解這個時代的人對皇權的敬畏以及對皇帝本人的崇敬，只得笑著說道：「好好好，樂樂樂，說不定後面還有讓您更樂的事情呢！」

「啥事啊？」朱蓮音好奇地看著她。

「嗯……等大人回來以後應該就知道了。」封上上不再多說，恰巧她看到路邊有個賣臭豆腐的攤子，頓時大喜，立刻讓老闆來四份。

「好臭哦……」小虎子捏住鼻子不敢吃，二妞也猶豫著不敢張嘴，這兩個孩子都是沒吃過臭豆腐的。

封上上津津有味地吃了起來，一邊吃、一邊道：「聞著臭，吃起來可香著呢。」

臭豆腐的老闆附和道：「這位姑娘一看就是行家，我家的臭豆腐可是京城一絕，吃過的沒人說不好的。」

朱蓮音嚐過了味道以後，鼓勵兩個孩子道：「吃吧，好吃著呢。」兩個孩子這才信了，各戳一塊起來吃，一入口雙眸便是一亮。

「好好吃啊！」小虎子鼓著腮幫子直點頭。

「是吧？跟在你上上姊姊後面，就沒有不好吃的東西。」封上上捏了捏小虎子肉乎乎的腮幫子，很是得意。

這孩子之前瘦巴巴的，可一張臉倒是挺有肉，自從跟了她以後，身子便漸漸養胖，這小肥臉如今捏起來也更帶感了。

封上上捏得正開心，身邊卻突然傳來一陣騷動，轉頭一看，不遠處一行人正騎著馬快速地往這邊奔來，遇人不避。街上的行人慌慌張張地躲開，路邊的攤子也急忙收起東西，生怕被他們撞到。

「快避開！」封上上趕忙抱起小虎子往旁邊一躲，二妞和朱蓮音緊跟在後，四個人剛跑開，身後就颳起一陣疾風，馬蹄擦著他們的身體而過，要是再晚個一秒鐘，這會兒就被踏傷了。

然而，不是所有人都像他們手腳這麼俐落，有對母子便沒反應過來，躲得慢了，直接被馬蹄給碰倒，母親將孩子牢牢護在身下，自己卻被踏傷了腿，癱在地上動不了，她抱著腿痛呼不止，看樣子骨頭是斷了。

街上的人們露出憐憫的眼光，卻不敢多管閒事，因為在大街上縱馬的是一群衣著光鮮亮麗的公子哥兒，一看就是權貴人家出身，他們沒本錢跟這些人叫板，被踏傷了也只能自認倒楣。

那些人見傷著了人，倒是停了下來，但沒有下馬，只是居高臨下地看著地上的那對母子，露出不耐煩的神色，為首之人朝旁邊那個踏傷了人的男子斥道：「你怎麼騎的，馬術要是不行，回家多練練！」

踏傷人的公子哥兒大概二十來歲，模樣生得不錯，只是眼窩凹陷、眼圈青灰，一看就是沈溺酒色之輩。他怒道：「是他們不長眼，看到馬來了也不知道躲，關我什麼事?!」

同行其中一人道：「行了行了，別耽誤時間，給點錢打發吧。」

聽到那個人這麼說，那位公子哥兒不耐煩地拿出一塊銀子，隨意地扔到那母子倆身上。

見狀，為首之人抽了一馬鞭，一行人便呼嘯而去。

直到那群人不見了蹤影，周圍的人才敢上前關心這對母子，有幾人合力將他們送去醫館，還有人幫忙去通知他們的家人。

封上上氣得不得了，問賣臭豆腐的老闆。「那群人是誰？」

臭豆腐老闆對這種事早已經見怪不怪。「都是權貴之家的公子哥兒，就喜歡賽馬，要是見到他們來了，可得跑得快一些，不然被撞傷了也沒處說理去。」

封上上道：「就沒人管嗎？我記得大魏律法規定當街不允許縱馬吧？」

臭豆腐老闆面露嘲諷。「管？誰敢管？就算去衙門報案，那些官員也不敢得罪他們，要是管了，說不定自己還要吃排頭。咱們老百姓有苦說不出，還不如躲得遠一些，免得遭殃。」

封上上不說話了。雖然知道每個朝代都有這種事，但親眼看到時，心裡還是悶得慌。剛剛她真想衝上去，將那些高高在上的公子哥兒拖下馬狠狠揍一頓，最好是揍得連他們的親爹娘都認不出來。可是她有理智，知道現在自己沒能力擺平衡動行事的後果，不但給自己惹禍，還會連累應青雲，所以只能生生忍下。

內心憋著股氣，方才的好心情不翼而飛，就連兩個孩子都受到影響，不想再逛了，四個人勉強沿著街道又走了一會兒，就轉身返回客棧。

回到客棧沒多久，應青雲便從宮裡過來了，一見面就開口問：「怎麼沒出去逛逛？」

他對封上上十分了解，按照她的性子，肯定會在第一時間帶其他人出去享用京城的美食，此刻這般在屋子裡乖乖待著，不像是她的風格。

還不待封上上說什麼，小虎子便道：「我們遇到幾個壞人，他們騎大馬撞到人了，上上姊姊生氣。」

應青雲胸口一緊。「有沒有傷到哪裡？」

封上上搖搖頭。「我們躲開了，沒事，可是另一對母子被撞傷了。」

應青雲立刻明白那些人不是普通人，十之八九是勛貴子弟，而她沒辦法動手教訓他們，心裡應該很不好受。

顧不得有別人在場，應青雲輕輕拍了拍封上上的頭。「以後會好的。」

知道應青雲在安慰自己，封上上笑了笑，收拾好心情，問他。「大人見到聖上了嗎？」

應青雲點頭。

「聖上說什麼了？」

「詳細問了我案子經過。」

「那後面怎麼辦？曹岩的案子牽扯到那麼多大人物，聖上打算怎麼處理？」

「曹岩等人已經移交給大理寺，聖上打算親自審理，不需要我過問。」

封上上點點頭表示理解。這個案子涉及許多高官，甚至牽扯到了戶部尚書林元文背後的二皇子，聖上怎麼可能放心將案子交給其他人？何況應青雲無權無勢，若是由他繼續處理下去，場面很可能失控，最糟的情況是連他的小命都丟了。

這一點她明白，聖上自然也想得到。

封上上識趣地不再過問此事，而是問道：「那聖上給大人安排差事了嗎？接下來要去哪裡？」

應青雲臉上無悲無喜，淡淡道：「聖上安排我擔任京兆府少尹。」

朱蓮音驚喜道：「這是又升官了啊？京兆府少尹是京官吧？以後要留在京城了？」

應青雲點點頭。「的確是京官。」

的。

朱蓮音臉上笑開了花。「太好了！」她笑了好一會兒，才想到要問京兆府少尹是幹什麼

應青雲解釋道：「京兆府主管京城大小事務。」

朱蓮音一聽就覺得這官很威風，封上上卻知道京兆府少尹相當於首都的副市長，主管京城各種事務，事多且繁瑣，最重要的是，此處官宦遍地、權貴當道，隨便掉一塊磚頭下去就可能砸到一個當官的，或是哪個高官的親戚。

想當好京兆府少尹這個官，就得得罪人；想不得罪人，那這工作便做不好。拿剛剛的事情來說，當街縱馬撞傷老百姓，就是歸京兆府管，但京兆府一出面，那幾個勛貴子弟肯定會動用家族勢力干預——大佬出手，你敢多說一句？

這活可真不是普通人能幹的啊！

封上上臉都黑了，等其他人都出去之後，便仔細地打量起了應青雲的五官。

應青雲被她盯著看了好一會兒，才問她在看什麼。

「我在看你是不是長了副倒楣相。」

應青雲無語。

「但是我左看右看，你這長相都不倒楣啊，怎麼就盡碰到些衰事呢？難不成是聖上看你不爽？」

先是派他去查南陽府的案子，那案子多凶險、多難搞，可說是有目共睹，要是一個不小

心，很可能染上毒癮，一輩子就廢了。

好不容易破了案子，結果給他安排了一個京兆府少尹的活，看起來光鮮，其實就是另一個大坑。她敢說別人肯定不想坐到這個位置上，皇帝找不到人願意接手，就抓了應青雲這麼個替死鬼。

應青雲也知道這活就是顆燙手山芋，一時沈默不語。

封上上愁得不得了，拍了拍應青雲的肩膀。「這活可怎麼幹呢？」

看她愁眉苦臉的，應青雲反倒笑了，安慰她道：「也沒妳想的那麼難，什麼事都有解決的辦法，何況聖上也知道我要當好這官並不簡單，跟我透過底了，讓我儘管放手去做。」

聖上也知道京城的人際網絡錯綜複雜，官員們的關係更是盤根錯節。京兆府的差事本就不好當，近幾年京城的局勢更是越發混亂，聖上有心肅清京城風氣，便想找個剛正不阿、不畏權貴又有能力的人來管。

前段時間京兆府一個少尹犯了事，被聖上給拔了官，正想找人頂上，可能恰巧覺得應青雲合適，便召他上京，讓他來坐這位置。

「真的？」封上上稍稍鬆了口氣。雖然這活還是難幹，但有皇帝罩著，應青雲至少有了基本保障，別人不敢隨便動他，他這官位也不會輕易丟了。

封上上想到他們接下來最起碼要在京城待上幾年，不禁問道：「那我們是不是要先租個院子住下？總是住客棧也不是辦法。」

應青雲點頭。「不租，買個二進的院子吧。」

封上上眨了眨眼，提醒道：「應大人啊，你可知這是京城？京城的房價跟南陽府可不是一個等級。」

應青雲回道：「我知道。」

「知道還想買院子？就算去偏僻一點的地方，買間院子起碼要好幾百兩吧？咱們哪來這麼多錢？」

封上上很清楚應青雲是實打實的清官，就靠俸銀度日，養活一大家子不說，還時常救濟百姓，所以他手裡壓根兒沒多少錢，幾十兩有，幾百兩那是不可能的。

應青雲看封上上又憂愁了起來，便伸手從前襟掏出一樣東西遞給她。

封上上定睛一看，好傢伙，竟然是好幾張銀票，一張一百兩。

「你哪來這麼多錢？」封上上眼珠子都快瞪出來了。

應青雲說道：「聖上覺得我連破多案有功，問我要什麼賞賜，我便討了銀票。」

封上上難以置信地說：「你當著聖上的面說你不要其他的，就要錢？」

應青雲點頭道：「嗯。」

封上上拍了拍額頭。「那聖上不覺得你俗？哪有人開口向聖上要錢的？」

想像一下，中央政府覺得你活幹得不錯，想獎勵你，問你要什麼，正常人肯定會說「為人民服務是應該的，不需要獎勵」，就算要，也得要個高雅一點的東西，像是文房四寶啊、皇帝墨寶之類的，他倒好，直接說要錢，不知道聖上心裡是怎麼想他的。

應青雲倒是無所謂，說道：「風雅建立在生活無憂的基礎之上，我覺得解決民生問題最要緊。」

封上上沈默半晌，覺得他這話也有道理。反正就是窮嘛，遮遮掩掩幹什麼，沒錢萬萬不能，有錢就能在京城買院子了。

「你說得對！」封上上瞬間屈服在資本主義的誘惑下，點頭道：「要得好！」

看她態度轉變得奇快無比，應青雲一時無言。

「那我現在就去尋院子，抓緊時間定下來，總不能讓你每日從客棧出發去京兆府吧，那多寒磣。」

「別急，我話還沒說完。」應青雲拉住封上上，道：「聖上也給妳授職了。」

封上上不禁一愣。「我？我授什麼職？」

應青雲說道：「聖上詳細問了我從西和縣到南陽府的每個案子，我如實回答，聖上自然會注意到妳。知妳驗屍技術高超，推理破案能力極佳，聖上便說不能埋沒了妳，因而讓妳擔任京兆府的仵作。」

「啊？」封上上相當驚訝。「聖上不覺得女子當仵作不合適嗎？」

應青雲微微一笑。「聖上是位明君。」

封上上點點頭，看來這位聖上不如想像中那般食古不化，也不迂腐，很好很好，她不會失業了。

接下來就是找新住處，聖上給的錢很充足，因此他們決定在瀾政坊這邊尋找院子。瀾政坊雖然不是權貴聚集地，也不在皇城邊，但離京兆府不遠，步行一刻鐘便能抵達，按照前世的說法，此地位於蛋黃區內，位置還是很好的。

他們花錢找了牙行，牙人不出三天就找到了一處三進的院子，前不久剛翻新過。原本住了個做布疋生意的商人，但他做生意虧了本，打算賣掉院子回老家去。

由於急著脫手，那人並未漫天要價，也不打算加上裝修的費用，他買的時候花了一千兩，直接以入手的價格轉賣，應青雲和封上上都覺得很不錯，當天便定了下來，過兩日就搬了進去。

搬進新宅的第二天，應青雲和封上上便走馬上任了。

京兆府要處理的事情很多，除了掌管治安，也包括調查刑事案件。這裡原本就有兩名仵作，都是男子，一位三十多歲，叫鐘綽，另一位五十多歲，叫馮秋林，平常大家都叫他馮叔。

馮叔在京兆府幹了大半輩子，見到來了個女仵作，還這麼年輕貌美，雖心中訝異，但面上倒是沒表現什麼，甚至主動帶封上上熟悉環境。

透過閒聊，封上上這才知道鐘綽和馮叔兩人是師徒。鐘綽十五歲便開始跟著馮叔學驗屍，已有二十年了，但他幾年前才正式獨自驗屍。

三個人正說著話，前頭就來了衙役，說是有案子，需要人去驗傷。

到了前衙，才知道原來是幾戶佃農前來告狀，說一直租給他們田地的東家突然不租了。可他們已經買好了種子，就等著播種了，這節骨眼上忽然不讓他們種，要到哪兒去重新找田地？就算運氣好能找到，萬一錯過了播種的時機，那下一季他們要吃什麼？

這無異於是要了佃農的命，佃農們只好上東家的門求情，可是管事卻把他們給轟了出來，他們還要跟管事爭取，就遭人一頓毒打，佃農們無處說理，只好找到京兆府來求大人們作主。佃農們模樣淒慘，一個個鼻青臉腫的，有兩個還見了血，足以可見被打得不輕。

按理說這不過是民間糾紛，並不需要位階較高的官員出面，然而租田給這些佃農的不是普通人，而是禮部侍郎何致遠。

既然與禮部侍郎有關，自然不能怠慢，底下人趕忙將事情報了上去。

說起京兆尹耿榮，他年事已高，除非有天大的狀況，否則他不會出面，而是全權交給少尹處理，這件事也不例外。

京兆府另有一名少尹，叫做袁信，袁信能在這個位置上安安穩穩地坐了三年，除了家世過人，本身當然也不笨，一聽到涉及到禮部侍郎，頭皮一炸，馬上稱家裡有事逃了，事情就落在了應青雲頭上。

第六十三章　偶遇王爺

應青雲沒多說什麼，親自出面處理，第一件事就是讓仵作為幾位佃農驗傷，看是否為毆打傷。

馮叔師徒立刻上前給佃農們檢查，見封上上站在一邊，便讓她記錄驗傷結果，多看多學。

封上上沒有意見，拿著紙筆開始寫。

一番忙活下來，這些佃農身上的傷全部檢查完畢，的確屬於毆打傷，包括用拳頭打的、用棍子敲的。

應青雲馬上就派人去何府，將涉事的管事傳來衙門。

就這麼一件簡單的事情，卻足足花了一個時辰才把人等來，何府管事楊興穿著體面，不緊不慢、慢悠悠地走進來，一副氣定神閒的模樣，半分沒有被京兆府傳召的慌亂。

楊興對應青雲絲毫不畏懼，雲淡風輕地給他行了個禮。「不知大人召小的來所為何事？」

應青雲當然知道他是明知故問，也不惱，將案情複述一遍後，問道：「這幾位佃農所言可有虛假？」

楊興看了佃農們一眼，對應青雲道：「大人，這幾位的確是我們府上的佃農，但因為地種得不好，我們決定今年不租給他們種了，應該沒有什麼不妥吧？」

幾位佃農氣壞了，為首的熊大反駁道：「我們照顧莊稼比待孩子還好，如何說種得不好？何況我們每年按時交租，從不拖欠，憑什麼說不給種就不種了！」

楊興哼了哼。「沒有哪條律法規定不能換佃農吧？地是我們府上的，想租給誰便租給誰。」

「你——」佃農們氣憤異常，卻又無可反駁。

應青雲抬抬手，讓他們少安勿躁，而後道：「府上更換佃農無法可管，但將人毆打至此，律法是要管的。」

楊興臉上的笑意淡去，多看了應青雲兩眼，這才道：「大人，這是冤枉了，小的可不敢毆打佃農，實在是這群佃農鬧事，府上家丁阻攔，他們卻動手毆打家丁，家丁們還手，這才傷了人。」

佃農們被他顛倒黑白的說法氣得臉都脹紅了，怒道——

「你血口噴人！」

「簡直是胡說八道！」

熊大轉身跪在應青雲跟前道：「大人，草民們可沒有動手，只是一直在跟他們求情，誰知他們就動了手，差點把草民們打死。」

應青雲看著楊興，問道：「按照你的說法，是佃農們先打何府家丁，家丁們才還手的，你們不是單方面毆打，而是防衛？」

楊興臉不紅、氣不喘地說：「對，就是如此。」

應青雲點點頭。「這麼說，府上的家丁也受了傷吧？」

楊興頓了頓，他總不能說家丁們半點傷都沒有，那還怎麼稱是防衛，只好點頭應是。

「既如此，去將涉事的幾位家丁帶來，讓仵作驗個傷，看此言是否屬實。」應青雲立刻吩咐人去何府。

楊興雙眼瞪大了，沒想到這位新來的京兆府少尹如此不識趣，這是要拆臺？

「大人，家丁便不用傳了吧？」楊興的口氣沈了下來。

應青雲說道：「不傳家丁，何以查清事實真相？總不能憑你的一面之詞。」

楊興表情陰沈，提醒道：「少尹大人，您可知小的主子是誰？」

應青雲挑了挑眉。「此案與府上大人是誰有關？」

楊興一噎，神色怪異地看著應青雲，咬牙道：「小的主子可是禮部侍郎何大人。」

應青雲臉色平靜無波，反問道：「你的意思是，何大人讓你們毆打佃農的？」

「您——」楊興臉色大變。「您休要胡說！」

「既然不是何大人，那到底是誰讓你們毆打佃農的？」

楊興說不出話來。

應青雲等了片刻，見楊興回答不出來，便問道：「看來這個問題很難，是否需要本官親自向何大人詢問？」

楊興沒想到應青雲會說出這種話，自家大人可是堂堂的侍郎，要是被他當面問這件事，還有什麼面子可言?!

這會兒楊興算是看清了，新來的這位少尹是個不通人情世故的愣頭青，自己要是不認下，事情說不定會鬧大。

權衡利弊之下，楊興只好忍下心中那口惡氣，低頭道：「此事小的主子自然不知，是小的看他們糾纏不休，便讓家丁們趕他們走，不想家丁沒個輕重，傷了人。此事都怪小的，小的願意承擔責任。」

應青雲點了點頭，道：「既然你承認是你的錯，那麼就罰你賠幾位佃農診治費，另外府上田地臨時撤租，佃農們來不及尋新田地租種，造成的損失都由你負責，算下來一位佃農該給十兩銀子，你可有異議？」

楊興極不甘願，卻只能答應，心想回去定要狠狠告應青雲一狀，遲早讓他吃苦頭。

當場賠了銀子之後，楊興拂袖而去。

佃農們高興壞了，沒想到能得到這麼多賠償，他們感激得朝應青雲跪下，一遍遍地道謝，衙役們好不容易才將他們拉起來。

經過此事，京兆府上上下下對這位新來的少尹大人有了深刻的印象——頭鐵。就是不知道後面頭還能不能這麼鐵，希望這位頭鐵的大人好運。

封上上暗暗嘆氣，這才第一天就得罪人了，京兆府少尹這活果然不好幹！

京兆府少尹這活的確不好幹得很，每日接到的大大小小報案不計其數，雖然不是事事都需少尹出面，但遇到難辦的，底下人便要來請兩位少尹定奪。

袁信一貫圓滑，但凡涉及權貴，找他基本沒用，而在見識到應青雲的頭鐵之後，下面的人一有難事都喜歡找他求助。

頭鐵的應少尹不看權勢，只講公道，秉公辦理的態度讓底下人辦起案來輕鬆不少，雖然得罪了人，但怪罪不到他們頭上，仇恨都被應少尹拉走了。

一時之間，應青雲很受京兆府眾人歡迎，包括年老的京兆尹耿榮都很喜歡他。雖然他認為應青雲辦事風格太過剛硬，但還是很欣賞這樣的年輕人，京兆府就是需要這種人幫他排憂解難。

耿榮私心想要應青雲多幹幾年，所以那些來找他告應青雲狀的，都被他和了稀泥。

忙忙碌碌一旬，應青雲終於迎接來到京城後的第一次休沐，封上上也在這天休息，她早就等著休沐時帶全家去天香樓大吃一頓了，來京城這麼久，還沒去品嚐一下酒樓美食呢。

說起京城最有名的酒樓，非天香樓莫屬，裡面的廚子全是御膳房退下來的老御廚，料理的味道堪稱一絕，只要來了京城，就得去一趟天香樓，才能不虛此行。

天香樓被稱為京城第一樓，除了美味第一，樓高也是第一，站在三樓可以俯瞰整個京城的美景，體會詩中「會當凌絕頂，一覽眾山小」的意境，所以三樓的包廂是最貴的。

對於封上上等窮人來說，三樓毫不考慮，他們直接要了間二樓的包廂，可就算是二樓，包廂費也要二兩銀子，這可讓封上上心疼得不得了，感覺心在淌血。

天香樓對面的茶樓裡，臨窗坐著的幾人本來正在閒聊，其中一人突然指著窗外道：「你們看見對面剛剛進去的人沒？」

另一位藍衣青年懶洋洋地問道：「誰進去了，值得你這樣大驚小怪？」

「是新來的京兆府少尹，姓應的那個，之前不是得罪了你們家嗎，你還說要會會他呢！」

藍衣青年瞬間坐直，眼睛緊盯著對面。「你確定是他？」

「確定，我前兩天正好見過他，長得可真叫一個小白臉，跟男狐狸精一樣，我絕對不會認錯。」

藍衣青年咬了咬牙。「好啊，我正要找他呢，走，咱們去會會他。」

他正是禮部侍郎家的三公子何宴，是他私下讓楊興將田地從佃農那裡收回的，沒想到這麼小的事情卻鬧到了京兆府。鬧到那裡就算了，這個姓應的竟然還一點面子都不給，讓他們何府丟了大臉，害得他被父親斥責，這口氣他早就想出了。

什麼玩意兒，也不看看自己幾斤幾兩，敢得罪他們何府，真是不知天高地厚！

「走走走，我請你們去天香樓吃飯。」何宴一聲吆喝，率先走了出去，另外兩人都是不怕事的主，立刻跟上。

天香樓掌櫃的自然認識這三人，一見他們走進來，隨即迎上前招呼。「何公子、盛公子、程公子，今天好雅興來這兒吃飯，快請進，給各位留間三樓的包廂。」

何宴卻道：「剛剛進來的京兆府少尹在哪個包廂？」

掌櫃的也認得應青雲，如實回答道：「應大人在二樓聽竹廳。」

何宴說道：「好，那我就要聽竹廳。」

掌櫃的神情一僵，心道不好，這是找碴來了。

他頓了頓，好言好語道：「何公子，聽竹廳早就被應大人訂下了，如何給您呢？小的給您換間更好的包廂吧，包廂費也免了，再送公子們一壺好酒，您看怎麼樣？」

「本少爺缺那點包廂費嗎？今天我就想在聽竹廳吃飯，你去跟裡面的人說，讓他們換間包廂，本少爺賠償十兩銀子，讓他們能多點兩個菜。」

就這麼一會兒，周圍已經圍了不少人，大家都在看熱鬧，這正合何宴的意，他就是要讓應青雲當眾丟臉。

掌櫃的既不願得罪這幾位公子，也不想冒犯新上任的京兆府少尹，真是左右為難。

見掌櫃的遲遲不下決定，何宴冷了臉。「掌櫃的，你可想好了，今兒個本少爺要是坐不到聽竹廳，以後我就再也不來了。」

一聽這話，掌櫃的變了臉色，倒不是怕少了那點錢，而是怕惹何府不快。何府不光有何致遠這位禮部侍郎，何宴的親姑姑還是深受聖上寵愛的梅妃，更育有一名皇子，地位不在話下，而何宴是何府唯一一個嫡子，梅妃寵愛這個姪子非常，一般人都不敢開罪他。

新上任的京兆府少尹應青雲則是個普通人，一無家世、二無背景，兩相比較之下……

掌櫃的咬牙做出了選擇，笑著說道：「小的這就去與聽竹廳的客人商量商量，何公子稍等。」

何宴滿意了，與身旁兩個好友對視一眼，眸中寫滿了得意。

掌櫃的擦了擦汗，硬著頭皮向應青雲說明來意，為了彌補，他願意給他們換間位置更好的包廂，同時免除這一餐的飯錢。

封上上聽完掌櫃的話，面色冷了下來。

這不是錢的問題，若是今兒個他們在眾目睽睽之下挪了包廂，丟的是應青雲的臉，背後還不知道要怎麼被別人議論。

「掌櫃的，這包廂是我們先訂的，我們覺得這個包廂很好，不換，你還是把更好的包廂留給那位客人吧。」封上上表情不悅地說道。

掌櫃的彎腰朝他們鞠躬，請求道：「大人別難為小的行嗎？求求大人您換個包廂吧，就當可憐可憐小的。」

「掌櫃的，你這是什麼意思？」封上上氣笑了。「我們好好地吃自己的飯，哪裡難為你了？你要求也該求開這個口的人不要為難你，反過來求我們大人幹什麼？掌櫃的這看人下菜的行為過分了吧?!」

天氣冷得很，掌櫃的卻滿頭是汗，鞠躬哈腰地繼續拱手。「真的對不住，可小的實在是沒辦法，這事要是處理不好，小的就不用幹了，大人是體諒老百姓的好官，求大人幫幫忙吧！」

這掌櫃的可真是會做事，專找好說話的人裝可憐求情，或者說，特地抓住好欺負的拿捏。在應青雲和何府之中，他明顯覺得何府得罪不起，只能開罪應青雲。

封上上氣得不得了，第一次見識到什麼叫捧高踩低，今日那麼多人看著，要是退讓了，全京城都會知道應青雲好欺負，以後誰都能吃他豆腐、踩他一腳！

應青雲沒說話，封上上就硬著心腸準備讓掌櫃的走，但還沒開口，門口突然響起一道溫潤的聲音。「原來應大人在此，本王早想請應大人一敘，沒想到今日遇見了。」

眾人往門外一看，就見一名手神俊美的年輕男子施施然走了進來，他大約二十多歲，氣質出眾，雖然長相不如應青雲那般出色，但也是難得的美男子，讓人見之忘俗。

掌櫃的一見到此人，先是一驚，隨即彎腰行禮。「小的參見玉王爺，不知道玉王爺前來，有失遠迎，還望玉王爺見諒。」

「不礙事，本王恰好路過，想來嚐一嚐樓裡的新菜色，沒想到遇上了應大人，本王今日可要和應大人好好喝一杯。」

掌櫃的誠惶誠恐道：「那小的給玉王爺換到三樓的包廂，那裡環境更好。」

玉王爺擺擺手。「不用了，本王覺得這裡挺好的。」

掌櫃的擦了擦汗，不敢多言，忙不迭地退了下去。今日就算得罪何府，換包廂這事也不能再提，只能想辦法打發何宴幾人。

應青雲上前一步朝玉王爺行禮。「下官參見王爺，多謝王爺解圍。」

封上上也連忙帶著一老兩小朝這位年輕的王爺行禮。

玉王爺宇文濬笑道：「不用客氣，況且本王說的是真話，本王的確早就想和應大人聊聊了，擇日不如撞日，本王今日便厚著臉皮蹭應大人一頓飯了。」

見宇文濬不是說客套話，應青雲立刻請他入座。

宇文濬就座後，見大家都站著，笑道：「本王是來蹭飯的，各位可不要不自在，快坐下，菜涼了便失了味道。」

話是這麼說沒錯，但朱蓮音和兩個孩子依然很拘謹，筷子都不敢動。王爺的地位僅次於聖上，見到這麼個大人物，他們當然渾身僵硬。

封上上只好親自動手挾菜，將菜往他們碗裡堆，這樣他們只要埋頭苦吃就行，不需要顧慮太多。

坐在對面的宇文濬看到這一幕，微微一笑，心想這姑娘在他面前倒是不拘束。

「本王聽過應大人破的所有案子，應大人辦案如神，本王佩服。」

應青雲抱拳道：「不敢當。」

宇文濬再次看向旁若無人、吃吃喝喝的封上上，問道：「聽聞應大人身邊有位十分厲害的仵作，還是個姑娘家，不知是否就是這位？」

應青雲頷首。「不瞞王爺，正是。」

沒想到話題會轉到自己身上，封上上吞下嘴裡的菜，朝宇文濬禮貌地笑了笑，算是回應。

「姑娘好本事！」宇文濬讚道。

封上上謙虛地回道：「王爺謬讚。」

宇文濬很是隨和，對應青雲偵辦過的案子很感興趣，席間一直在詢問細節，兩人相談甚歡。

等到用完飯，雙方各自上了馬車離開之後，封上上才問起玉王爺的背景。

「玉王爺是先帝最小的孩子，也是先帝最愛的妃子瑾妃給他生的老來子，先帝在世時最寵愛的便是玉王爺，一出生便封了王。先帝病重時留下遺旨，無論誰繼位，都要善待玉王爺，不得動他分毫，同時先帝還為玉王爺留了一支暗麟衛以及一把尚方寶劍。」

「哇，先帝這麼寵玉王爺啊。」封上上眨了眨眼，怪不得那些來找碴的人見到玉王爺就灰溜溜地跑了。

她湊到他耳邊小聲問道：「那為何不直接把皇位傳給玉王爺呀？」

「先帝去世時，玉王爺才五歲。」

封上上懂了，當時玉王爺還小，就算把皇位傳給他，也是個傀儡，何況不知道他長大之後有沒有治世之才，還不如給個王爺之位，讓他安安穩穩、富貴一生。

思及此，封上上再次湊到應青雲耳邊，用氣音說：「那當今聖上是不是很忌憚玉王爺？」

想一想啊，老子最愛的孩子不是自己，而是自己的弟弟，死了也要給弟弟留下後手，自己絲毫動不得他，那難道不會氣死，難道不怕這個弟弟奪權篡位？

她噴出的熱氣打在自己耳朵上，應青雲耳根一熱，不自在地往旁邊挪了挪，這才道：「聖上掌政二十年，權力自然不會被輕易動搖。何況玉王爺生性灑脫，平時最愛雲遊四方，曾多次拒絕聖上授予職權，直言只想當個閒散王爺，不理政事。」

「哦——」封上上沒發表意見，不管玉王爺是真的不慕權勢還是假的，都與他們無關。

她往應青雲那邊靠了靠，歪著臉看他。「你怎麼那麼清楚啊？京城是不是都被你摸透了？」

見封上上的臉都快貼上自己的了，應青雲往後仰了仰，沒說話。

第六十四章　當街挑釁

封上上笑了笑，乾脆直接坐到應青雲腿上，雙手摟住他的脖子，讓他無處可逃。「幹麼我一靠近你就躲？我是什麼洪水猛獸嗎？」

應青雲緊抿著唇，臉上一陣熱意。「下去，聽話。」

「又沒人看見，你羞什麼？」封上上越發覺得他好笑。他們都談這麼長時間的戀愛了，他還這麼害羞，老是把禮教放在嘴邊，真是個小古板。

這要是放在現代啊，估計都得進行到最後一步了吧，而他倆……嘖嘖，連個舌吻都沒有，她這是談的什麼戀愛喲！

應青雲不說話了，雙眸低垂，沒把視線放在她臉上。

「你幹麼不看我？」

聽到封上上這麼說，應青雲便抬起頭看她。

封上上捧起應青雲的臉，兩人鼻尖相碰，她故意輕聲問：「我不好看嗎？」

應青雲的呼吸暫停了一瞬，鼻間滿是她的馨香。「好看。」

「那你不想親我嗎？」她低聲道。

應青雲的心跳瞬間亂了一拍。

封上上勾起嘴角，像個勾魂攝魄的妖精般，紅唇慢慢朝應青雲靠近，一點又一點，一點再一點。

兩唇相觸之際，馬車突然一陣猛烈震盪，封上上一個不穩，從應青雲膝上摔了下去，幸好應青雲眼明手快摟住了她，不然她會直接被甩出馬車。

「怎麼回事？」應青雲神情嚴肅地問道。

雲澤在外面答道：「少爺，有人當街縱馬，撞到了路人，那人翻滾到我們馬車旁，小的只好緊急避讓。」

應青雲放下封上上，撩開車簾往外一看，只見馬車旁果然躺著一個男人，正在呻吟，而旁邊三個青年則是一臉不悅，直言晦氣。

看清那三人是誰，應青雲的臉色沈了下來。

封上上將頭往外一伸，便看到當街縱馬之人，不由得暗道：好一個冤家路窄啊，看來今天是必須面對面槓上一次了。

應青雲下了馬車，先讓雲澤將被撞之人扶起來送去醫館，這才面向那三人，沈聲道：「大魏律例，禁止當街縱馬，違者杖十，撞傷人者罪加一等。三位請下馬，隨本官去京兆府一趟。」

其中一人指著應青雲叫道：「是那個姓應的！」

何宴眼睛一瞇，不由得笑了。好啊，正要找他呢，沒想到在這兒遇上了。

「喲，這是吃完飯了？」何宴吊兒郎當地斜睨著應青雲道：「天香樓的飯菜是不是很美味？之前沒吃過吧？」

他身旁一位玄衣青年立刻附和道：「估計是沒吃過，窮鄉僻壤來的窮書生，手頭緊嘛。」

何宴拍了拍楚呈墨的肩膀。「呈墨，別這麼說，給咱們少尹大人留點面子。」

楚呈墨哈哈大笑。「沒想到，下次會注意。」

兩人打聽過應青雲，知道他是農家子，心中很是不屑，加上對剛剛在天香樓的事懷恨在心，所以一搭一唱的，意圖用言語狠狠羞辱他。

應青雲平靜地聽著，並不在意，可封上上卻氣炸了，雙眼冒火。

她表情誇張地吸了吸空氣，接著一臉噁心地捂住鼻子。「怎麼一股糞味？臭死了！」

那三人還沒反應過來，封上上便恍然大悟般地看著他們道：「啊，原來是有人吃了糞，所以嘴才這麼臭，一說話就噁心人！」

圍觀的老百姓中有人沒忍住笑了出來，只覺得這姑娘嘴巴辣得很。

三人變了臉色，狠狠瞪著封上上，何宴怒道：「妳再說一遍?!」

封上上不甘示弱地瞪了回去。「誰答腔就是說誰，嘴巴臭就少說話，別出來熏人！」

這三個人在家裡是全家寵著的寶貝，在外面也是被人恭恭敬敬對待的主，橫行霸道慣了，什麼時候被人這麼罵過，頓時氣得連髒話都出來了。

「臭娘兒們，妳知不知道我們是誰！妳是不是活膩了?!」
「哪來的臭娘兒們，敢招惹小爺？」
封上上翻了個白眼。「我管你們是誰，嘴巴臭就要回家刷牙，別出來瞎逛，丟人現眼！」
「好了，上上。」應青雲朝封上上搖搖頭，不希望她跟無關緊要的人浪費口舌。
封上上扯了扯嘴角，努力壓下嘴裡一大堆想噴他們的話。
然而，在他們說話間，楚呈墨竟默不作聲地甩起手上的馬鞭朝封上上的臉抽去。
封上上毫無防備，壓根兒來不及躲避，應青雲臉色一變，將封上上拉到自己身後，他轉過身，用自己的背部替她擋住這一鞭。
「啪」的一聲，鞭子狠狠地抽在了應青雲背上。
「應青雲！」封上上驚叫出聲，急忙往他背部看，只見衣袍被抽得裂開，透出血色，可見這鞭有多狠。
楚呈墨見抽中了應青雲，不以為意，再次甩起鞭子朝封上上抽去。
一股壓制不住的憤怒直衝大腦，封上上腦子裡只有一個念頭——今天要是忍下這口氣，她就不再吃飯了！
她推開應青雲，迎著抽來的鞭子而去，抓準時機一把揪住鞭子，不顧手心火辣辣的痛楚，狠狠一拽，用力一甩，在所有人都沒反應過來的時候，馬背上的楚呈墨便飛了出去，落在地上滾了好幾圈才停下來。

圍觀的人都驚呆了，不知道發生了什麼事。

為什麼一個瘦弱的姑娘用手輕輕一甩，就把一個大男人甩飛了出去？他們一定是眼花了吧！

何宴與樓翰文也呆了許久才知道發生了什麼事，急忙下馬去看楚呈墨怎麼樣了。

楚呈墨踉蹌著爬起來，感覺渾身都快散架了，可這疼卻不是最讓他難受的，最讓他受不了的是，在眾目睽睽之下，自己被一個女人給整治了，這簡直是奇恥大辱！

他紅了眼，推開何宴和樓翰文，抓起地上的鞭子再次朝封上上衝了過去，他不信封上上一個弱女子打得過他，剛剛只是巧合罷了。

封上上微不可察地冷笑一聲，眼看鞭子到了眼前，突然尖叫起來，假裝害怕地轉身就跑，一邊跑、一邊叫喊。「救命啊，殺人啦！」

她一跑，被憤怒沖昏頭的楚呈墨就跟著追，一個大男人當街舉著鞭子追著一個妙齡的弱女子打，那場面真是難看得緊，圍觀者都覺得過分，可又不敢插手，只能讓開一點，方便封上上逃跑。

封上上腳步靈活，楚呈墨這個向來養尊處優的公子哥兒哪裡跑得過她，表面上是他追著封上上打，實際上是封上上在遛他。

兩人很快就遠離了人群，跑進一處偏僻的巷子，巷子裡沒人，封上上這才停下腳步，轉過身來看著他。

楚呈墨氣喘吁吁的，一邊喘、一邊放狠話。「有本事妳再跑啊！」

「我沒本事，我不跑了。」封上上攤攤手。「有本事你來抽我啊！」

楚呈墨本來就是個胸無點墨的廢柴，禁不起激，一聽這話，舉起鞭子就衝過去要抽封上上。

封上上冷哼一聲，伸手抓住鞭子狠狠一拽，將他的鞭子奪了過來，楚呈墨被拽得一個踉蹌，迎面撞上巷子的牆，鼻下頓時兩行血。

「你沒鞭子了，有本事來打我啊。」封上上再次挑釁。

楚呈墨摸了摸自己的鼻子，摸到一手血，氣得肺都快炸了，舉起拳頭就朝封上上衝了過去。

封上上站在原地沒動，直到楚呈墨快要到她面前了，她才突然閃開，楚呈墨來不及剎車，再次撞到牆上，額頭與牆壁相撞，發出一聲大響。

楚呈墨頓時撞得腦子一暈，整個人癱倒在地，直接暈了過去。

封上上探頭一看，「噗哧」一聲笑了——楚呈墨額頭上鼓起一個大包，模樣格外搞笑，怎麼看都得有個腦震盪。

本想再抽他兩鞭子給應青雲報仇，但想到後續可能帶來的麻煩，封上上忍住了。

恰好此時有人追了過來，封上上立刻蹲到地上，抱住自己瑟瑟發抖，嘴裡發出嗚嗚的哭聲，像是被嚇壞了。

應青雲第一個靠近，看到封上上這樣，什麼都顧不得了，跑過去就將人抱住，顫著聲問道：「怎麼了？哪裡受傷了？」

感受到應青雲的擔憂，封上上悄悄抬起頭，朝他眨了眨眼。

應青雲先是一愣，繼而狠狠地鬆了口氣。

何宴跟樓翰文也跑了過來，看到暈倒在地的楚呈墨，何宴就朝封上上喝道：「妳把他怎麼了?!」

封上上被「嚇」得一抖，急忙替自己辯解。「他、他衝過來要打我，我避開，結果他就撞到牆上去了，真的不關我的事……」

何宴與樓翰文一噎，替自己兄弟臊得慌。追著一個女人打就算了，還把自己撞暈了，這要怎麼辦？

此時吳為帶著京兆府的衙役們趕來了，應青雲站了起來，沈聲說道：「當街縱馬，撞傷百姓，還毆打朝廷命官，來人，將這三人帶進京兆府！」

「你敢?!」何宴和樓翰文臉色皆是一變，異口同聲道。

應青雲冷著臉，半分情面不講。「押走。」

衙役們得了應青雲的命令，硬著頭皮將這三位公子哥兒帶走了，當然，躺在地上的楚呈墨是被抬走的。

「姓應的，你竟然敢抓我們，你給我等著！」

「我爹不會放過你的，我等著你哭爹喊娘地求我出去！」

兩人一路叫囂著，讓百姓們看了一場大戲，興奮激動的同時也覺得佩服，沒想到新來的京兆府少尹這麼不怕死，連這三位公子哥兒都敢抓，不知道後面會鬧出什麼風波來。

等到巷子恢復了安靜，一道身影輕飄飄地從茂密的大樹上跳了下來。

宇文濬看著封上上的背影，眼中浮現一抹笑意。

何宴、樓翰文、楚呈墨被抓進京兆府衙門，屁股各吃了十大板，還被關進大牢中。

收到消息的何、樓、楚三府震驚不已，第一時間就派人前往京兆府，京兆尹耿榮也想到應青雲會這麼做，頭疼地避了出去，袁信也藉口處理案子離開，讓應青雲自己應付這三家人。

何府與樓府來的都是府裡的大管事，楚府來的則是當家主母，楚夫人易惠敏。

易惠敏這輩子就楚呈墨一個孩子，整個楚府也就楚呈墨一根獨苗，說是疼入骨髓也不為過。她聽聞楚呈墨被抓入京兆府，還受了傷，驚怒異常，當即衝進京兆府，衙役們攔不住，也不敢攔，就這麼讓她一路闖進了應青雲的辦公廳堂。

在看見應青雲的那一刻，易惠敏滿臉的怒色轉成了愕然，她定定地看著他，半晌沒說話。

應青雲默默地回望著易惠敏，眼中神色不明。

「你……你怎麼會在這裡?!」過了許久，易惠敏才開口，語氣尖銳。

應青雲淡淡地道：「本官乃京兆府少尹，為何不能在此？」

「新任的京兆府少尹是你?!」易惠敏只聽說聖上欽點了一位京兆府少尹，卻不知是應青雲，她顯然無法接受這個事實，表情都扭曲了。

應青雲平靜道：「楚夫人，此乃京兆府，不是閒談之地，若是無事，還請離開。」

易惠敏這才想起自己來的目的，頓時恨得一口牙都快咬碎了。這孽種不光當上京兆府少尹，還把她的兒子抓了進來，當初她還是太心軟了，就不該讓他活著走出京城！

「快把我兒子放了，不然我讓你從哪兒來的就滾回哪裡去！」

對於這番狠話，應青雲一笑置之。「令郎當街縱馬，撞傷百姓，還傷害京兆府仵作，滿街百姓皆可作證，楚夫人覺得令郎能出去？」

「別廢話，趕快將人給我放了，不然我讓你烏紗帽不保！」

應青雲依然神色自若。「楚夫人若是覺得可以摘了本官的烏紗帽，大可以試試，本官等著。」

「你這個賤種——」易惠敏氣得眼睛都紅了，狠狠瞪著應青雲。「你有什麼資格跟我這麼說話？你覺得當上京兆府少尹了不起了？在我眼裡，你連隻螻蟻都不如！我楚家要想動你，你以為你能如何?!」

「本官不能如何。」應青雲笑了笑。「楚夫人話若是說完了，就請離開吧，本官還有公務要辦。」

「你——」他這態度讓易惠敏覺得自己的拳頭打在棉花上，一口悶氣憋在胸中發不出來，難受得要命。

「夫人，咱們回去找老爺跟國公爺，讓他們替少爺作主。」易惠敏身邊的大丫鬟看情況不對，扶著她勸慰道。

易惠敏狠狠捏拳，又瞪了應青雲一眼，重重甩了下袖子，憤怒離去。

應青雲垂眸，拿起筆繼續書寫公文，好似易惠敏的到來對他絲毫沒有影響，可封上上知道他沒有表面上看起來那麼平靜，他動氣了。

封上上從屏風後走了出來，踱步到應青雲身邊，仔細打量著他的神色，可惜的是，他把情緒隱藏得很好。

「剛剛那人……」封上上猶豫著開口。「你是不是本來就認識她？」

應青雲手裡的筆頓了頓，過了片刻才「嗯」了一聲。

封上上知道那位楚夫人讓應青雲的心情不是很好，她猶豫了一下，還是沒問下去，她不希望弄得他更不開心。

看封上上明明好奇卻顧慮自己而不敢問的樣子，應青雲不由得笑了，擱下手中的筆，執起她的右手。

封上上一驚，下意識地把右手攥起來。

「打開，我看看。」他輕輕地摩挲著她的手指，帶著輕哄的意味。

封上上只得慢慢將手指打開，露出掌心。

方才硬生生接了楚呈墨兩鞭子，她的掌心紅腫不堪，此刻還火辣辣的疼，本不想讓他擔心，卻瞞不住他。

應青雲靜靜地看著，手指在她掌中輕輕撫了撫。

封上上趕緊說道：「我沒事，過兩天就好了。」

應青雲沒說話，放開封上上的手走了出去，片刻後手裡拿著個小瓷瓶回來。他將小瓷瓶裡的藥膏輕輕地抹在她掌心，火辣辣的感覺頓時轉為清涼，舒服多了。

等到藥膏塗好，應青雲突然開口道：「我的確認識楚夫人。」

封上上抬頭看他。

「我殿試排名第二，聖上點我為榜眼，按理說我該留在京城入翰林院，最後卻被派去了偏遠落後的西和縣，妳可知為何？」

對於這個問題，封上上早就感到疑惑了，此刻突然說到這件事，她不由得猜測道：「難道是因為楚夫人？」

應青雲淡淡一笑，笑意卻未達眼底。「不錯，是她在背後動了手腳，將我調去偏遠之地，希望我永遠不要回京城。」

封上上眉頭皺起。「為何？」

「因為她視我為眼中釘、肉中刺，不想見到我。」應青雲主動拉起封上上另一隻手，緊緊地握著。

「我出生在雲州的一個小村莊，從我記事起便沒有爹，我是被我娘獨自帶大的。我娘很辛苦，什麼活都幹過，吃了很多苦，卻依然要送我去讀書。她說我有顆聰慧的腦袋，不適合在地裡刨食，說我天生就要拿筆桿，哪怕我心疼她，主動說不要讀書，她打也要把我打去書院。」

封上上靜靜地聽著，滿是心疼，心疼他娘，也心疼他。

因為雲澤喊應青雲少爺，所以她一直以為他出身還可以，哪怕不是大富大貴，也是小康耕讀之家，哪想到他小時候的日子這麼苦。

那個小小的人兒，是否每日吃不飽、穿不暖，穿著破舊的衣衫，餓著肚子一步一步走在鄉間小道上？

關於這一點，應青雲解釋道：「有一年襄州發了大水，許多災民無處可歸，到處流竄求生，雲澤一家最後僅剩三人，他們徒步到了雲州，實在過不下去了，只好賣身為奴。我娘恰巧遇見他們，覺得著實可憐，便拿出積蓄將他們買了下來。從此雲澤一家就跟著我們，我上京趕考，雲澤便陪在我身邊，他的父母則留在老家。」

原來是這麼回事。聯想到剛剛的話題，封上上心裡有了猜測，試探著問道：「那……你爹他……」

應青雲的眸光毫無溫度，聲音平淡如水。「我的生父便是楚呈墨的爹，戶部侍郎楚卿濤。」

封上上瞪大眼睛，詫異不已。「到底是怎麼回事？」

對於應青雲和楚呈墨是同父異母的兄弟這件事，封上上覺得實在不可思議，這兩人從頭到腳全無半點相似之處，甚至可說是兩個極端，怎麼會是親兄弟呢？

第六十五章 視而不見

「楚卿濤也是平民出身，他和我娘是一個村子的，從小一起長大，算是青梅竹馬，我娘十六歲的時候，他便求娶我娘。那時楚家供個讀書人，日子過得很差，我娘繡活好，成婚後便拚命地做繡活讓他讀書，一路供到他考中進士，進入京城參加春闈。」

故事到了這裡，封上上已經猜到後面的發展了。「然後他就被榜下捉婿，成了那什麼國公爺的女婿，而伯母便成了下堂妻？」

應青雲淡淡「嗯」了一聲。「他是那屆科考的狀元，被易惠敏看中，擇他為婿，我娘在家鄉等他回來，最終卻等來一封休書。沒多久，我那爺爺、奶奶便被接進京城，從此再無音信。」

「呵，還是個孝順的人渣呢。」封上上氣壞了。知道要接走父母，對妻兒卻不管不顧，心真的黑透了。

應青雲的情緒反而很平淡。「我娘是個拿得起、放得下的女子，得知他另外娶妻的事實之後，也沒糾纏，帶著我返回娘家，不過舅母們態度不是很好，我娘便又帶著我搬去鎮上住，此後賺的錢都用來供我讀書。」

他抿了抿唇，繼續道：「我娘雖然嘴上不說，但我很清楚，她盼望我出人頭地，希望我在沒爹的情況下，也能憑自己的本事走出去，走到楚卿濤面前讓他好好看看。」

封上上握住他的手。「你做到了，你誰都沒依靠，卻依然走到了這裡。伯母應該很高興吧？你什麼時候把伯母接來京城，讓她好好享福，讓她過得比誰都好，氣死那一家人。」

應青雲垂眸，更加用力地握緊她的手，半晌後才艱澀道：「我娘她已經去世了。」

封上上瞬間愣住，剩下的話全卡在了嗓子裡。

這麼好的一位母親連半點福都沒享到，就走了……

「我娘病得很嚴重，卻一直瞞著我，直到我第一次參加鄉試之前回家住了半個多月才發現，可太遲了……後來我沒參加那屆鄉試，在家裡守了三年孝。」應青雲閉了閉眼，嘆道：「我娘苦了一輩子，我卻連一天好日子都沒讓她享受。」

他克制住了情緒，封上上卻心疼壞了，一頭撲進他懷裡，緊緊地摟著他。「別難過，伯母在天上看著你呢，你如今這麼優秀、這麼厲害，她肯定很欣慰，而且她看到你找了個漂亮、聰明又能幹的對象，一定笑得合不攏嘴！」

應青雲被封上上說笑了，內心的陰霾散去了大半，伸手在她腦袋上輕輕拍了拍。「妳啊。」

看他笑了，封上上鬆了口氣，捧著他的臉，看著他的眼睛認真道：「你娘不在了，以後有我陪著你，我也可以像你娘那般愛你呀。」

「愛」這個字眼從封上上嘴裡說出來，格外讓人害羞耳熱，偏偏應青雲一顆心滾燙得很，像是泡在了熱水裡，舒服極了。他想，說不定是娘放不下他，所以才把她派來他身邊，讓他這麼幸福，足以忘卻所有的不如意。

這一次，應青雲不再害羞，回摟住封上上，兩人靜靜地抱了許久。

封上上將下巴擱在應青雲的肩膀上，說道：「後來你進了京城，那個楚夫人就開始打壓你，你才會被調去偏遠的西和縣當個知縣？她有這麼大的本事？」

「易惠敏之父乃當朝護國公，母親則是安怡郡主，權勢顯赫，想調動個小小的進士易如反掌。西和縣地處偏遠，官紳關係複雜，管理艱難，他們大概想不到我能脫離那個地方。」

封上上哼了一聲。「她肯定沒想到你這麼爭氣，瞧瞧她那扭曲的表情，估計都要氣炸了，哈，氣死最好。」

易惠敏的親兒子是個紈袴草包，可丈夫的前妻所生的兒子卻是人中龍鳳，這對比簡直扎心。

應青雲的眸子卻染上了一絲擔憂。「上上，現在高興為時過早，之前她以為我會困在西和縣，永無出頭之日，並未關注我，加上有妳在，所以我做起事來一切順利。然而我重新進入了她的視線，她絕不可能善罷甘休，萬萬不會讓我一帆風順的。」

「你既不姓楚，又沒想認回那個爹，跟他們半點關係都沒有，易惠敏為何總是要跟你過不去？」

應青雲諷刺地笑了笑。「大概見不得別的人身體裡流著楚卿濤的血吧，楚府至今只有楚呈墨一子。」可是，流著那人的血又如何？

封上上也很無語，有血緣關係又如何，她以為人家稀罕啊？

應青雲扯了扯嘴角，易惠敏就是個瘋子，當年殿試過後，她便悄悄對他動手。幸好他警戒心強，且有武藝在身，再加上與景皓關係好，有景府暗中護著，這才多次脫困。見除不掉他，易惠敏才退而求其次地將他調去偏僻之地。

當初在京城碰上景皓落難，他急中生智救了他一把，兩人才培養出了好感情，他的父母也很感激他，若不是易惠敏不好招惹，景府也不至於幫不了他更多。

如今見他回來，還爬上高位，易惠敏當然不會坐視不管。

「上上，妳可得小心點，尤其要留意楚府的人，以後不要單獨出去。」應青雲自己怎麼樣都無所謂，但是他怕她會受到傷害，但凡她被傷害分毫，他都無法原諒自己，因為是他將她捲入了這場漩渦中。

封上上知道應青雲在擔心什麼，此時此刻，她終於明白他一開始為什麼不肯接受她了。他知道自己會與易惠敏對上，將來的路不好走，所以不想連累她。

她俏皮地笑了一下，說道：「你擔心我？不知道我力氣有多大嗎？要是有人敢動我，倒楣的還不知道是誰呢，那個楚呈墨就是最好的例子。」

應青雲摸了摸封上上的頭髮。「明槍易躲，暗箭難防，妳傷了楚呈墨，易惠敏又向來將楚呈墨捧在掌心，她不會放過妳的。」

「我知道。」封上上還是很謹慎的。「我以後多加小心，不會讓自己落單的，要是再遇到楚呈墨，我就縮著脖子避開。」

封上上知道楚呈墨在大牢裡關不了幾天，楚府一定會把人弄出去的。

過了沒兩天，耿榮單獨將應青雲叫了過去，一開口便語重心長地說：「敬昭啊，你有才幹，往後前途無量，老夫很看好你，說不定老夫退下去之後，這個位置就要交給你了。」

應青雲臉上毫無一般人該有的喜色，他朝耿榮拱了拱手。「不敢，下官還有很多要學。」

耿榮摸了摸自己花白的鬍鬚。「對，年輕人要多學點東西，比如這為官之道啊，學問就很深。想把官當好，首先便是要正直，好好辦事，萬不可偷奸耍滑，但是也不能太過剛直，要學會變通，變通你知道嗎？」

縱橫官場多年，加上年紀大了，耿榮說起話來拐彎抹角，應青雲直接道：「大人，您有什麼話就直說吧，敬昭謹聽教誨。」

耿榮接下來要說的一堆話卡了殼，他看了應青雲半天，失笑地搖搖頭。「你這……唉，老夫就知道你心裡一清二楚，憑你的聰明勁，應該知道老夫今日找你來是為了什麼吧。」

應青雲淡淡地頷首。「下官明白。」

「明白就好，快把人放了吧，不然老夫這把老骨頭連個安生覺都睡不了，老夫可還想多活兩年呢。」耿榮擺了擺手。「差不多就行了啊。」

何宴跟樓翰文因為罪行相對較輕，已經先一步出牢，剩下的人便是楚呈墨。

上司親自下了命令，應青雲自然不能不聽，平靜地行了一禮。「是。」

耿榮看著應青雲遠去的背影，默默嘆了口氣。這小子學識好、人品佳，行事風格也很對他的胃口，偏偏得罪了人，也不知道能走多遠。

關了三天下來，楚呈墨的額頭腫得更厲害了，臉上也青青紫紫的，更慘的是吃了那麼多大板，連坐下來都有點困難，整個人慘兮兮的。

易惠敏看到寶貝兒子的模樣後氣瘋了，捧著他的臉尖叫道：「是誰將你傷成這樣的？是不是那個孽種?!」

他身邊的紫袍男人眉頭微皺。「行了，趕緊回府吧。」

「回什麼回！」易惠敏轉過身瞪他。「沒看到墨兒都傷成什麼樣了嗎？你是不是想替那個孽種說話?!」

男人臉色一沈，氣勢看起來十分駭人。「易惠敏。」

短短三個字，讓易惠敏嚥下了嘴裡剩下的話，她轉過臉去，委屈地說道：「墨兒才是你的孩子，他都這副模樣了，你這當爹的一點都不心疼，有你這樣的爹嗎？」

「他當街縱馬，傷了老百姓，本就該嚴懲，妳不該讓岳父出面放他出來。」

說著，男人輕輕掃了楚呈墨一眼，立刻讓楚呈墨害怕地縮起脖子，往他娘身邊挪了挪。

易惠敏氣道：「墨兒都吃了這麼多苦了，你還想怎麼樣？你這個當爹的不管，當外公的可看不下去！」

男人閉了閉眼，懶得與她多說，正要踏上馬車，眼尾餘光卻見一行人從衙門中出來，他的目光一轉，胸口頓時發緊。

易惠敏見他不說話了，順著他的視線看過去，就見應青雲正帶著幾個人往外走，她的臉色變得很難看，拳頭不自覺地攥起。「好啊，我就說呢，你今天願意跟我過來一起接墨兒，原來是想見別人？呵，我告訴你，只要我在的一天，你就休想！」

男人收回視線掃了她一眼，這一眼，是前所未有的冷。

這目光凍得易惠敏遍體寒涼，越發口不擇言。「你是不是後悔當初娶我了？心裡是不是還有那賤人?!」

易惠敏的聲音實在是太過尖銳，想不引人注目都難，封上上朝他們那邊看去，眸光掃過易惠敏母子倆，接著注意力便被易惠敏身邊的中年男人吸引了，她不由得挑了挑眉。

這男人的五官有種熟悉感，封上上不用想都知道此人便是楚呈墨的爹，也就是楚卿濤了。

她總算知道為何楚卿濤能被易惠敏看中，成為國公爺和郡主的女婿了。拋開其他的不說，他的長相是實打實的好，雖然已屆中年，但看起來三十歲都不到，俊雅中多了成熟男人的魅力，再加上上位者的沈穩氣質，估計十七、八歲的姑娘見了都會動心。

封上上轉頭看了看應青雲，心想怪不得這人生得這麼好看，原來是遺傳。不過，明明是同一個爹，怎麼楚呈墨長得就勉勉強強呢，真是不能比啊。

應青雲的視線也往那邊掃了一眼，但他看見楚卿濤時就跟看見一個陌生人一般，淡淡地收回目光，若無其事地繼續往前走。

見狀，封上上也不再多瞧，趕緊跟著他離開。

「人都走了你還看什麼？」易惠敏咬著牙，心思早就不在為兒子作主上面了。「人家看見你就跟沒看見一樣，你想認，人家可不一定想認你！」

楚卿濤就像沒聽到她說的話一樣，逕自轉身上了馬車。

被無視比被責罵還讓人難受，易惠敏眼眶一紅，只覺得傷心至極、有苦難言。

「娘，您和爹到底在說什麼啊？那個應青雲是不是跟我們家有什麼關係？」楚呈墨出聲問道。

易惠敏這才驚覺自己在兒子面前說溜了嘴，她不想讓兒子知道他爹還有一個兒子的事，便道：「那人不過是個鄉野豎子，哪配與我們家有關係？走，回府。」

楚呈墨覺得有些不對勁，但母親不願說，他又是懶得動腦筋的人，再加上知道回家後會被他爹教訓，便蔫蔫地閉了嘴。

應青雲一行人到了位於本坊的魏宅，也就是翰林院掌院魏成魏大人的府中。

稍早之前魏府派人去京兆府報案，說是府中的嫡小姐魏嘉玉失蹤了。

魏夫人龔潔眼睛哭得紅腫，魏成一邊安慰妻子，一邊跟應青雲說明情況。

他們的女兒魏嘉玉昨日在丫鬟陪同下前往城外的明光寺上香，昨夜在寺中借宿，誰知今早丫鬟卻發現自家小姐不見了，找遍了整個寺廟都沒找到，這才驚覺可能出事了，丫鬟不敢隱瞞，連忙回府報信。

聽完事情經過，應青雲問道：「令千金帶了幾個人前往明光寺？」

龔潔用帕子擦了擦眼淚，說起話來止不住地哽咽。「玉兒就帶了一個貼身丫鬟，誰知道……我該多派點侍衛跟著她的，都是我的錯！」

「夫人，別這樣，玉兒一定找得回來的。」魏成安慰著妻子，但自己眼中的擔憂卻是怎麼也掩蓋不住。

一個嬌滴滴的姑娘家無故失蹤，不論能不能找回來，結果都不會太好。

「令千金為何要去明光寺上香？」應青雲又問。

龔潔的眼淚頓時流得更凶了。「後天是我的生辰，玉兒每年都會在我的生辰前到明光寺為我上香祈福，並在那裡吃齋唸佛一日，都是為了我……」

應青雲點點頭。當務之急是先把人給找到，他點了京兆府的人馬跟著魏家人一起直奔明光寺。

因為出了魏嘉玉這件事，住持了空大師直接閉寺拒客，親自帶他們前往魏嘉玉居住的客院，進入她昨晚待的臥房察看。只見臥房內整整齊齊的，沒有絲毫打鬥與破壞的痕跡，床上的被子則是掀起了一角。

封上上湊近應青雲，小聲道：「房間裡沒有魏小姐的鞋子，似乎是她自己起床出去了。」

應青雲點點頭，看向魏嘉玉的貼身丫鬟，問道：「妳什麼時候發現妳家小姐不見了？」

丫鬟喜兒哭得雙眼紅腫，嗓子也啞了，她艱難地開口道：「小姐每日都在卯時三刻左右醒來，奴婢會在卯時初刻起床替小姐準備漱洗用品，誰知今早奴婢起來的時候卻發現小姐已經不在床上了。奴婢一摸被窩，發現是涼的，嚇了一跳，趕忙出去找小姐，不料找遍寺廟都沒看見她的影子。」

喜兒此刻悔恨無比，昨晚她不該因為疲倦就睡得那麼死的，連小姐出去都沒發現，現在小姐丟了，無論能不能找到人，夫人都不會饒了她的。

她如今只求能把小姐平安找回來，說不定還能保住自己這條小命。

封上上心想，丫鬟沒聽到任何動靜，房間內也一切正常，若不是被人下了迷藥，那就只剩魏嘉玉自己出去這個可能性了。一個姑娘家半夜起床能幹什麼呢，如果不是夢遊，唯一的解釋就是如廁。

應青雲顯然也想到了這一點，問道：「妳家小姐有夜遊之症嗎？」

喜兒搖頭。「沒有，小姐常常一覺到天亮。」

龔潔也補充道：「玉兒沒有夜遊之症。」

既然不是夜遊之症，那便可能是起夜了。

寺廟各個獨立的客院裡都建了茅房，就在院子裡面，魏嘉玉可能是起夜時沒叫丫鬟，自己出去了，卻遇到了狀況。

去過茅房之後，按理說應該很快就能回房睡覺，不會在外面亂跑，然而她卻不見了，這表示很可能是被人給擄走。

一個姑娘家被人擄走會遭遇什麼，大家都不敢細想。

龔潔嗚咽一聲，腿一軟便要癱軟倒地，及時被魏成給扶住了。

此時應青雲突然問了空大師。「左右院落還有其他女眷居住嗎？」

了空大師答道：「有，除了魏小姐，昨日還有四名女眷居住於此。」

明光寺頗負盛名，達官貴人多愛來此上香祈福，許多女眷會跟魏嘉玉一樣選擇在寺中借住一晚齋戒沐浴，昨晚除了她還有四名女眷，分別是五十多歲、三十多歲、二十出頭，剩下一人跟魏嘉玉年紀差不多，約十七歲。

除去五十多歲和三十多歲這兩位，剩下兩位都是妙齡女子，且長相不俗，她們的身分也不一般，皆是當朝官員家中女眷，但這兩人都好好的，昨晚甚至半點動靜都未察覺。

這麼一來就引人深思了，歹徒若是想劫財，其他幾位女眷都有錢，且年紀最大的那位夫人首飾不少，劫了她得到的錢財會更多，何必劫一個翰林家的小姐，畢竟翰林院可是出了名的沒油水。

若是劫色，一個房間內同時有小姐跟丫鬟在，與其對小姐下手引來官府搜查，不如對丫鬟動手還來得方便些。就算是看中小姐的身分跟美貌好了，有必要把人整個從房間扛走嗎？

更重要的一點是，魏嘉玉所在的臥房處在客院中間，從避開他人耳目的角度上考量，歹徒應該選擇住在邊上的那兩位女眷才是。

問題來了，為何別人沒事，偏偏就魏嘉玉出了狀況呢？

封上上和應青雲對視了一眼，兩人都有了某種猜測。

第六十六章　出手相助

搜了半天，寺中以及寺外周邊都沒搜到任何線索，應青雲屏退左右，留下封上上以及魏成夫妻，這才詢問。「府上最近可有得罪過什麼人？」

兩人不禁一愣，魏成問道：「應大人，你懷疑小女之事乃是尋仇？」

應青雲點頭道：「不排除這個可能。」

龔潔驚道：「不可能，玉兒怎麼可能會被尋仇？她一個姑娘家能得罪什麼人？」

魏成也說道：「小女養在深閨，不可能得罪什麼人，且本官一向與人無爭，就算偶爾跟同僚意見不合，他們也不至於傷害小女。」

關於魏成在朝中的情況，應青雲一清二楚，知道他沒有說謊。魏成一向老實本分地待在翰林院，並未加入任何黨派，的確沒什麼仇敵。

既無仇敵，那魏嘉玉因何遇險？

封上上想到了另一個可能，湊近應青雲，在他耳邊小聲道：「你說，對方會不會本來就是衝著魏嘉玉來的？」

雖然閨中女子一般不可能得罪什麼人，但還是很可能與人結怨，像是姑娘家之間的明爭暗鬥，抑或是男女間的恩怨情仇。

應青雲點點頭，仔細向魏成夫妻詢問魏嘉玉的交友情況。

魏成是在官場打滾許久的人精了，應青雲一問他便明白了他的意思，神情越發凝重，讓妻子仔細說說女兒平日有無與他人結怨，哪怕是再小的糾紛也不能省略。

龔潔驚疑不定，努力回想女兒平常與人往來的情形，想了半天還是搖頭。

封上上又問：「那魏小姐有沒有什麼男女之間的……」

她話還沒說完，龔潔就臉色一變，斥道：「妳這是什麼意思？玉兒再規矩不過，從不接觸外男，能有什麼男女之間的事情！」

封上上輕聲地解釋道：「魏夫人，小女沒有別的意思，只是問問而已，萬一有線索，可能對找到魏小姐很有幫助。」

魏成也道：「快想想有沒有什麼事，早日找到玉兒才是正理。」

龔潔勉強收起臉上的不悅之色，微微有些責怪地道：「玉兒能有什麼事啊，你這個當爹的——」

說著，龔潔突然噤了口，像是想到了什麼一般，臉色變得不太對勁。

魏成察覺出了異狀，忙問她怎麼了。

龔潔咬了咬下唇，壓低聲音道：「你還記得何家的事嗎？」

魏成一怔。「妳是說那件事？」

龔潔點了點頭。

應青雲適時開口。「魏大人，若有什麼線索，還望知無不言。」

魏成猶豫了一下才說道：「本官也不知道這算不算，只是之前何家想替他們的嫡子謀小女為妻，但我們拒絕了，何公子似乎忿忿不平，有一次攔住小女的馬車，說了些過分的話。」

「魏大人說的可是禮部侍郎家的三公子何宴？」

「正是。」

封上上心想，就何宴那樣的紈袴子弟，魏家會同意這門親事才怪。

何宴整個人都被寵壞了，被人這麼拒絕，估計覺得傷了自尊和面子，還真的有嫌疑。

龔潔顯然也這麼想的，她緊緊揪著手上的帕子。「說不定就是何公子懷恨在心，故意報復我的玉兒呢，應大人，快去將人抓來審問清楚！」

「魏夫人勿急，一切有嫌疑之人，本官都會徹查。」

應青雲立即派人馬去帶何宴來京兆府問案，不過衙役們片刻後便灰溜溜地返回，並沒有帶回何宴。

吳為稟報道：「大人，何府不願意配合調查，說是會影響名聲。還說京兆府若是要見人，那就拿出證據來，沒有證據他們不會配合的。」

何宴才從大牢離開沒多久，那十大板的傷還疼著呢，何府的人自然不會給他們好臉色。

況且就算沒有楊興跟何宴的事，他們也不是輕易請得動的對象。

過去吳為只知道京城遍地權貴，辦起案子來只怕不容易，卻是沒想到樁樁件件都這麼難辦。這些權貴人家壓根兒不敬畏官府，更是半點不將辦事的衙役放在眼裡，想叫他們乖乖配合，那是難於上青天。

「大人，現在怎麼辦？」吳為實在是沒辦法了，只好把問題拋給自家大人。

應青雲沒說什麼，一旁的袁信倒是一副見怪不怪的樣子，用過來人的口氣道：「你們案子辦多就習慣了，在京城和權貴人家打交道最難，他們基本上不會給面子，就算是咱們京兆府的耿大人親自上門，說不定都行不通，更何況是底下的人。」

吳為眉頭一皺，如果真是這樣，那還要京兆府幹什麼？乾脆廢了吧。

應青雲倒是沒說什麼，慢條斯理地處理好手上的事情，隨即站起來往門外走。

袁信連忙問他要去哪裡。

「親自去問。」

何府的態度很是猖狂，儘管京兆府少尹親自上門，他們也沒有讓人進門的意思。

「我們少爺正在家裡養傷，外面那些亂七八糟的事跟少爺可沒什麼關係，少尹大人還是去別處好好查案吧。」老管事看似客氣，可出口的話全未將應青雲放在眼裡，他話剛說完，一旁的小廝便將大門關上了。

看著關上的大門，封上上差點氣笑了，一個管事都能這麼硬氣嗎？

封上上轉頭去瞅應青雲，他的表情絲毫沒有變化，既無被人不尊重的憤懣，也無查案受阻的憋屈，不急不躁，不動如山。

這涵養、這氣度，她可是比不上。

封上上湊近應青雲，小聲道：「何府看來不會配合了，若是我們來硬的，估計硬不過人家。」

何致遠這個禮部侍郎就擺在那裡，還有個深得聖上寵愛的梅妃，光比拳頭大小就輸了，何必開打？拿京兆府壓人就別想了，他們也不可能為了這點事情去找聖上，那樣只會讓聖上覺得應青雲無能。

應青雲神情平淡，雙眸盯著何府的大門，看不出在想什麼。

過了片刻，他收回目光，輕聲道：「先回京兆府。」

吳為不甘心道：「大人，咱們就這麼算了？」

應青雲沒回話。

封上上看向應青雲，倒不認為他會就此收手，他肯定是想出了辦法，只是現在還不好說出口。

一行人剛準備離開此地，一道溫潤的嗓音便傳了過來——

「應大人。」

眾人轉頭，就見玉王爺從不遠處緩緩走來，臉上帶著和煦的笑容，讓人如沐春風。

宇文濬走近之後，主動解釋道：「本王碰巧路過此地，見到應大人你們在此，便猜想應大人是在查魏府小姐失蹤一案，不知本王可有猜錯？」

應青雲點頭道：「正是。」

宇文濬溫和一笑。「本王一直想見識應大人破案的功夫，既然今日巧遇，不知應大人可否應允本王旁觀此案？」

封上上低著頭，心想你是王爺，想要旁觀此案，誰敢說不啊。

應青雲朝宇文濬拱手。「王爺若有意，自然可以。」

「那本王就謝過應大人了。」宇文濬說完，轉頭看向何府的大門，像是什麼都不知道般問道：「應大人是要找何府詢問線索？」

應青雲頷首。

宇文濬便朝身後的隨從示意了一下，隨從立刻走上前，敲響了何府的大門。

過了好一會兒，大門後面才有了動靜，隨著大門開啟，一道不耐煩的聲音從門後傳來。「不是說了跟我家少爺無關，你們到底——」

小廝的聲音在看到玉王爺隨從的那一刻止住了，他驚訝地瞪大眼睛，不明白為何玉王爺的人會出現在這裡。

在瞧見玉王爺的身影後，小廝身子一哆嗦，恭敬地鞠躬哈腰道：「不知玉王爺大駕光臨，還望玉王爺海涵，您快請進，小的馬上去通知大人。」

宇文濬笑了笑，率先邁步走進何府。

看到那小廝畢恭畢敬、誠惶誠恐的模樣，封上上的心情格外複雜。她只能安慰自己，大概是對這種差別待遇還不太習慣，以後見多了就好了。

幾個人沾了玉王爺的光，被恭恭敬敬地請到了待客廳，丫鬟上了好茶、好點心，眾人剛喝了兩口茶，何府的老太爺就急急忙忙地趕了過來。

「不知道玉王爺大駕光臨，有失遠迎，還望玉王爺恕罪。」何老太爺年事已高，早已辭官在家，平日很少管事，也只有玉王爺這樣的人來了，才會驚動老人家親自出來接待。

宇文濬虛扶他一把。「何老太爺不必多禮，快請坐。」

何老太爺問道：「老夫斗膽，不知玉王爺前來所為何事？」

宇文濬指了指應青雲，笑著說道：「本王沒事，是應大人辦案需要府上的三少爺配合，本王只是對案子感興趣，過來旁觀罷了。」

何老太爺像是完全不知道發生何事的樣子，驚訝道：「宴兒犯了事？老夫竟是不知。」

不管他是真不知還是裝不知，在場之人都當他是真不知，應青雲此時出聲，言簡意賅地向何老太爺道出來意。

何老太爺聞言，嚴肅道：「這事不管是否與宴兒有關，他都該配合京兆府查案才是，老夫這就讓人將他叫來配合應大人查案。」

過了片刻，何宴被帶了過來，臉上帶著沒掩飾好的憤怒，比起他爺爺，他的功力顯然還差得遠。

不待應青雲開口，何老太爺就率先說道：「應大人要查案，你給我好好配合，知無不言、言無不盡。」

何宴瞥了應青雲一眼，毫不掩飾自己的譏諷和輕視，但礙著玉王爺在，他不敢發作，只好不甘不願地應了一聲。

應青雲不在意他的態度，問道：「昨晚你在何處？」

何宴答道：「我自然在家裡。」

「一步都沒出去？」

何宴頓了片刻才道：「沒有。」

應青雲說道：「說假話影響查案，京兆府會追究相關責任。」

「誰說假話了！」何宴粗著聲音道：「我就是在家，怎麼樣，你看到我在外面了？難不成想誣衊我?!」

應青雲抬頭，淡淡地說了三個字。「長柳街。」

何宴瞳孔一縮，驚愕之色一閃而過。

只要是了解京城的人，都知道長柳街是什麼地方，此乃京城有名的花街，那裡的青樓一間比一間高級，裡面的姑娘像花兒般爭奇鬥豔，是達官貴人、權貴子弟最愛尋歡作樂的地方，至於普通老百姓，連靠近一步都沒資格。

還不待何宴開口，何老太爺便怒斥道：「逆子，你昨晚到底去了哪裡！要是敢說謊，我打斷你的腿！」

何宴慌了，結結巴巴地說不出話來。「我、我……」

這下誰都能看得出來，何宴昨晚的確不在府中，而是去了長柳街。

封上上心想，雖說十大板比不上她當初挨的二十大板，衙役們甚至可能對這些公子哥兒下手沒那麼重，但傷都還沒養好呢，何宴就急著去溫柔鄉了，真有那麼猴急？

何宴也知道自己無從狡辯，乾脆破罐子破摔。「我是去了長柳街，那又怎麼樣，我也沒去別的地方，魏嘉玉的事情跟我可沒有半點關係！」

「看來你知道魏小姐發生了什麼事。」應青雲看著他道：「據說府上曾為你求娶魏小姐，但魏家拒絕了，你對此事耿耿於懷，曾糾纏過魏小姐，並用言語羞辱了她一番，可有此事？」

「什麼糾纏！我才懶得跟魏嘉玉糾纏，她不想嫁，我還不想娶她呢！」何宴的臉上滿是不屑。「你們該不會覺得我因為這樣就去害她吧？我又不是傻子，何必為了這麼個女人幹這種事？她又不是什麼天仙，真是笑話！」

「既然不會，那你為何要撒謊，說你昨晚沒有出府？」

何宴心虛了一瞬，隨即理直氣壯道：「我只是不想說而已，要是你去逛青樓，你會大剌剌地說出來？」

應青雲不理會他的反問，淡淡道：「不論你去哪裡，一旦涉及案子，都該據實以告，請你如實交代，昨天是否一整晚都在長柳街？在哪一家青樓？又有何人作證？」

何宴滿心不悅，但礙於玉王爺在此，只好忍著氣老實說出昨晚的行程。昨日酉時末，他去了長柳街的如月樓，在裡面一直待到第二天卯時才返家，同行者是他的好友樓翰文。

應青雲問道：「除了樓翰文，還有何人能證明？」

「當然是老鴇！」

「昨晚哪位姑娘伺候你？」

老鴇不可能整晚都和何宴待在一起，他既然去了如月樓，肯定召了姑娘。

何宴咬了咬牙。「夕月。」

「那樓公子點了哪位姑娘？」

何宴不耐煩地斥道：「你怎麼這麼多問題！關樓翰文什麼事啊，你到底會不會查案?!」

應青雲不語，只是靜靜地看著何宴，等待他的回答。

雖然應青雲沒什麼表情，卻莫名地讓人心慌，何老太爺不禁對何宴怒斥道：「你給我好好答話！再不配合查案，就給我去祠堂跪三天！」

何宴拳頭一握，恨得牙癢癢的，他很不想回答這個問題，但此時由不得他不答。應青雲不能把他怎麼樣，但玉王爺可以，就算玉王爺脾氣好，從不輕易整治人，卻沒人敢在他面前造次。

「夕月。」

這兩個字的聲音細得猶如蚊子飛過，但在場之人還是聽見了，空氣中頓時瀰漫著不尋常的尷尬。

兩個男人只點了一個女人，三個人就這麼整晚待在一起，這……

封上上已經見識過曹岩的「壯舉」，這次倒不驚訝，只是覺得應青雲怎麼就這麼君子呢，親他的嘴一下都能僵硬個半天。

應青雲見封上上瞪著圓滾滾的眼睛偷瞄自己，眼中滿是促狹，莫名地知道她在想什麼，不由得無奈地看她一眼，示意她收斂一點。

此刻何老太爺的臉色一陣青、一陣白，手指著何宴狂抖。「你、你個小畜生！」

何宴低著頭不吭聲。

三個人玩了一夜，這點何宴撒不了謊，也沒必要撒這種謊。他是有不在場證明了，但不在場不代表沒有嫌疑，指使別人去做，一樣能達成目的。

「既然你不想娶魏小姐，說明你不在意她，既然不在意，為何要當眾尋她麻煩？」

應青雲已經仔細了解過了，當初何府求娶一事是私底下進行的，外界無人知曉，就算魏家拒絕了，何家也不會丟臉，頂多自家人心裡有疙瘩，況且這種求娶不成的情況並不少見。

若何宴真如自己表現出來的那樣不屑魏嘉玉，根本不需要刻意再去接觸她，因此他所做的事情讓人無法理解。

何宴哼了一聲，語帶嘲諷道：「我就是看不慣那魏嘉玉，明明自己不是什麼好東西，還敢嫌棄我，甚至跟別人說我的壞話，被我當場聽到了，要是不給她一點教訓，我嚥不下這口氣。」

應青雲問：「為何說魏小姐不是好東西？她做了什麼讓你如此厭惡？」

何宴冷笑道：「魏嘉玉在揚州老家有個青梅竹馬，兩家訂了娃娃親，但後來魏家步步高陞來到京城，地位遠遠超過魏嘉玉未來的夫家，所以她便看不上她未婚夫了。

「魏嘉玉想與他解除婚約，又怕這樣會落人口實，於是便找了個女子給他使絆子，讓人當場抓到他與那女子廝混，以此為由退婚，將過錯都推到她未婚夫身上。你們說，這魏嘉玉是不是歹毒得很？她還敢嫌棄我不好，真不知道她是哪來的自信！」

眾人的臉色皆是一變，沒想到一個閨閣女子竟會做出這種事。

應青雲說道：「這事如此不堪，魏家應該守口如瓶才是，你又是如何得知的？」

何宴答道：「魏嘉玉有個大哥，有一次他跟我們喝酒喝多了，無意中說了出來。」

封上上心想，只怕不是無意中說出來的，而是被何宴等人趁著醉酒套了話吧。

何宴又道：「雖然我真的厭惡魏嘉玉，但只是氣不過她跟別人說我壞話，這才找了她麻煩。那次出了氣之後，我便將她拋到腦後，她怎麼樣都與我無關，我真的不需要為了這種女人犯下大罪，又不是腦子有問題，這點我還是拎得清的。」

聞言，何老太爺趕忙補充道：「玉王爺、應大人，我這孫子的確不是什麼好東西，但他從小到大不敢做出什麼歹毒的事，老夫敢打包票，魏小姐一案跟他無關。」

應青雲對何老太爺這話不置可否，又問了些問題才告辭，帶著幾人走出何府。

宇文瀋沈吟道：「本王覺得何三公子確實不像是歹徒，應大人，你說會不會是魏小姐那未婚夫做的呢？若是他知道自己被人如此設計，應該會懷恨在心吧？」

「不排除這種可能，下官這就派人前往揚州探查。」應青雲立即吩咐吳為帶幾個人前去調查。

第六十七章　數案併查

從何府回到家裡，應青雲便進了書房，一忙便忙到三更半夜，一連幾天都是如此，每天合眼的時間不超過兩個時辰，眼下都熬出了烏青。

封上上本不該打擾他的，但實在是怕他身體吃不消，便學著燉了一鍋羊肉湯親自送進書房。「破案重要，但身體也要顧，你看你都瘦了。」

應青雲走到榻邊坐下，乖乖地喝起了湯。

封上上邊看他喝湯邊問：「你是不是發現了什麼？」

應青雲將一旁的卷宗遞給她。「這是近兩年京城女子莫名失蹤的案子。」

「嗯？」封上上接過仔細看了起來，不由得問道：「你怎麼想到要查這些？你認為這跟魏小姐的案子有關？」

「雖然目前沒證據證明魏小姐的案子是連環案，但是到現在此案都沒任何進展，我心想不如找找近年來京城有沒有類似的案子，說不定會有線索。」

封上上點點頭。「這也是個方向，那你看得怎麼樣了？有沒有發現什麼？」

「有幾處很奇怪，妳看——」應青雲指著其中一張紙道：「半年前，永盛伯府的五小姐倪靜媛失蹤，至今未找回。」

「為什麼失蹤了？」

「據說是不滿家裡安排的婚事，跟人私奔了。」

「私奔……」封上上一愣，低頭去看手裡的卷宗，可是上面並沒有相關的訊息，不禁納悶道：「這卷宗怎麼這麼含糊啊？根本沒提到私奔的事情啊。」

「永盛伯府的嫡女跟人私奔，這事情不光彩。」應青雲淡淡道。

封上上懂了，這是大戶人家要面子呢，想隱瞞就隱瞞，就算知道什麼也不會對外說，更不可能讓衙門記到卷宗上供人閱覽，官府也奈何不了。

應青雲再次開口。「原本永盛伯府準備為她跟振國將軍府的三公子訂親，但在過禮之前，倪小姐跟一個落榜的書生私奔了。」

這是他讓景皓打聽出來的，京城畢竟是他的地盤。

封上上微微瞪大眼睛。「這……」

她都不知道說什麼好了，堂堂的千金小姐，一輩子都是榮華富貴的命，可偏偏為了「追求真愛」跟人私奔。私奔就算了，對方卻是個落榜的書生，這說明對方沒什麼本事，當然，沒什麼本事不代表品德有問題，但一個男人在落榜的情況下還帶著人家姑娘私奔，就不能說是負責任了。

雖然封上上的腦子不屬於這個時代，但是聘則為妻、奔則為妾，這個道理他不知道？這男人就是渣，小姑娘放棄養尊處優的生活選擇一個渣男，肯定是被人給哄得昏了頭。

封上上不想評論這事，問道：「倪小姐是私奔，魏小姐卻是被擄，你覺得這兩件事有關聯？」

應青雲又抽出了一份卷宗。「這兩件事看起來沒有絲毫關聯，但妳繼續看。」

封上上接過來一看，上面寫的是一年前的案子——通政使司通政使左翼府上的大小姐左連雲，在外出參加詩會的途中不幸落水，最後連屍體都沒找到。

她皺起了眉頭，與應青雲對視一眼。「都是京城官員家裡的小姐……」

剩下的卷宗還有不少官宦人家小姐出事的案子，雖然一年頂多就一、兩起，但概率著實高了些。

應青雲頷首。「雖然有的是遇難，有的是被擄走，有的是私奔，看似並不相關，但我總覺得這裡面有些不同尋常。」

封上上也覺得不對勁，說道：「女子出門本就要小心，這些官員家中的小姐在百般呵護之下成長，家中對她們的安全相當重視，外出時必定奴僕環繞，怎麼這麼容易出事？」

兩人同時沈吟起來，過了一會兒，封上上率先說道：「現在不知道這些案子有沒有關聯，但既然魏小姐一案沒什麼實質性的進展，那不如就假設這些案子彼此相關。」

應青雲頷首，開口道：「假若這些案子有關聯，那麼失蹤的女子們一定有什麼共通點，而我們沒有發現。」

「沒錯。」封上上接著說道：「如果在她們身上找到共通點，就能說明我們的推測沒錯，而且離找到凶手也不遠了。」

人不見了以後再無音訊，若有外力介入，那就不能說是人口失蹤案，而是要當成凶殺案來看了。

兩人眸中都燃起一絲希望，應青雲立刻派人調查這些失蹤女子的詳細資料。

兩天後，所有的資料都被擺在案頭，應青雲坐下來細細察看，封上上則坐在他旁邊跟他一起看。

這些資料涵蓋二十四名失蹤女子，其中平民十八人，貴族六人。這二十四人的生平各不相同，也未與人有是非恩怨或深仇大恨，乍一看並沒有共通點，但是——

封上上拿出倪靜媛的資料，點著其中一行文字道：「倪姑娘與人私奔之前，與振國將軍府的三公子有婚約。」

應青雲沒說話，靜靜地等著封上上繼續說。

封上上又拎出左連雲的資料。「左小姐原本與其表哥有婚約，後左府低調退婚，左小姐另許給刑部侍郎家的二公子。」

應青雲沒說話，從眾多紙張中抽出一張，修長的手指在上面點了點。「魏小姐也有過一段婚約，是在揚州時訂的娃娃親，但自魏大人升官來京一年後，兩家便退了婚。」

兩人對視了一眼，找出剩下三位貴族千金的資料，看過之後，封上上沈聲道：「看來，我們真的找到共通點了。」

應青雲道：「這幾名貴女都退過婚。」

封上上點點頭。「這應該就是凶手對這些女子動手的原因，他……厭惡退婚的女子？」

說完這話，封上上又自我否定。「不對，這個理由站不住腳，京中退婚的女子肯定更多，怎麼偏偏就她們出事了？你覺得呢？」

應青雲頷首道：「確實，退婚此事在京城並不少見，退婚的貴女更不只這六位，安樂公主便退過婚，已另嫁新婿。」

封上上一臉疑惑。「安樂公主？」

應青雲說道：「安樂公主是先帝幼女，先帝崩逝前將公主許給當時的新科狀元郎蘭成，但最後好事未成，公主退婚了。」

「為何退婚？」

「蘭成在婚前養了外室，外室還為他生了一子，公主得知後大怒，主動退婚，當今聖上也將蘭成貶到偏遠的地方當知縣，現在還在那個位置上坐著。」

封上上一點也不同情這個人，只道：「這樣看來，凶手並不是單純不喜女子退婚，而是有其他原因，背後一定還有更深層的癥結點。我們要仔細地調查，如果能查出來，說不定就知道原因了。」

應青雲頷首。

封上上眉頭微皺。「就怕這背後的情況被人捂得嚴，不好查啊。」

應青雲卻道：「不用查，我們有現成的人可以問。」

封上上疑惑地挑眉。

「袁信。」

「我跟你們說，這種事找我問就對了，京中權貴人家的八卦就沒有我不知道的。」袁信手裡端著一杯熱茶，大剌剌地坐著，眉宇間滿是得意。

封上上心想，敢情他是個包打聽呢。

袁信喝了口茶，翹著二郎腿開始滔滔不絕地說起京中的秘聞來。「永盛伯府的五小姐看不上自家為她定的對象，反而瞧中一個落榜的學子，甚至跟人家暗度陳倉，最後私奔了，硬生生給振國將軍府的三公子戴了頂綠帽子，三公子可是在家裡縮著一年都沒臉出門，永盛伯府和振國將軍府也成了仇人。

「至於通政使司通政使左翼府上的大小姐，與其表哥陳彥訂有娃娃親，卻在成親前退婚，另許給刑部侍郎家的二公子。左家對外說是陳彥婚前抬了妾，左小姐受不了委屈而退婚，其實這是欲加之罪何患無辭，真正的原因是陳家逐年敗落，與左家地位相差越來越懸殊，左家看不上這女婿，想找個更得力的親家罷了。」

封上上問道：「這是您的猜測還是事實？您怎麼知道左家嫌棄陳家？」

袁信抖了抖腿。「這可不是我猜的，左大人在外從不提起自家女兒的婚事，就算看到準女婿陳彥也是不假辭色，左小姐更是在詩會中抱怨過這娃娃親，所以明眼人都知道左家遲早會退了這門親的。」

和應青雲對視一眼之後，封上上又問：「那您對魏小姐退婚的事情了解嗎？」

袁信悠悠地喝了口茶，這才一臉神秘地說道：「你們啊，只知其一，不知其二。」

封上上疑惑道：「這是什麼意思？」

袁信說道：「知道這件事的人真不多，也就是找上我，你們才能省下許多工夫。」

應青雲問道：「到底是怎麼回事？」

袁信道：「魏嘉玉除了揚州那個前前未婚夫，在舉家遷至倉州的時候還訂過一次親，不過後來又退掉了，除了魏家本身，京中知道此事的人絕對不超過一個巴掌。」

「那您怎麼會知道？」封上上好奇地問道。

「因為我有位好友就是從倉州來的，對魏家之事略知一二。」

袁信這人朋友多，消息靈通得很，簡直是朝廷版的「八卦百曉生」，封上上總算知道應青雲為什麼要找他了。

「魏嘉玉在倉州那個對象，於當地頗有才名，文武雙全，本來前途一片大好，但是魏嘉玉有一次參加獵會時，不知怎麼的誤入深林，遇到了一隻狼，幸好被她未婚夫……哦不，前未婚夫給救了。」

「然後呢？」

「魏嘉玉沒什麼事，不過她那個前未婚夫就倒楣了，一隻腿直接廢掉，也沒了前途。」封上上嘆了口氣，接下來的故事不用袁信說她也猜得到。假設何宴說的是真的，魏嘉玉此人極為勢利，那她不可能會要一個殘廢的丈夫，不論用的是陰謀還是陽謀，反正這婚是退了。

魏成那個人看起來是挺老實的，但是龔潔給人的感覺就不是這樣了，魏嘉玉應該是跟她母親學的，否則封上上想不出魏成怎麼會有這種女兒。

想來這第二次退婚的情況比第一次更嚴重，何宴也沒能從魏嘉玉的大哥那邊套出來。

封上上看向應青雲。「看來，我們基本上找到癥結點了。」

應青雲眸色深沈，又問了其他幾個失蹤貴女的事情，不出所料，這幾位都曾經主動退過婚。退婚不是問題，而是出於什麼理由退婚。

封上上說道：「這些小姐都曾悔婚，準確地說，是都曾經對不起男人過。」

凶手很可能也是被女人悔過婚、傷害過的人。

應青雲默默地點頭。

回到應青雲的辦公廳堂，封上上興致勃勃地跟他說起了凶手的特徵。「被女人傷害過是第一點，第二點，這些貴女身分不凡，不光彩的事肯定瞞得很緊，普通百姓絕不會知道她們的私事，然而凶手卻很了解，這說明凶手很可能本身就在這個階層中。另外，如果凶手也是權貴，那就可能神不知、鬼不覺地把人擄走，畢竟身邊肯定有高手供他驅使。」

應青雲靜靜地看著封上上，瞧她神采奕奕、雙眼發光地分析，眼中是誰都沒見過的溫柔，等封上上停下，便端過已經放得不那麼熱的茶遞給她。

封上上接過來喝了兩口，吐了口氣，開心地說道：「現在知道凶手是哪一類人了，接下來要查一查京中貴族之中，有哪些男子曾被悔婚或被錯待過。」

吳為他們已經從揚州回來，魏嘉玉的前前未婚夫被排除了涉案的可能，如今只要努力在京城找出嫌疑人就行了。

原本毫無頭緒的案子突然找到了線索，封上上覺得前途一片光明，她拉著應青雲的袖子晃了晃，樂道：「本來我以為這案子要費很大的力氣去查，一時半刻破不了案，沒想到這麼快就查到癥結點，鎖定了凶手的範圍，我們實在太幸運了！」

應青雲卻沒說話，眸中一絲喜色也無。

封上上問道：「你怎麼了？好像不太高興的樣子。」

「沒有。」應青雲遲疑了一下才開口。「總覺得不太對勁。」

「哪裡不對勁？」

應青雲沈吟半刻，道：「說不上來。」

封上上伸出手與他十指相扣，晃了一下。「既然想不出來，那就暫時放下，總會有讓你靈光乍現的時候。當務之急就是抓住凶手，說不定可以在他動手之前將魏小姐救出來。」

「妳說得對，抓凶手要緊。」應青雲壓下心頭的那股異樣感，調動所有人力調查京城權貴之中符合條件的男子。

過了幾天，資料全蒐集齊了，符合條件的男子一共有九人。

他們的任務是從這九個人裡面找出凶手，首先要做的就是儘可能地運用刪去法，以便縮小範圍。

應青雲指著其中三人道：「這三個人都不在京城中，一個前年被調去安慶府，一個去年被調去邊關，還有一個在江南待了兩年，他們近年都未回過京，但凶手對擄走的女子抱有極大的仇恨，肯定不是直接結束她們的生命，必定會親自折磨她們，所以人不在京城的相對來說嫌疑較小，可以把重點放在剩下的人當中。」

「那就是六個人，要怎麼確定到底是誰呢？這些人都有權有勢，有不在場證明根本沒用，因為他們完全可以指使他人去辦。」

這一點應青雲也想到了，道：「查起來是不容易，目前能確定的是，要麼凶手單獨居住，且府中人丁極少，要麼凶手根本沒將人擄進府中，而是將人帶到某個不引人注意的地方。」

「對。」一封上上接著說道：「這些人的房產肯定不少，挑個莊子或私宅用來犯罪就行。

我們就從你說的這兩點入手，看看有沒有可疑之處。」

應青雲沈吟片刻，道：「也許他們不會用自己名下的房產，身邊親近之人名下的也要查一查。」

他交代吳為帶人前去調查並進行監視，確認情況之後再來回報。

又過了幾天，吳為向應青雲稟報道：「大人，這六人中無人獨居，其中兩人與親近之人在外沒有任何房產，四人有私宅與莊子，一共七處，卑職帶著兄弟們各自暗中監視了幾天。」

應青雲微微皺眉。「可有何異常？」

「這……勉強要說有什麼異常的話……」吳為猶豫地開口。「有兩處私宅裡偷偷養了女人，不知道這算不算？」

封上上來了精神。「什麼女人？」

吳為撓了撓頭。「看起來應該是外室，戶部侍郎家的公子整夜都宿在裡面，第二天才出來，那女人一路將他送出門，一副戀戀不捨的樣子。還有另一處，是光祿大夫家大公子的私宅，裡面有個大著肚子的女人，那位大公子每天都會偷偷摸摸地去看她一眼，但不留宿，很快就離開了。」

封上上先是和應青雲對視一眼，繼而問道：「那另外幾處都沒異狀？」

「沒有。」吳為搖搖頭。「每一處周邊都仔細走訪了，附近的人沒察覺不對勁，那些地方也沒有陌生女子的蹤跡。宅子的主人這幾天沒去過，每天進進出出的都是下人，那些下人也派兄弟跟著了，沒發現任何異常。」

封上上不禁皺起了眉，看向應青雲。

應青雲沈吟道：「這個情況有三種可能，第一，查漏了，不管是漏了人或漏了宅子，且真正的犯罪地點不在監視範圍內；第二，犯罪地點就在被監視的範圍內，但凶手極度謹慎，沒有破綻；第三，我們一開始的推測就是錯誤的。」

封上上揉了揉額角，想了片刻才道：「卑職覺得推測應該沒錯，問題可能出在前兩點。您說，會不會是那兩間疑似養了外室的私宅有異呢？也許外室只是掩人耳目的手段。」

「不排除這個可能。」應青雲沈吟道：「凶手心思縝密，說不定預測到了私宅被監視的情況，所以留了一手，故意用外室來遮掩。」

封上上說道：「那……我們要不要去查查那兩個外室？」

第六十八章　案外有案

應青雲思索片刻後，讓吳為按照先前的方法繼續查，另外再分出幾個人手去盯那兩個外室。

此時封上上主動請纓道：「大人，卑職也去盯著那兩個外室吧，派出去的兄弟都是男子，只能遠遠瞧著，就算有機會也無法靠近，卑職是女子，也許能藉機跟她們接觸，好打探到更多消息。」

她想的是，外室雖然身分並不光彩，不宜過分暴露於人前，但不可能永遠縮在宅子裡，總要出去透透氣，要是足不出戶，那才真的有問題呢。

應青雲思考了一番，同意了。「注意安全，不要莽撞，有什麼動靜及時通知我，不要冒險。」

「卑職知道，您別擔心。」封上上避開吳為的視線，悄悄朝應青雲舉了舉手臂，展示一下自己的肱二頭肌，提醒他不要忘了她的「神力」。

看著封上上那細瘦得彷彿隨意一折就會斷的手臂，偏偏做出大力士的動作，顯得格外滑稽，應青雲的嘴角不受控制地揚了起來。

就這樣，封上上偷偷幹起了盯人的活計，連續幾天窩在暗處瞅著私宅，眼睛都差點瞅抽筋了，終於，裡面的女子出來了。

她大約十七、八歲，容貌嬌美，走起路來婀娜多姿，一舉一動都十分吸引人。

一個衙役在封上上耳邊小聲道：「封姑娘，這位就是戶部侍郎家公子的外室。」

封上上點點頭，輕聲道：「確實好看。」怪不得能被金屋藏嬌。

看那位外室上了轎子，一路朝南邊而去，封上上趕忙讓衙役留在原地，自己悄悄跟上。

轎子行得不快，封上上步行就能跟著，轎伕也沒發現身後跟了人，封上上就這麼順利地跟到了南大街，接著就看見這位漂亮的外室在路口下了轎子，隨丫鬟慢慢沿著大街走去，看樣子是打算逛街。

封上上當自己是來逛街的人，一邊跟蹤對方，一邊摸摸這個問問價格、看看那個試用一下。

跟了差不多一盞茶的工夫，她們走進了一家銀樓，似乎想買首飾。封上上立刻進門，假裝對櫃檯上擺放的首飾很感興趣，一邊看、一邊悄悄地往那位外室身邊挪，兩人的距離越來越近，離得近了，就聽到外室和丫鬟之間的對話。

「小夫人，這金釵是芙蓉樓最新出的樣式，聽說一共就三支呢。」

「就三支而已？那倒是稀有，怪不得這麼貴。」

「貴是貴了一點，但小夫人您買得起啊，三少爺這麼疼您，區區幾十兩銀子哪比得上您重要？」
女子笑了起來，眉眼含羞。「妳這丫頭，真是會說話。」
「奴婢說的是實話，三少爺對您視若珍寶，上次不是還從江南給您帶了疋珍珠錦嗎？三少爺就得了這麼一疋，價格可是比這金釵還高，連家裡那個正的都沒給，就給您了，包括京城的貴女都沒幾個人有呢。」
女子聞言更開心了，眸中滿是得意，嘴上卻刻意訓斥丫鬟道：「在外面不得胡言，免得給三少爺找麻煩。」
丫鬟連忙表示知道了。
兩人的說話聲其實很小，要不是封上上湊得近、耳朵又好使，估計聽不到，所以封上上不懷疑她們是故意說給自己聽的。也就是說，這對主僕說的話十之八九是真的，既然如此，這個外室被兇手用來當障眼法的可能性就不高了。
封上上有點失望，沒想到辛辛苦苦跟了那麼久，竟然是這個結果，白白浪費了好多時間。
既然這位沒問題，那就要查查那位有孕的外室了。
這次封上上不打算再守株待兔，她決定混進私宅裡，摸一摸裡頭的情況。
「不行，太危險了。」一應青雲立刻反對。

「對我來說危險，那對別人而言也是，總不能危險的都讓吳為他們去幹吧，我是京兆府的人，拿著朝廷的俸祿，辦案出力也是應該的。」封上上認真地說道：「況且這不危險，我準備扮成收泔水的去打探一下，不會有事的。」

這些宅子裡每天都會有人進門收泔水，這是陌生人唯一能混進去的機會。

看應青雲還是擰著眉不放心，封上上乾脆道：「這樣吧，你讓吳為跟我一塊兒去，我跟你保證，就算看出不對勁，我也不亂來，一切以自身安危為優先；再說了，我可是化妝的好手，保准讓人看不出破綻。」

論爭辯，應青雲怎麼也說不過封上上，不光說不過，被她抱著手臂搖一搖，明媚閃亮的雙眸朝他眨巴眨巴地看著，他就怎麼也無法拒絕她，所以最後封上上還是拿下了這個任務。

獲得了允許，封上上就叫來吳為，打開自己的化妝箱好一頓鼓搗，當兩人從房間出來的時候，就讓人認不出來了。

只見一位彎腰駝背的老婦人佝僂著身子走出來，她的衣衫破舊，皮膚黝黑、滿臉皺褶、嘴唇蒼白龜裂，一看就是吃了很多苦，而她身邊跟著的男子雖然身材高大，但卻同樣滿臉風霜。

這樣的兩個人去收泔水，再正常不過。要不是明確知道這兩人的身分，大夥兒真的會相信他們就是收泔水的了。

「怎麼樣？看不出破綻吧？」剛剛還佝僂著身子的老婦人瞬間直起身子，臉上滿是笑容，從貧苦老婦人變成了聲音清脆的姑娘。

六子勉強收起自己臉上的驚訝，嘆道：「封姑娘，您可太厲害了，我實在沒認出你們！」

吳為哈哈大笑。「別說你了，我都差點沒認出自己，封姑娘這一手真是出神入化，堪比易容術了。」

看著兩人此刻的面容，應青雲鬆了口氣，這樣一來被發現的可能性很小，安全又多了一分保障。

第二天，封上上與吳為成功地混進了那間私宅。

兩人直奔廚房的泔水桶，兩大桶泔水就擺在角落裡，味道衝得人想吐，幸好封上上和吳為見過不少屍體，也聞過嚴重的屍臭，這會兒倒是沒什麼不能適應的，也未引起旁人懷疑。

帶路的下人嫌味道重，見兩人處理起了泔水，便捂著鼻子出去了，沒有要盯著他們的意思。

見狀，兩人鬆了一口氣，放慢手上的動作，眼神無聲交流，隨後吳為繼續待在這裡收泔水，封上上則悄悄走到牆角，打算溜到後院去探探消息。

然而還沒等封上上溜出去，一連串急切的腳步聲就從廚房外響了起來，驚得她趕忙停住腳步，縮在角落裡。

「快點備水，爺們要洗澡，動作俐落點！」

「是。」

「你們再準備點吃食，好讓爺們吃飽了再睡。」

「是。」

「方三，去將裡面收拾一下，不行的那個抬出去埋了，別教人發現。」

「管爺您還不放心啊，小的都做多少回了。」

封上上臉色頓時凝重起來，越琢磨越覺得不對。爺們，說明不只一個男人在這宅子裡；不行的那個抬出去埋了，代表很可能死了人。

難道凶手就在這宅子裡？

封上上悄悄跟上那個去收屍體的小廝，只見他走進一處偏僻的院落裡，不一會兒出來後，肩上就多了個看不清顏色的麻袋，麻袋鼓鼓的，重量似乎不輕，小廝揹起來一點都不輕鬆。

原本封上上處理屍體的經驗就很豐富了，前世又跟著刑警們破了那麼多案子，一眼就看出這麻袋裡裝著的是屍體。她眼神一沈，毫無聲息地跟在那小廝身後。

小廝走到一個更偏僻的院子旁，在院牆一角停下，伸手扯開密密麻麻的爬山虎，露出後面的牆，以及一扇僅供一人通過的小門。

這是個隱藏的暗門！

小廝前後左右察看了一會兒，確定沒什麼異狀之後，瞬間溜出了門外。

等小廝出去沒多久之後，封上上疾步上前，照著他剛剛的樣子推開暗門鑽了過去，就見門外是另一處宅子，看樣子似乎沒人居住。

封上上親眼看著那小廝將屍體放到了推車上，從這處無人的宅子後門離開。

沒想到他們這麼警覺，竟能想出這種辦法，這樣就算被監視，也不會引人注意。

封上上跟著小廝走出後門，一路往城郊走去，最後一直跟到城外的山上。

小廝將屍體從推車上拉下來扛在背上，朝著荒蕪的山林中走去，走了大概一炷香的工夫才停下來，將背上的屍體扔進了一處山坳，接著轉身便走，快得好像身後有鬼在追他一般。

封上上沒出聲，靜靜地躲在遠處，等到那小廝沒了影，這才鬆了口氣，可氣還沒鬆完呢，就看見一隻狼直奔麻袋而去，顯然是要進食了。

封上上頓時大驚，心想：屍體可千萬不能有事！

來不及多想，封上上抓起一塊石頭朝狼扔去，瞬間吸引了狼的注意力，狼那在黑暗中發光的眸子直直盯著她，喉嚨中發出威脅的低哮，下一秒，直撲而來。

封上上抽出隨身攜帶的匕首迎面而上，與狼展開了搏鬥。

這一戰是封上上贏了，只不過贏得不輕鬆，腿被咬傷，流了不少血。

她不敢耽擱，忍痛抓起麻袋，打開一看，裡面果然是屍體，還有一點溫熱。

封上上壓下心中的激動，扛起麻袋往山下走，還沒走到山腳，便看到匆匆趕過來的應青雲一行人。

「上上——」看到她腿上的血，應青雲眉頭緊緊皺了起來，氣溫直接低了好幾度。

封上上朝他安撫道：「沒事，小傷而已，這次有大發現。」

應青雲沒說話。

看到應青雲這副模樣，封上上知道他不高興了，她也曉得他在氣什麼，無非是氣她不顧安全，自己一個人追了出來。

黑暗中，她靠過去偷偷拉了拉他的手，無聲地撒嬌，請求原諒。

應青雲頓了片刻，默默地反握住她的手。

封上上的嘴角揚了起來。

回到京兆府，屍體被放到驗屍房中，封上上簡單包紮好傷口便過去與馮叔跟鐘緯開始驗屍。

他們兩個已知曉封上上的本事，不僅將她當成專業人士看待，更從她那邊學到不少知識，彼此互信互重。

死者是大約十五、六歲的小姑娘，容貌清麗，但穿著普通，不像是富貴人家出身，且手腳上有繭，像是習慣幹活的農家姑娘。

她的死亡時間在今日寅時左右，原因是被活活折磨致死。看到小姑娘身上慘不忍睹的樣子，在場的人都忍不住暗罵一聲畜生。

小姑娘身上很多傷痕，有鞭痕、蠟痕，還有掐痕，可以想像她生前遭受過多少折磨，但最讓人氣憤的是她的下體紅腫糜爛，下體流出的血染透了整條褲子，血液已經乾涸，不仔細看還以為她穿著暗紅色的褲子。

應青雲皺著眉問道：「可看出是什麼器具導致？」

「摺扇。」封上上道：「死者生前被多名男子侵犯、折磨過。」

不待別人提問，封上上便解釋道：「死者的脖子、腰上有多處指痕，根據力道和粗細，可判定施暴者為男子，但這些指痕卻不是同一個人的。」

說完，封上上頓了頓，她還發現了一個很重要的線索。「凶手很可能服用了神仙膏。」

曹岩一案中出現了神仙散，事後封上上特地找了很多資料研究前朝的神仙膏，因此有了幾分了解。

此話一出，有的人一臉茫然，不知神仙膏為何物，有的人卻愣怔當場。

「妳說神仙膏？這可不是鬧著玩的！」馮叔的臉都僵了。他年紀大，記得前朝的神仙膏一事，沒想到會在幾十年後再次聽到這個詞。

應青雲毫不懷疑封上上說的話，他沈聲道：「從何發現的？」

封上上拉起死者的手，說道：「大人請仔細看，屍體的指甲中有黃色膏體，手指上也有一股特殊的味道，不光是手指，死者的衣物、頭髮上都有，這味道與燃燒罌粟殼的味道有幾分相似，再加上卑職曾在一本書上見過對神仙膏的描述，書上說人用了此物後會亢奮異常，結合那幾人折磨女子的行為，卑職便推測他們用了神仙膏，但到底是不是，還要再確認。」

應青雲點點頭，立刻讓人去找京中熟知前朝神仙膏的人過來。

如果真的是神仙膏，那事情比原來的要複雜許多，其背後的危險性不可估量。神仙膏與神仙散一樣，都是上癮性極強的毒物，無論是意志多麼堅定的人，都抵擋不住它的威力，一旦沾上就會迅速沈淪，進而迷失自己，直到死去。

前朝神仙膏盛行，連一國之君也染上了，可說是因神仙膏的傳播而滅朝，是以大魏建立之初便嚴令禁止神仙膏，一被發現吸食，殺無赦，族人則流放千里。在這種嚴厲的政策下，神仙膏漸漸消失，民間再也沒有神仙膏的身影，許多老百姓都不知道這是什麼東西。

要是不知不覺中神仙膏再次於民間流傳，那麼整個國家都將陷入危險之中。

沒多久，衙役找來了一名老大夫，這名老大夫歷經兩朝，見過神仙膏風靡一時的境況，也治療過許多沈溺於虛幻中的神仙膏上癮者，對這種毒物相當了解。

老大夫仔細辨別死者指甲中的膏體，又聞了聞她身上的味道，過了好一會兒才沈重地點點頭。「大人，的確是神仙膏無誤，老夫都快三十載沒見過了，沒想到竟再次出現。」

原本在場的眾人還希望封上上推斷的結果有誤，然而事與願違，他們心中那一點點奢求全沒了。神仙膏再現，不曉得私下傳播了多久，又禍害了多少人。

聯。

封上上原本是去查貴女失蹤案的，卻牽扯出了毒品來，也不知道這兩者之間是不是有關

吳為走上前一步，急切道：「大人，卑職現在就帶兄弟們去抓人。」

應青雲抬抬手。「不要輕舉妄動，那座私宅有其他出入口，要是打草驚蛇，裡面的人就會逃脫，想再抓就難了。」

封上上趕忙道：「沒錯，裡面有其他出入口，一處偏僻院子的牆上隱藏著一道暗門，那暗門通往別處，一般人根本發現不了，就算將那宅子層層包圍也抓不到人。」

說著，她轉頭對應青雲道：「大人，卑職知道那道暗門在何處，也曉得它通往哪裡，卑職帶大家過去。」

應青雲頷首，吩咐道：「先派一部分人從暗門悄悄潛進去探查情況，看那些人還在不在，若是在，便全部抓起來，若是不在，等待合適的時機再出手。」

在場之人都出去準備了，只剩下封上上。

「妳的腿……」應青雲眉頭皺起，擔憂不已。

「沒事，我又不去抓人，就帶個路，不會有事的，你別擔心。」

「切記，不論遇到什麼情況都別動手，保護好自己。」

封上上趕忙舉起手。「我發誓，以後絕對會保護好自己，不會再受傷了。」

應青雲抿了抿唇，伸手揉了揉她的頭髮。

封上上在應青雲的手掌下蹭了蹭，才繼續說起正事。「不知道那些人跟咱們查的案子有沒有關係，會不會是貴女失蹤案的凶手呢？」

應青雲答道：「是或不是，抓回來就知道了。」

按照應青雲的計劃，吳為帶著兩個身手好的衙役先一步從暗門潛了進去，在一處隱秘的院落裡找到了那夥人，當時那群公子哥兒正窩在榻上呼呼大睡，空氣中瀰漫著神仙膏點燃後還未散去的特殊氣味。

在這群人旁邊，多名被折磨得奄奄一息的女子正赤身裸體地吊在一具刑車上，全身上下沒一處好肉，跟被他們找到的那具女屍一模一樣。

吳為馬上發出暗號，外面潛伏著的衙役隨即衝了進來，逮捕這群酣睡中的公子哥兒。

隨著消息傳開，京城一時之間沸騰了起來。

原因無他，京兆尹一次逮捕了六名吸食神仙膏、並以折磨女子為樂的人，這六人還不是普通人，都是四品以上官員的嫡子。

這背後牽扯了其餘數十人，甚至有一個熟面孔——應青雲血緣上的親兄弟，楚呈墨。

楚呈墨本來就是個自找麻煩的主，這次又捅出了這麼大的簍子，真的是把自己送上了死路。

第六十九章　滿城風雨

這些公子哥兒養尊處優慣了，一被問審的手段與刑具嚇唬，就什麼都招了。

他們承認吸食神仙膏，也承認折磨死了不少女子，卻完全不承認擄過魏嘉玉等貴女。根據他們的說法，那些女子都是從外地逃難來京城的，為了討口飯吃，自願賣身給他們。

應青雲派人調查，發現情況確實如那些權貴子弟所說。

「既然他們說的是真話，那麼魏嘉玉的案子就跟他們無關了，咱們只是誤打誤撞查出了神仙膏之事。」封上上的心情有點複雜。開心的是抓住了這群畜生，不開心的是貴女失蹤案的線索又斷了。

應青雲知道封上上在想什麼，安慰道：「沒關係，查案不可能總是一帆風順，咱們重新再查。」

封上上點點頭，道：「那神仙膏之事你準備怎麼辦？這個案子牽扯太廣了，那些官員們肯定很快就會想辦法撈人，到時候少不得給你找麻煩。」

應青雲一臉平靜。「此事我已經上報耿大人，大人也即刻呈報給聖上，這些人無從遮掩、難以脫身，如何處理，端看聖上的意思，至於麻煩，我從來不懼。」

「那個楚呈墨，估計——」

封上上剛準備說楚呈墨那邊估計要糾纏，哪想到話還沒說完呢，一名衙役就跑了過來，對應青雲稟報道：「大人，門外有您的親眷要見您。」

封上上悄悄翻了個白眼。

應青雲神色淡漠道：「本官在京城並無親人，讓人走，不要打擾京兆府辦公。」

衙役愣了愣，有些猶豫地開口道：「可……可有兩位老人家，說是您的祖父與祖母，真的要趕走嗎？」

應青雲眼神冷了冷，依然道：「本官並無親屬，趕走。」

衙役見應青雲的態度如此堅定，不敢再有所懷疑，立刻趕人去了。

「他們不會真的那麼無恥，把你爺爺、奶奶弄來說情吧？」封上上被楚家這波操作給無恥呆了。

以往應青雲過得那麼苦，沒見到所謂的爺爺、奶奶出面幫忙，他到了京城這麼久，也沒見爺爺、奶奶過來探望，結果前腳楚呈墨剛出事，後腳爺爺、奶奶就上門，真是連演都不想演了，目的性實在太強。

應青雲沒什麼情緒地笑了笑。「在我心中，已無親人。」

「是啊，那些人從來沒管過你，這麼多年來，親生的爺爺、奶奶別說照顧你了，連你的面都沒見過，還算什麼親人。」封上上著實心疼應青雲，卻也有些擔憂。

大魏注重孝道，不孝之人不予賜官，要是長輩在外面說些不好的話，對一個人的前途都會造成重大阻礙，要是楚家人真的有意散播什麼不實的流言，就怕會連累應青雲的仕途。

應青雲卻不甚在意地說：「無妨，問心無愧就好，只要妳不嫌棄。」

至於仕途……到了這個地步，其實已經夠了。以前應青雲還會想像有一天站在楚家人面前，讓他們仰望自己，要他們後悔莫及，但來到京城後看到他們養出了楚呈墨這樣的人，他就覺得這個想法很可笑。

楚家人，真的不值得他花費絲毫心思與注意力。

應青雲看著封上上明亮的雙眼，嘴角輕輕勾了勾。大概也是因為遇到了她吧，她讓自己的生活變得有趣、鮮活，那些不好的人、事、物，對他的人生來說都是多餘的。

封上上笑著拍拍應青雲的肩。「我可不嫌棄，當官有什麼好啊，還不如普通百姓自由自在呢。你要是真的不做官了，咱們就找個地方隱居，過著男耕女織的生活。我跟你說，你跟了我可不用怕被餓死，我有手藝，殺起豬來那是又快又好，殺完豬後人家除了給錢，還會給些豬肉跟豬下水當報酬，咱們不愁沒肉吃。」

應青雲低低笑了起來，腦海中想像起封上上殺豬的模樣，要是真的能過上那樣的生活，一定很有趣。

兩個人說回了正題，封上上擔心聖上高高拿起、輕輕放下，把那些混蛋給放了，讓受害者白白慘死。當然，她也有私心，那就是希望楚家倒楣，受到該有的懲罰。

應青雲沈吟片刻後才道：「按照當今聖上的性格，倒是不至於無罪釋放那些人，這麼做可堵不住悠悠眾口，但……」他壓低了聲音。「但是也不至於賜死，畢竟這次的事情牽扯到了一些皇室中人。」

聽到「皇室」這兩個字，封上上腦子裡閃過一道光亮，心臟猛然跳了一下，只覺得茅塞頓開，像是解開了某個死結。

對啊，皇室……就是皇室！他們漏了這個地方！

魏嘉玉的案子鎖定了凶手的範圍，可查來查去都找不到嫌疑人，這次更是徹底斷了線索，需要重新理清思路。然而此刻她才察覺，他們鎖定的目標並未包含皇室。

若凶手是皇室中人，那就難怪他們怎麼查都沒進展了。

封上上說出自己的想法後，應青雲精神為之一振，馬上派人進行調查。

之前是沒想到，如今順著這條線索去查，便查出了一個人來——當今聖上的第四子，宇文修。

四皇子乃榮妃所出，榮妃是宮女出身，背後沒有靠山，不過由於聖上子嗣不豐，榮妃便被提為妃位，但四皇子在幾位兄弟中不算得寵，才會出現被退婚的事。

應青雲道：「當初聖上想要平衡勢力，因此給無權無勢的四皇子指了定國將軍的獨女蔣純為皇子妃。定國將軍征戰一生，手上握有兵符，掌握二十萬大軍，可說是誰娶了他女兒，誰便有了皇位競爭權。」

封上上心想，這無疑是一個超級大餡餅砸在四皇子頭上，還是聖上故意砸的，這一砸，想必讓幾個皇子內心極度不平衡，只差要發瘋了。

「不過，最後蔣小姐並未嫁給四皇子，而是嫁給了三皇子。」

封上上挑眉道：「這中間肯定出了什麼事吧？」

「沒錯，雖然對外給的解釋是四皇子與蔣小姐都心有所屬，所以商議過後，解除婚約各自嫁娶，但實際上此事另有原因。聖上嚴禁知情者對外透漏半分，所以很少人知道這件事，我是因為景皓的關係才知曉的，他的母親與定國將軍夫人是閨中密友。」

頓了頓，應青雲再次開口。「其實，蔣小姐與四皇子還有婚約時，便被當眾發現與三皇子有染，而且她已經懷了三皇子的孩子。」

封上上倒抽了一口氣，沒想到會是這麼勁爆的話題。蔣小姐是給四皇子戴了頂天大的綠帽子啊，尤其對象還是自己的親哥哥，這頂帽子可謂綠得純粹、綠得亮眼，四皇子只怕是丟盡了臉面，想殺人了。

「後來呢？」封上上追問。

「聖上自然震怒，但蔣小姐腹中畢竟懷著皇家子嗣，聖上便下令三皇子迎娶蔣小姐。為了彌補四皇子，聖上賜了他王位，是為安王，成為第一個封王的皇子，得以出宮建府。」

「聖上沒懲罰三皇子嗎？」封上上覺得三皇子這件事做得實在不厚道，聖上作為他老子，怎麼樣都該罰一罰他吧？

應青雲搖頭道：「三皇子乃是聖上最寵愛的萬貴妃所生。」

封上上懂了，皇帝老子偏心萬貴妃，連帶偏愛萬貴妃生的兒子，捨不得懲罰。

「那現在蔣小姐……哦不，三皇子妃怎麼樣了？」

「遺憾的是，蔣小姐生產時難產而亡，最終一屍兩命。」

封上上不知道該說什麼才好，三皇子好不容易搶到了蔣小姐，可最後老婆跟孩子都沒了，自然也失去了能幹岳父的助力，等於白忙一場，什麼也沒撈著。

「那四皇子後來娶妻了嗎？」

「娶是娶了，不過還不到一年便因病去世，後來京中傳出四皇子剋妻之名，四皇子便未再娶妻。」

封上上意味深長地看著應青雲。

四皇子先是被搶了未婚妻，又被當眾戴綠帽，遭眾人恥笑，後再遇父親偏心，多重打擊之下，很可能因此心理變態，犯罪動機不小。

應青雲微微頷首。「這些遭遇很可能讓四皇子變得殘暴不仁，對他認為『水性楊花』的貴女都充滿仇視，這與我們對凶手的側寫很符合。當然，究竟是不是四皇子做的，還要經過調查才行。」

封上上沈默片刻後，說道：「四皇子畢竟是皇室之人，想查他不容易吧，自古以來天家威嚴不可冒犯，若是出了有辱皇室臉面之事，那……」

她不由得想起曹岩那個案子，曹岩的岳父林元文是二皇子宇文傑的人，此案移交給大理寺之後，表面上看起來就再也沒有動靜，可實際上二皇子確實參與貪墨稅銀一事，最後遭到聖上終身監禁，只是未對外宣揚。

由此可見，聖上不願意讓外人看皇家的笑話。

封上上擔憂地看向應青雲。案子雖然再次有了方向，可是難度又升高了，他們必須要掌握確切且足夠的證據，才能呈報給聖上。

為了調查四皇子宇文修，應青雲請景皓幫忙，更讓吳為與六子帶人暗中探查安王府、四皇子名下所有房產以及他常去的地方。

一開始宇文修的確毫無異樣，但隨著時間過去，風平浪靜的表象使人麻痺，再謹慎的人也放鬆了警惕。對心理變態之人而言，被逮到的恐懼遠遠敵不過內心的渴望，他們不會放著自己的「獵物」不碰觸，露出馬腳是必然的。

宇文修名下有一處莊子，位於郊外，三面環山，位置十分偏僻，平常少有人至，莊子上只有一個聾啞的老僕看著，宇文修也不經常去，一年之中頂多以打獵的名義去住上幾次。

說起宇文修這人，平常沒什麼別的嗜好，唯有愛騎馬打獵這點為眾人所熟知，所以他偶爾去自己的莊子上打獵很正常，沒人會懷疑，也就更沒人想到，他會在這處不起眼的莊子裡，囚禁一個又一個女子，慢慢地折磨她們，眼睜睜看著那些生命消逝。

應青雲等人趕到現場時，宇文修已經被制住，經過了最初的慌張與癲狂之後，此時的他明白自己大勢已去，不再掙扎，靜靜地站在一旁看一群人衝進刑房解救奄奄一息的魏嘉玉，露出微妙的笑容，像是在看一場戲。

封上上的視線從宇文修臉上移開，轉到被救出來的魏嘉玉身上。此時的魏嘉玉與其說是一個人，不如說更像一條抹布——一條人形的抹布。

如此衝擊的畫面令見慣刑案的衙役們都不忍直視，他們不知道一個人怎麼能被折磨成這般模樣，也想不通一個人怎麼能喪心病狂到這個地步。

應青雲立刻命衙役快馬加鞭通知魏府找大夫，然後讓人在馬車裡疊了幾層被子，這才差人將魏嘉玉移到馬車上。

負責移動魏嘉玉的幾個人大氣都不敢出，深怕自己的手重了那麼一點點，抬著的人就失去了最後一縷呼吸。

事跡敗露，宇文修知道自己辯解也沒意義，很乾脆地承認了自己的罪行。京中近年來失蹤的貴女絕大多數都是他擄去的，她們的屍骨早已經融化在泥土裡，再沒有一絲存在過的痕跡。

也不知道魏嘉玉的運氣是好還是不好，因為她退了兩次婚，特別令宇文修不快，於是折磨她的時間拉得很長，才能留著一口氣被京兆府的衙役們救出來。

此案一出，滿朝譁然，那些丟了女兒的官員紛紛找聖上討說法，聖上就算想保自己兒子一命也不敢開口。

最終，宇文修被賜死。

就在宇文修被斬首的第二天，宮中下了聖旨，涉及神仙膏一事的人全部賜死，包括那幾個公子哥兒以及一些皇室中人。

「聖上這是……洩憤？」封上上偷偷在應青雲耳邊小聲嘀咕。

神仙膏的案子原本遲遲未決，聖上頂不住朝臣的壓力，無法按律法處置那些權貴子弟，很可能雷聲大、雨點小地懲罰一下給世人看看就算了，然而聖上卻突然改變態度，直接將人給砍了。

其實聖上的心理不難猜測：我自己的兒子，堂堂的皇子都在你們這些朝臣的壓力下被搞死了，難道我還要看你們的臉色，保住你們的兒子？憑什麼?!

不過聖上還是有理智的，只殺了涉案的公子哥兒，並未懲戒他們的家人，這樣一來，這些權貴們雖然憤怒，卻不會被觸及底線，做出什麼不可控制的事情。

應青雲對聖上做出的決定不置可否，在封上上面前蹲下身來，仔細看了看她的腿，確定傷口沒問題後才道：「案子解決了，接下來妳好好待在家中養傷，把腿養好再回來。」

封上上之前不放心案子，腿都受傷了還是跟著一起查案，所以傷口好得很慢，前兩天甚至出血，應青雲的眉頭都快皺得能夾死蒼蠅了。

「好啦好啦，我知道了。」她伸手撫平他的眉心。「別皺眉啦，我這就回去好好養傷，天天喝豬腳湯，保證活蹦亂跳了再回來幹活。」

應青雲沈默了一會兒，走到封上上身後推著她的輪椅，一直推到京兆府大門外，讓吳為送她回家。

吳為替封上上推著輪椅，一邊走、一邊感慨。「我以前覺得京城好，總是想到這裡來看看，知道能跟著大人來這邊當差時，高興得沒睡著覺，可真的來了京城之後才發現沒想像中那麼好，這裡的人……」

封上上明白他的意思。「不管他們是誰，咱們公事公辦，只要不違反律法就成，若是違反律法，那就聽大人的，該怎麼辦就怎麼辦，咱們也不怵。」

吳為正要點頭，後腦杓突然一痛，下一刻便眼前一黑，什麼都不知道了。

封上上聽到身後的動靜，直覺不好，快速回過頭去，可什麼都還來不及看清，頭上就被人套了麻袋，脖子也被手刀砍了一下，意識陷入黑暗之中。

過了一陣子，封上上醒了過來，發現自己身處馬車之中，被人五花大綁，眼睛也被蒙著，嘴巴更被布條緊緊地纏起來，動不了、看不見也說不出話，身體根本維持不了平衡，被快速行駛的馬車顛得衝來撞去，腿上的傷口越發嚴重，鮮血順著腿往下流，整個裙面都被染成了紅色。

然而封上上顧不得這傷，設法用肩膀去撞躺在她身邊的吳為，但吳為一點反應也沒有。

封上上只好試著在這樣的情況下用身體探索馬車，花了大概半盞茶的工夫，才確定馬車的門窗都被人給封死了，不讓她向外面的人求助，也不讓外面的人看到裡面的情況。

蒐集完訊息，封上上吁了口氣。她跟吳為現在都在對方手裡，絕對不能硬來，否則兩人的性命堪憂。

馬車不知駛向何處，在封上上醒來後又過了大概一炷香的工夫才停下，車門被人從外面打開，有人鑽進馬車，將「昏迷」的她抱起來，轉移到另一輛馬車上。

「嘖嘖，這女人長得可真標致，要是能賣到江南去，可是會大賺一筆。」一個男人說道，邊說還邊用手摸了封上上的臉一下。

「你可別動歪心思，上面的人吩咐了，要把這女人送到深山裡，找個最老、最醜、最窮的男人賣了。」另一個男人說道。

「這麼漂亮的姑娘賣到深山的窮光蛋手裡可就慘了，浪費了這姑娘的臉，她到底是怎麼得罪上面的人了，怎麼會——」

「不該你打聽的別瞎打聽！只要按照吩咐辦事就行了。記住，這女人力氣大，跟一般女人不太一樣，路上絕不能給她鬆綁，再餵她一點軟筋散，等賣到山裡，讓人家用鐵鏈拴著，拴她個一年半載，等生了娃就老實了。」

「爺放心，我們知道該怎麼做，保證安排妥當，不會讓她跑掉的。」

封上上聽著兩人的對話，只覺得一股涼氣從腳底升起。綁她的人竟然對她抱著這麼大的惡意，連威脅、折磨的步驟都省了，直接要把她賣進深山。若是真的被賣到與世隔絕的地方，落到那些買媳婦的人手裡，可以想見未來的日子會有多恐怖。

綁她的人肯定不是為了達到某種目的，而是單純為了報復，她在這裡壓根兒沒得罪過什麼人，唯一會這般記恨她的，只有某家人了。

第七十章　暗潮洶湧

「不過，這裡怎麼還有個男人？」
「這男人是跟這女人一起的，你把他帶到江邊扔進江裡餵魚就行了。」
「好，我知道了，爺放心，我們一定把事情給您辦好。」
交接結束，抓他們來的人就離開了。
這兩個男人對話的時候，封上上努力搜索周遭的訊息，隱約察覺到接收自己的這方差不多有四、五個人，數量不算多，應該是從事人口拐賣這一行的，身手肯定不如剛才那個人。要是她出其不意、奮力一搏，有很大的機會自救，若是等到這些人給自己餵下軟筋散，到時候就危險了。
想到這裡，封上上暗中繃緊身體，等到這夥人把自己和吳為都扔進馬車裡關上門後，她咬咬牙，用盡全身的力氣，瞬間繃斷綁住自己的繩子。顧不得鮮血淋漓的手腕，封上上一把扯下嘴巴上和眼睛上的布條，緊接著解開吳為身上的繩子，朝他手臂內側狠狠地掐了一把。
劇痛讓吳為從昏迷中醒來，封上上眼明手快地捂住他的嘴巴不讓他出聲，隨後用氣音小聲道：「咱們現在要衝出去，你可以嗎？」
吳為想起之前發生了什麼事，只驚慌了一秒便鎮定下來，對封上上點點頭。

見狀，封上上抬起腳，朝封閉的馬車門狠狠踹去，門瞬間被踹飛，其中一個坐在前方趕車的人一時不察，被門撞得跌下馬車，馬車也停了下來。

吳為立刻撲出去試圖制住坐在車轅上的另一個人，兩人在馬車上打了起來。踩在馬車後方的人發現不對勁，迅速衝上前來，封上上跳下馬車，跟那三人動起手來。

封上上把剛才綁住吳為的繩子當成鞭子用，她力氣大，甩起繩子來虎虎生風，被打到的人痛呼不止，一時沒人敢靠近。這些男人著實大吃一驚，他們根本沒想到封上上這麼能打，不過對方畢竟只是個姑娘家，就不信他們三個人一起上還拿不下她。

跌下馬車的人很快就去對付吳為了，吳為那邊要跟兩個人打，抽不出空去幫封上上。

要是平時，封上上倒是應付得來，但此刻她的腿傷得很重，又失了很多血，身體漸漸沒了力氣，打著打著便有點招架不住。

為首之人掏出一把匕首，悄悄繞到封上上身後不遠處，趁她被另外兩人纏住時，找到空隙便朝她刺去。

「封姑娘！」

吳為恰好看到這一幕，大叫一聲想提醒封上上，可是根本來不及，那把匕首直接朝她而去。

封上上聽到吳為的喊叫聲時就意識到了情況不妙，然而這一刀她是挨定了，唯一能做的就是護住心臟，儘量把傷害降到最低。

她閉眼等著刀刃刺進自己的身體，卻等來了一個溫熱的懷抱，那把匕首沒能傷害她，而是刺進了抱住她的人身上。

封上上大驚，第一個反應是應青雲來救她了，他幫她擋了刀子！

「應青雲！」她火速轉過頭，可看到的卻不是她想的那個人。「玉王爺?!」

宇文濬臉色蒼白，痛得眉頭狠狠地皺起，可還是努力地對封上上露出一抹微笑，接著便癱倒在地。

封上上趕忙抱住他，用手按住他背上的傷口。

跟在玉王爺身後的侍衛看到他受傷，頓時大驚，紛紛抽出自己的佩刀朝那些歹人攻擊，沒多久就制伏並綁住他們，之後便將玉王爺送到馬車上，馬不停蹄地朝王府趕回去，好讓御醫治療。

馬車上，宇文濬拉了拉封上上的衣袖，努力說得大聲一點。「封姑娘，妳跟本王一起回王府吧，妳的傷也很嚴重，讓御醫給妳看看。」

封上上看他整件上衣都快被血染透了，還在擔心她的傷，她心中一時說不出是什麼滋味，點點頭，應了聲好。

回到城內，吳為先去向應青雲報信，封上上則隨玉王爺的馬車朝王府而去。御醫早一步收到消息，已經準備妥當，一等到玉王爺回府便著手治療。

封上上不放心，等在玉王爺的臥房外，看著一盆又一盆的血水從房裡端出來，一顆心緊緊地揪了起來。她希望玉王爺不要有事，不然她不知道該如何承擔這個責任，也不曉得要怎麼還這個恩情。

坐在門外足足等了半個時辰，御醫才從臥房裡出來，封上上立刻起身上前詢問情況。

「背上的傷口很深，差點傷及心脈，接下來不能挪動，最少要臥床休養半個月才能下地走動。」

聞言，封上上鬆了口氣。雖然她不清楚玉王爺怎麼會剛好在那個地方，但他救了她是事實，她該怎麼做才能報答他呢？

「姑娘，玉王爺適才吩咐老夫給您看傷，您隨老夫去客房治療吧。」

御醫的話打斷了封上上的思緒，她低下頭看了看自己滿是血跡的裙面，直到這時候才感覺到疼痛。這腿傷得不輕，的確該接受治療。

封上上隨御醫進客房去治腿，等傷口包紮好後才走進玉王爺的臥房。

本以為玉王爺已經入睡了，沒想到卻是清醒的，看到封上上過來了，他露出虛弱的笑容，看了看她的腿，溫聲問：「封姑娘的腿傷怎麼樣了？」

封上上抿了抿唇，壓下心頭一股說不上來的異樣感，回道：「小女的傷沒什麼事，倒是玉王爺為了救小女受了不輕的傷，小女真的不知道該如何感謝您才好。」

宇文濬輕輕搖了搖頭。「本王也是無意中發現了封姑娘被擄之事，既然發現了，自然沒有不救的道理，就算換成其他人，本王也不能坐視不管。」
封上上朝玉王爺福了一禮。「不管怎麼說，玉王爺都救了小女，您的恩情小女銘記在心。小女知道玉王爺地位不凡，什麼都不缺，小女沒其他能報答您的，若玉王爺想讓小女做什麼，只要小女辦得到，玉王爺只管說。」
宇文濬微微一笑，蒼白的唇色和面容讓他看起來脆弱極了。「妳都說了，本王不缺什麼，也就不需要妳報答，若妳真想要報答本王，那……等本王想到了再跟妳說吧。」
封上上點點頭。
宇文濬笑了，眼睛慢慢地合上，最終睡著了。
封上上坐在一旁看著他毫無血色的臉龐，臥房裡陷入一片寂靜。
「應大人請進——」
不知過了多久，臥房外忽然傳來丫鬟的招呼聲，伴隨著急促的腳步聲，有人快步走了進來。
「上上！」
當應青雲焦急的聲音在耳邊響起，封上上才將眸光從玉王爺的臉上挪開。
「你來啦。」封上上朝應青雲笑了笑。
應青雲一張臉寫滿了緊張，一進門就上下細細地觀察起了封上上。
封上上知道應青雲是擔憂她的傷勢，自己主動抬起受傷的腿給他看。「傷口裂開了，但御醫已經幫我重新包紮過，其他地方沒事。」

應青雲的視線在她腿上停留許久，才將目光轉向躺在床上的玉王爺。

封上上說道：「這次多虧了玉王爺，是玉王爺發現我們被人擄走，帶人追了上來，他為了救我，被傷得相當嚴重。」

應青雲眼睫微顫，望著玉王爺好一會兒，才轉頭對封上上道：「眼下玉王爺需要休息，妳先隨我回去養傷，等玉王爺好一點了再來答謝。」

封上上想了想，點頭應下。

她待在這裡幫不上忙，王府的人還要分神照顧她，不如返家歇息。

隨應青雲坐馬車回去的路上，封上上這才將自己心底一直壓著的話說了出來。「綁架我的那夥人想把我賣到偏僻深山中，嫁給又醜又窮的單身老漢。」

應青雲垂在身側的手一下子攥緊，青筋凸起。

「他們不為錢，不為權，只為了折磨我。」封上上笑了笑。「我在京城沒得罪過什麼人，也沒跟人結下深仇大恨，所以背後之人不是衝著我來的，只是想透過我來報復他們的目標而已。」

應青雲緊握的拳頭緩緩鬆開，嗓音帶著一絲沙啞。「是想報復我。」

封上上抿抿唇，不說話了，她也是這麼想的。

「是易惠敏。」應青雲慢慢說出這四個字，每個字都咬得很重，像是有什麼東西狠狠地壓在他身上，甚至是他的心上。

封上上嘆了口氣，其實她早就想到了。

楚呈墨是楚家以及護國公的心頭肉，卻因為被應青雲破了神仙膏以及魏嘉玉的案子而被賜死，這個仇，楚家與護國公府會牢牢地刻在骨子裡。他們恨不得弄死應青雲，可應青雲現在深受聖上倚重，不是他們想動就能動的，因此選擇對她這個跟應青雲關係不淺的女子下手，她若出了事，應青雲自然深受煎熬。

「對不起，還是連累妳了。」應青雲語氣平淡，可平淡下卻是滿滿的歉疚。

他早知道易惠敏和護國公府不是善類，易惠敏向來視他為眼中釘，恨不得將他除之而後快，他身邊的人也會是她攻擊的目標。他曾打定主意孤身一人，可還是為了自己的私慾將她拉進他的世界，將危險帶到她身邊。

封上上轉頭看應青雲，勾起嘴角笑了，故作輕鬆道：「這下我真的理解你之前為什麼不願意靠近我了，易惠敏可真瘋啊。」

應青雲閉了閉眼。「易惠敏原本還有所顧忌，但楚呈墨一死，她就真的瘋了。她想讓我痛苦，第一步就是朝妳下手……」

封上上見不得應青雲這模樣，拍了拍他的肩膀。「我又沒事，搞得這麼沈重幹什麼？再說了，若他們傷的是我，聖上可能還不會嚴懲易惠敏和護國公，但他們傷到的可是玉王爺，玉王爺絕不會善罷甘休，一定會詳查背後之人，他們這是踢到鐵板了。」

應青雲動了動唇。「玉王爺他……」

「嗯？」封上上等著應青雲繼續說，誰知等了半天卻沒下文。「玉王爺怎麼了？」

應青雲搖了搖頭。「沒什麼，玉王爺救了妳，改日我備份大禮，好好感謝他一番。」

封上上點點頭。

在家休息了幾天，封上上基本恢復了元氣，這天一早便帶著廚藝不俗的二妞進廚房做了些點心，讓二妞推著她去王府探望玉王爺。玉王爺的傷有人精心地照料，恢復得不錯，這讓她放下了擔心，在王府待了差不多半個時辰便告辭了。

兩人回到家裡，一進門就看到應青雲靜靜地站在庭院中，玉樹臨風、氣質清冷，他的視線微抬，眺望著遠處，像是謫仙落入凡境，讓人下意識放輕呼吸，不敢打擾。

聽到動靜，應青雲轉頭朝封上上與二妞這邊望來，方才如夢一般的幻境這才被打破。

「你怎麼在這裡？」封上上好奇地問道。

平常這個時間點應青雲肯定在京兆府裡忙公務，哪怕是休沐也會去忙上個大半天，簡直跟模範勞工一樣。

應青雲沒回答，反而問：「怎麼不在府中養傷？」

封上上解釋。「去了王府一趟探望玉王爺。」

應青雲點點頭。

封上上說道：「出門一趟出了不少汗，我先去換個衣服，待會兒回來再說。」

應青雲淡淡地「嗯」了一聲，目光隨著封上上的背影移動，直到二妞推著封上上沒了蹤影，他也沒挪動腳步，只默默地站在那裡，不知道在想什麼。

從一開始就縮在角落，努力當作自己不存在的雲澤此時才慢慢挪了過來，走到應青雲身邊，動了動嘴又忍住了。

雲澤不是傻瓜，雖然他不知道自家少爺跟封姑娘是什麼時候好上的，但他早就發覺封姑娘喜歡少爺，少爺對封姑娘的態度也很不一樣。他們兩個沒公開，他就裝不知道，可如今情況有變，他不能再裝聾作啞下去了。

深吸了口氣，雲澤說道：「少爺，今天封姑娘一大早就帶著二妞進廚房忙活，一起做了什麼叫『銅鑼燒』的吃食，咱們都沒吃過呢。」

見應青雲毫無反應，雲澤有點著急了。「我的少爺啊，您怎麼還跟沒事的人一樣，現在玉王爺可是封姑娘的救命恩人，要是擱在一般女子身上，都要以身相許了！況且玉王爺對封姑娘這麼好，肯定別有心思！」

沒心思能平白無故為一個姑娘擋刀？鬼才信！

「最關鍵的是，封姑娘對玉王爺也上心得很，一大早就爬起來給他做吃的，對少爺您可沒這樣過。你們倆無名無分的，外人甚至都不知道你們是……」雲澤伸出兩根大拇指表示一對。「萬一封姑娘改變心意，到時候少爺您就有苦說不出了。」

「她不會的。」這句話輕輕地從應青雲的唇齒間溢出，他抬腳朝門外走去。

雲澤嘆口氣跟了上去。

他也不想打擊自家少爺，可又怕少爺真的被封姑娘給拋棄。身為貼身小廝，他哪裡不明白少爺對封姑娘的心意呢？要是封姑娘真的移情別戀了，他實在不敢想像少爺會變成什麼樣。

雲澤跟在應青雲後面，一邊走、一邊說：「少爺，雖說是封姑娘先喜歡您的，但她畢竟是姑娘家，姑娘家都希望被疼愛，人家主動追求男子本就捨了點臉面，結果這麼久了少爺連親事都沒提過，要是封姑娘有疼愛她的父母，肯定不捨得女兒受這種委屈的。」

忠心耿耿的雲澤簡直操碎了心。「小的知道少爺您不是不負責任的人，只是不想在塵埃落定前大肆宣揚，免得有損封姑娘的名聲，但您私下得有點表現啊，時不時說點甜言蜜語，再送一些姑娘家喜歡的東西，讓人家知道您很用心，讓她覺得自己是被重視的，才不會覺得其他男子比您好。」

應青雲的腳步頓了頓。

自從出了易惠敏綁架封上上這件事，他就有點擔心她的想法，加上玉王爺這番英雄救美，更讓他內心浮現些許不安。

她真的……會覺得其他男子比他好嗎？

又過了兩日，封上上聽說聖上奪了易惠敏的誥命封號，又因易惠敏的父親護國公教女無方，降爵一級，往後不再是公爺，而是侯爺。至於楚卿濤，因其未約束好妻子，被聖上當朝斥責，罰俸三年。

這懲罰可說是很嚴重，這下子，就算易惠敏想再找他們的麻煩，暫時也沒那個膽子了。

這個消息讓封上上樂得很，她就知道這次楚家要倒楣，畢竟他們惹的可是玉王爺，聖上想不處理都找不到理由。當然，罰得這麼重，其中肯定有玉王爺出力。

玉王爺這是又幫了他們一次，想了想，封上上又親自上門探望玉王爺表示感謝，不過這次不湊巧，王府中來了客人——八皇子宇文儒。

既然王府有客，封上上也沒多待，留下禮物便離開，她沒有直接回府，而是去京兆府找應青雲。

「今天我去玉王府了。」她開門見山道。

應青雲放下手上的卷宗，看向她。

封上上直接坐到他旁邊道：「剛好遇見八皇子去探望玉王爺，八皇子的母妃是……」

應青雲說道：「八皇子乃梅妃所出，是聖上最小的孩子，梅妃則是禮部侍郎何致遠的嫡妹。」

封上上又問道：「聖上如今還有幾個皇子？」

「撇開遭到終身監禁的二皇子不談，只剩下三皇子與最年幼的八皇子。大皇子乃中宮所出，但沒活過三歲便死了；四皇子前不久被斬首，其餘皇子出生後皆早早夭折。」

「就剩兩個皇子了？」封上上若有所思，輕聲道：「八皇子才六歲，聖上卻已近遲暮，之後那個位置豈不就是三皇子的了？」

應青雲告誡道：「不論是誰坐上那個位置，都與我們無關，不要妄論。」

封上上壓了壓聲音。「我不是在意誰是下一任皇帝，我是在想，如果三皇子再出事，那……」

「妳懷疑什麼？」應青雲輕輕問道。

「也不是懷疑什麼，就是感覺內情不簡單，一連折損了兩個皇子，而且都與我們有關，你覺得這是巧合嗎？」頓了頓，封上上又道：「這其中要麼涉及奪嫡之爭，要麼幕後黑手便是三皇子或八皇子一黨，要麼背後之人的目的是將皇子們一網打盡，坐收漁翁之利。」

應青雲微微點了點頭。「在查四皇子的案子時，我就覺得不太對勁。」

「難怪你當時會那樣說……那你怎麼沒跟我講清楚啊。」

「只是憑直覺，並沒有任何依據。」

「但如果裡面真的有什麼陰謀，我們也不能坐以待斃啊，總得想想辦法。」

「妳想從三皇子著手？」

第七十一章 真心互許

封上上輕輕點了一下頭。「也許是我想多了，但我寧願白費工夫，也不想踏進別人的圈套。要是背後之人是三皇子，那他現在已經成功了一大半，也就沒有後續了；然而，要是真的有人針對皇子們施展陰謀，那下一個遭殃的會不會就是三皇子？」

應青雲屈指在桌面上輕輕地敲了一下，沈默了好一會兒，才開口道：「三皇子不出事則已，一出，便不會是小事。」

封上上愣了一下才反應過來這話是什麼意思。

聖上如今只剩兩個兒子，八皇子還小，擔不了大任，三皇子等於是唯一的儲君人選，若是再出狀況，聖上絕對捨不得處置三皇子，畢竟若是年幼的八皇子登基，那麼大魏的江山最後會落在誰手上，還真說不一定。

也就是說，若是想讓三皇子出事，必須讓他犯下極度嚴重的大錯，大到連聖上都沒辦法出手保下他的地步。

封上上打了個冷顫，總感覺他們一腳踏入了漩渦當中。

「這次我是真的糊塗了，似乎哪一種情況都有可能，實在讓人看不清。」她心中有些不安。

看封上上皺著眉頭，應青雲伸手輕輕摸了一下她的頭髮。「別擔心，有我在。」
「有我在」這三個字，像是雨天的一把大傘遮在頭頂，似乎再大的雨也不可怕了。
封上上忍不住笑了，壓下內心那股不安，用手指點了點他的手臂。「你什麼時候嘴變甜了啊？」
應青雲不自在地抿抿唇，從袖子中掏出一個小小的錦盒。「這個給妳。」
「還有禮物？」這下封上上是真的嚇到了，來來回回打量了應青雲兩回，甚至還拍了拍他的肩膀。「你不會是被什麼人給掉包了吧？說，真正的應青雲應大人哪裡去了？」
「別鬧。」應青雲偏過頭，將錦盒往上抬了抬。「看看喜不喜歡。」
封上上伸手接過，打開盒子一看，裡面靜靜躺著一支碧玉梅花簪，簪身線條柔和，泛著瑩潤的光澤，兩朵栩栩如生的梅花好似開在枝頭，惹人採摘。
她不禁將簪子拿出來小心地撫摸。「好漂亮啊，這個不便宜吧？」
應青雲沒回答便不便宜，見封上上喜歡，便不由自主地高興起來。他從她手中接過簪子，為她插在髮髻上，瑩潤的玉色配上烏黑的秀髮，一時竟分不清是簪子襯得人比花嬌，還是人襯得簪子分外好看。
喉結微不可察地動了動，應青雲稍稍轉過眼眸。
封上上瞅了瞅關好的門窗，確定一時半刻沒人過來，便放心地投入應青雲的懷抱中，手臂圈住他的脖子，踮起腳尖，在他唇上親了兩下。「謝謝，我很喜歡。」

應青雲耳根一熱，將那控制不住的羞意壓在心底，第一次順從自己內心的衝動，第一次不去想合不合禮法，微微低頭，吻上肖想無數次卻不敢恣意碰觸的紅唇。

兩唇相接，唇齒之間進入更深層的親密交流，無師自通地在另一方的溫熱中反覆探索，水乳交融。

周遭的一切似乎都靜了下來，只聽得到彼此的心跳聲。

封上上只覺得身子輕飄飄的，腦子裡像在進行一場煙火秀，炸得她手腳發軟，要不是被他抱著，她大概已經癱到了地上。她完全沒想到一個吻的威力會這麼大，感覺真是該死的不錯。

不知過了多久，這一吻才結束，封上上氣喘吁吁，雙眸卻亮如星辰，等到呼吸平復了，她才笑咪咪地看著那個臉比她還紅的人。「你是不是受到什麼刺激了？」

「沒有……」

「沒有？要是沒有的話，你今天會這麼主動，還親我？」封上上才不相信，平常主動親他一下他都要躲躲閃閃的，生怕被人看見。

應青雲避開封上上越來越火熱的眼神，輕輕地咳了咳，一時說不出話來。

他不想告訴她，他是怕她覺得自己太死板，時間一久，就會覺得自己並沒有那麼好。雖然他知道自己的確很無趣，但最起碼在她眼裡，他想變得有趣一點。

應青雲不說話，封上上也沒打破砂鍋問到底，畢竟她很喜歡他主動一點。一想到剛剛他吻自己的感覺，她一顆心就發顫，沒想到平常那麼清冷的一個人，幹起這事來這麼讓人招架不住，不知道以後到了床上……

封上上趕忙打住心中那些「不太健康」的想法，努力擺出一副正經的模樣，清了清嗓子道：「好了好了，先不管那些了，兵來將擋、水來土掩，咱們過好自己的日子便是。來到京城後一直在忙，還沒好好地玩過，我聽說元福山後日有廟會，當天你正好休沐，咱們去逛逛吧？」

她想逛，應青雲自然不會反對，事情就這麼說定了。

十五這日，是元福山一年一度的廟會，京城的氛圍空前熱鬧，老百姓們只要沒事，都會往元福山去。

封上上一大早便跟應青雲到了元福山山腳下，這次就他們兩個人，小尾巴一個都沒帶。從山腳到元福寺所在的半山腰，一路上都是擺攤的商販，賣吃食的、賣小玩意兒的、賣飾品的，應有盡有。

「怎麼會這麼多人啊？」封上上拉著應青雲穿梭在人群中，感覺今天比過年都熱鬧。

「元福寺的住持元積大師乃是得道高僧，許多王公貴族都曾親自拜訪，求大師解惑。據說元福寺的香火十分靈驗，特別是寺中有棵姻緣樹，只要相愛之人在樹下誠心祈禱，就會姻緣美滿。」

「真的？」封上上來了興趣。「那待會兒咱們倆得去拜樹，看看到底準不準！」

應青雲說道：「一定準。」

封上上歪頭看他。「你怎麼知道一定準？」

應青雲沒回話，直到走了幾步才低聲開口。「我們一定會一直在一起。」

聲音很低，但封上上還是聽見了，她的心跳漏了一拍，笑意在臉上不受控制地漾開，她用食指摳了摳他的掌心。「你就這麼確定啊？」

應青雲停下腳步，偏頭看她。「只要妳願意永遠待在我身邊。」

不知怎麼的，她從他的話中，聽出了一絲絲不自信。「你怕我有一天不喜歡你了，離開你啊？」

應青雲薄唇微抿，轉過頭沒說話。

「行吧。」封上上樂了，沒想到他這麼個冷靜自持的人也有患得患失的時候，不過他們之間好像從來沒討論過以後的日子，如果真要長久地走下去，該說的話還是要說。之前沒說是覺得他們離談婚論嫁尚早，趁現在這個機會，倒是可以當作閒聊談一談。

「我會不會一直喜歡你，取決於你的態度。」

「什麼樣的態度？」應青雲的臉色瞬間嚴肅起來。

「我問你，你怎麼看待男人三妻四妾這件事？」

這個時代的觀念與她相悖，男人地位越高，越有資格擁有更多女人。別的男人她管不著，但她的男人不行，要是應青雲三妻四妾，或是他覺得三妻四妾很正常，她都無法接受，就算再喜歡他，她也不會永遠跟他在一起。

應青雲認真地看著她說道：「其他男子如何，我不置喙，但是我這輩子都只會有妳一個人。」

就算她離開他，他也不會再娶別人。

瞧見應青雲眼裡的真摯，封上上相信他說的是真話，起碼此時此刻他是真心這麼想的。

「那，如果你娶了我，我還可以當仵作嗎？」

「當然，妳想做什麼便做什麼。」

「不怕同僚嘲笑你妻子拋頭露面、粗鄙不堪啊？」

「替人伸冤之事，何來粗鄙？他們若是嘲笑，就代表他們見識淺薄。」

封上上笑了。其實她已經很滿意了，但此刻堪比跟男朋友逛街的氣氛，她便問道：「那你以後想要幾個孩子啊？喜歡男孩還是女孩？」

應青雲眉頭微蹙，道：「女子生產不易，猶如鬼門關前走一遭，我不願讓妳冒險，若能有自己的孩子，是我之幸，就算沒孩子，兩個人過一輩子也很好。」

他娘就是生他的時候壞了身體，一直調理不過來，才會在之後辛勤工作的日子裡徹底壞了身子。他不希望自己的妻子承受這種痛苦，更見不得她為了生孩子冒險，沒了她，他要孩子又有何用。

封上上沒想到應青雲會這麼想，就算在現代，男人都不一定能接受自己沒孩子，沒想到他這古人倒是想得開。她真的很幸運，在這個時代還能找到這樣一個男人，要是放他跑了，她可找不到下一個。

談話間，兩人爬了差不多四分之一的山路，封上上的視線裡突然出現一個穿著打扮很不一樣的人，注意力不由得被吸引了。

「欸，那個人是不是外邦人？」封上上的視線停在一個滿頭麻花辮的男人身上。雖然前世見過不同人種，但來到這裡以後還是第一次瞧見異域人士，感覺挺新奇的。

「那是韃靼人。」

「這樣啊……這裡好像有不少外邦人耶。」封上上又發現不遠處還有幾個跟他們裝扮不同的人。

「本月底，各國使團將向聖上祝壽，有些人會提前抵京，領略京城風光。」

封上上這才想起來，月底便是當今聖上的五十大壽，看來這個月京城要熱鬧了。

爬到半山腰，還沒抵達元福寺，封上上就有些累了，應青雲便找了個空曠背風之處，將一塊大石擦乾淨，讓她坐著歇一歇。

「喝口水。」應青雲拿出隨身攜帶的水囊遞給她。

封上上一邊喝水，一邊看著沿途的熱鬧景象。雖然這裡沒有各種高科技產品，生活中有許多不便，但在趕集湊熱鬧這塊，氛圍可是遠遠好過現代。

「想吃荊桃兒嗎？」

正當封上上看得入迷時，耳邊響起應青雲的詢問聲。

封上上不知道什麼是荊桃兒，順著他的視線望去，就見前方有個小攤，桌上簡單地擺了個籃子，一個穿著樸素的農家漢子守在攤位後，正殷勤地對走上前的客人們介紹籃子裡的貨物。

封上上的目光落到籃子裡，就見裡面擺著一顆顆紅豔豔的果子，每個只有大拇指大小，圓滾滾的，在陽光照射下，顯得異常美味可口。

是櫻桃！

封上上驚訝中帶著驚喜，沒想到竟能在這裡看到櫻桃，她最喜歡吃這個了。

看到封上上的表情，應青雲便知道她感興趣，抬腳朝那攤位走去，也沒問價錢，直接對那漢子道：「煩勞將籃子裡剩下的荊桃兒都包給我。」

籃子裡的荊桃兒不多，大概只有雙手一捧這個量。

漢子聽了很是高興。他想早點賣完回家，奈何荊桃兒貴，問的人多，買的人少，賣了很久還剩那麼一點。本想帶回家給饞了許久的孩子們吃，但荊桃兒那麼值錢，哪怕一顆都不能浪費，要是這麼帶回去，家裡的婆娘定會生氣，現在來了位客人全包了，他當然歡喜。

歡喜歸歡喜，漢子還是如實道：「這位公子，您真的全要了嗎？這荊桃兒可不便宜，這麼一點就要三百文錢。」

倒不是漢子漫天要價，而是這荊桃兒乃是外邦之物，因氣候條件不太允許，在本地很難存活，所以很少有人見過荊桃兒，更別說吃了。達官貴人們倒是有那個口福，因為每年外邦都會進貢荊桃兒，聖上會賞賜一些給下面的臣子。

他之所以能賣荊桃兒，是因為他偶然得了十幾株幼苗，又得了外邦人指點，知道怎麼栽種。經過多次試驗和改進，才幸運地在自家院子裡養活了一棵，精心照顧多年終於結果，可把一家人樂得比添丁還開心，畢竟這棵樹能讓他們每年多賺二兩銀子，他們家在村裡也算得上是富戶了，不知道紅了多少人的眼。

唯一遺憾的是，由於栽種環境仍舊不太適合，這棵荊桃兒樹每年結的果子都不算大顆，數量也不多，全部加起來大概只能摘一籃子，所以每顆都十分珍貴。

應青雲明白荊桃兒在本地有多珍貴，對這個價格並不意外。「包起來吧。」

漢子大喜，立刻用油紙包將籃子裡剩下的荊桃兒都包起來遞給應青雲。

就在此時，一隻手攔下了漢子手中的油紙包。

「你這荊桃兒我全要了。」一道嬌俏的女聲傳來。

只見說話的是一位異族姑娘，她手拿皮鞭，鞭子上綴著閃亮的寶石，腰帶和腳下的靴子同樣鑲嵌著價值不菲的珠寶，一看就是達官貴人，不是普通百姓惹得起的。

漢子頓時緊張起來，看看應青雲，又看了看這異族姑娘，艱難道：「姑娘，我這荊桃兒已經賣給這位公子了。」

異族姑娘看向應青雲，眼中的不滿瞬間被心動取代，沒想到大魏有如此俊逸的男子，文質彬彬又不顯得羸弱，五官像是上天精心雕刻的傑作，是她平生見過最好看的。

佳穆兒想把他帶回韃靼當自己的夫君。這還是她這麼多年來頭一回有了成親的念頭，這次來大魏有如此收穫，值了。

抱著這樣的心思，饒是佳穆兒一向囂張跋扈，此刻也難得多了幾分溫柔，對應青雲道：「你能不能將荊桃兒讓給我？」

應青雲說道：「抱歉。」說完便掏出三百文錢遞給漢子，同時將油紙包接了過來。

「你！」佳穆兒沒想到他竟毫不猶豫地拒絕了她，她可是韃靼第一美人，向來是男子追捧的對象，只有她拒絕男子的分，沒有男子會拒絕她！

眼看應青雲就要離開，佳穆兒想都沒想就上前一步攔住他。「你站住！不准走！」

應青雲眉心微蹙。「姑娘何意？」

佳穆兒看著他手中的油紙包。「我說了，我要這荊桃兒。」她最喜歡吃的水果便是荊桃兒，抵達大魏這段時間以來都沒得吃，這次意外碰到了，絕不會放過。

應青雲道：「在下也想要這荊桃兒，所以不能讓給姑娘。」

佳穆兒氣急道：「那我跟你買總行了吧?!」

應青雲又道：「抱歉，不賣。」

他這般不識趣，令佳穆兒既難堪又生氣，不由得怒道：「你知道我是誰嗎？」

應青雲搖了搖頭。「在下不知道姑娘是誰，在下還有事，請姑娘讓步。」

「我可是韃靼公主！」

封上上剛走過來就聽到這句話，想不到出來散散心還會遇到嬌蠻的韃靼公主。這公主一看就不好惹，還是不要沾上為好，封上上靠近應青雲，拉了拉他的衣袖，輕聲道：「既然這位公主喜歡荊桃兒，那便讓給她吧。」

應青雲蹙眉，知道封上上是不想惹麻煩，只好點了頭，將油紙包遞給對方。

他們兩人之間的親密氛圍讓佳穆兒很不悅，一鞭子抽在油紙包上，一顆顆紅豔豔的果子瞬間落地四散，有幾顆滾落到她腳下，還被她狠狠地踩破。

好好的果子就被這麼糟蹋了，封上上眉心狠狠一跳，壓抑著怒氣，拉著應青雲的袖子道：「我們走吧。」

應青雲克制住心中的不快，朝她點點頭，低聲道：「我再想辦法買給妳。」

封上上露出笑容。「好。」

「站住！」他們的反應更加激怒了佳穆兒，她想都沒想就一鞭子朝著封上上抽去。

封上上趕忙拉著應青雲往旁邊一閃，這才驚險躲過那一鞭。

「妳想幹什麼?!」應青雲的臉色徹底沈了下來，封上上也動了氣。

佳穆兒收起了鞭子。「你們倆什麼關係？」

封上上挑眉道：「關妳什麼事？」

佳穆兒上下打量起了封上上。「妳是他的情人還是妻子？」

說完，也不等封上上回答，便從身後的僕從那裡拿出一個沈甸甸的錢袋子朝封上上腳下扔去，輕蔑道：「不管你們是什麼關係，這些錢拿著，離開他，他是我的了。」

封上上簡直要被氣笑了，一句「傻逼」脫口而出。

「妳敢罵我！」佳穆兒雖然聽不懂「傻逼」是什麼意思，但知道這不是什麼好話。

「妳也知道妳欠罵？」封上上笑著說。

「放肆！」佳穆兒再次揮鞭，直朝封上上的臉而去。

第七十二章 無妄之災

應青雲一驚，伸手便要替封上上擋住，但封上上早有防備，推開應青雲，拽住揮來的鞭子，用力一扯，將佳穆兒拽得往前踉蹌了好幾步，差點摔倒，鞭子也脫了手。

佳穆兒訝異不已。「妳是習武之人？」

大魏女子不都是柔弱得很，風一吹就會倒的嗎，怎麼這個力氣這麼大?!

「公主，就算妳是貴客，也不能在大魏如此行事，妳要是繼續糾纏，就別怪小女不再禮讓。」封上上只是不想惹麻煩，並不代表要忍氣吞聲，就算對方是異國公主，也不能在這裡為所欲為。

「妳既然會武功，那我們打一場，要是我贏了，妳就把他讓給我。」佳穆兒指著應青雲說道。

「不打。」封上上翻了個白眼，拉著應青雲的手便走。對方要是再動手，那她就真的不客氣了。

「你們不准走！」佳穆兒果然不肯甘休，揮鞭要追。

「佳穆兒，住手！」

就在此時，一道極富磁性的男聲喝住了即將動手的佳穆兒。

佳穆兒手一頓，鞭子便沒揮出去，她不情願地收回鞭子，仍是忿忿不平。

封上上回頭望了過去，只見一道高大的身影立在佳穆兒身邊，那人一身韃靼裝扮，身形挺拔、眼神銳利、氣勢凜然。

男子朝封上上和應青雲拱手。「失禮了，舍妹不懂事，在下代她向兩位道歉。」

封上上沒開口，看向應青雲。

應青雲也沒說什麼，只朝男子略一點頭，便拉著封上上離去。

看他們兩人離開，佳穆兒不甘心地跺了跺腳。「王兄，你就這麼讓他們走了？為什麼不幫我！」

「佳穆兒。」托木勒眼中帶著警告。「在大魏，收收妳的臭脾氣。」

佳穆兒不服。「可我喜歡那個男人，想讓他當我的夫君，你知道的，我的情人雖然多，但我不想跟他們成親。」

「妳知道剛剛那人是誰嗎？妳敢說這話？」

「他不是普通人？」佳穆兒疑惑道。因為應青雲身穿普通衣物，身上也沒有任何值錢的配飾，所以她便以為他是一般老百姓。

「那個人是京兆府少尹。」

佳穆兒之前曾見過京兆尹，是個頭髮跟鬍子花白的老頭子，少尹是他的副手，年紀應該與他相當，沒想到會是這麼年輕的人。

她咬了咬唇道：「大魏現在不敢跟我們動手，如果我說自己想要他，想來大魏皇帝不會拒絕吧？」

「佳穆兒！」托木勒臉色一沈。「妳的婚事自有安排，不准胡來。」

佳穆兒氣得不想再看自己這個討人厭的王兄，恨恨地跑走了。

封上上跟應青雲確定自己走得已經夠遠了，才放鬆下來。

只見封上上捏起應青雲的下巴，來回打量了他幾圈，忍不住嘆了口氣。

應青雲隨她捏著。「嘆什麼氣？」

「我在嘆家有禍水，日子不安生啊。果然美人不是那麼好擁有的，到哪兒都能招蜂引蝶。」

應青雲唇邊露出一抹笑意。「那怎麼辦？」

封上上再次嘆氣。「還能怎麼辦啊，如此美人，我可捨不得放手，當然是誰要搶我美人，我就和誰幹架唄。」

應青雲輕笑出聲。

玩笑過後，兩人說起了正題。

封上上問道：「剛剛那個男人是誰？」

應青雲說明道：「他是韃靼的三王子，在所有王子中勢力最大，也是最有勇有謀的一位，是下一任韃靼王位最有力的競爭者。」

「那個公主呢？」

「韃靼汗王總共有七個兒子，活下來的公主就這麼一位。」

「怪不得那麼囂張……」封上上嘀咕一句，轉而問：「那咱們與韃靼的關係好嗎？」

「自從多年前我朝大敗韃靼，雙方簽訂和平條約之後，便友好了將近二十年，但這幾年來，韃靼兵力漸壯，多次在兩國交界處蠢蠢欲動。」

「那咱們不和他們打嗎？」對於軍事這方面，封上上實在不清楚。

「我朝兵力漸衰、國庫漸空，當年驅趕韃靼的戰神年老將軍也已去世，如今我朝暫時還找不出比得上年老將軍的戰將，加上聖上病了，精力已不比從前，不欲與韃靼大動干戈，以招攬安撫為主。」

封上上開始擔心了。「那……」

應青雲明白她想說什麼。「別擔心，聖上雖不欲開戰，但也不至於被一個小小的公主拿捏，今天的事情我們占理，韃靼公主掀不起什麼水花，況且以韃靼三王子的頭腦，不會讓那公主亂說話的。」

聽他這麼說，封上上就放心了。只要不涉及政事她就不怕，至於那個刁蠻沒腦子的公主，下次遇到她時躲遠一點就是了。

然而，封上上沒想到他們再也沒機會碰面，因為韃靼公主佳穆兒死了。

韃靼公主死在了大魏，這可不是一件小事，畢竟韃靼汗王就佳穆兒一個女兒，平常寵得很，連幾個王子都要讓著她，才被慣成那種性子。

唯一的女兒死在了這裡，不用想也知道韃靼汗王會氣成什麼樣子，這件事要是不給他一個滿意的交代，兩國的戰火便近在眼前。

大魏國庫空虛又缺乏戰將，聖上身體日漸虛弱，本就不願打仗，聽聞韃靼公主死在大魏，他直接吐出了一口鮮血，撐著病體下令嚴查此事，務必找出真相。

出了這麼大的事情，底下人自然不敢怠慢，將跟韃靼公主有過節的、有做案動機的人全抓進了大理寺，偏偏佳穆兒公主在死前幾天跟應青雲、封上上當眾發生爭執，還動了手，兩人當即被帶入大理寺，送進大牢。

應青雲畢竟是京兆府少尹，大理寺對他們頗為禮遇，沒有一上來就動刑，只是扔進大牢等候審問，而且大理寺卿給了應青雲一個面子——允許他和封上上關在一起。

「沒想到有生之年我還能體驗一下坐牢的感覺。」封上上抱著腿，下巴擱在膝蓋上自嘲道。

說封上上一點都不慌是不可能的，但應青雲就那麼平穩、冷靜地坐在那裡，既不驚慌，也不失措，那出塵的身影使大牢彷彿都明亮了幾分，讓她的情緒也跟著舒緩下來。

「為什麼會這樣呢？總感覺有什麼事要發生了。」封上上疑惑道：「好好的一個公主，怎麼突然就死了？」

應青雲一手握住封上上的手，另一手在她頭上安撫地摸了摸，輕聲問：「怕嗎？」

封上上點點頭，輕聲道：「還是有點怕，為了給韃靼一個交代，勢必要找出凶手，要是找不到，就必須有人出來頂罪，我怕我們會是代罪羔羊。」

應青雲沈默了一會兒，道：「事情也許沒那麼糟糕。」

封上上抬頭看向應青雲，靠近他小聲問道：「為什麼這麼說？你是不是有什麼想法？」

「這次的事情，我懷疑幕後之人並不是衝著我們來的。」應青雲的聲音同樣很低，只有封上上聽得見。

「不是衝著我們，那是衝著什麼？」

應青雲沒說話，只是拉起封上上的手，修長的食指在她掌心一筆一畫地寫著字——兩國紛爭。

封上上雙眸猛然睜大，看了手掌很長一段時間，才湊到他耳邊出聲。「你是說，幕後之人的目的是挑起兩國紛爭?!」

應青雲點頭道：「佳穆兒公主是韃靼汗王唯一的女兒，她的母親是韃靼汗王最寵愛的妃子，如今她死在大魏，若妳是韃靼汗王，會有什麼反應？」

封上上的腦子忽然轉了過來。

說什麼要給韃靼汗王一個滿意的交代，這根本是不可能的任務。自己最寶貝的女兒死在異鄉了，還要什麼交代，不論對方怎麼解釋，自己都不會接受的。何況韃靼本就對大魏虎視眈眈，一定會抓住這個機會向大魏舉起屠刀，以發洩滿腔的怒火，找不找出凶手又有什麼差別？

倘若真是如此，他們兩個又會被怎麼處置？

面對封上上的疑惑，應青雲說道：「我們會被關到大魏戰敗之時。」

「什麼！」封上上叫了出來，隨即意識到自己太大聲了，趕忙捂住嘴，降低音量。「就算要打，你怎麼知道咱們大魏一定會輸？再怎麼說大魏的國土和人口都遠勝於韃靼，瘦死的駱駝比馬大啊。」

應青雲搖搖頭，湊近她耳邊道：「這一仗，大魏必輸。」

封上上不明白應青雲為何這麼篤定，卻莫名地相信他的說法。

應青雲的腦子是真的比她好，官場上的陰謀詭計，她不如他看得通透，他對於掌握局勢也很有一套，令她望塵莫及。若說她在驗屍斷案方面不比他差，那也是因為她前世是做法醫這一行，接觸許多刑事案件練出來的，如果他也有這樣的經驗，肯定比她傑出得多。

長得帥，又聰明，職業是高等公務員，對她又一心一意，她找的這個對象實在無可挑剔。

封上上，妳真行！

苦中作樂了一番，封上上心中的彷徨終於消散了，既然應青雲說他們會在大魏戰敗之後被放出去，那他們一定會沒事的。

不過，封上上還是有一點想不通，本著不懂就問的原則，她問道：「你為什麼那麼肯定我們會被放出去呢？若大魏戰敗，又找不到凶手，聖上說不定會把戰敗的怒火發洩在我們身上，找我們的麻煩啊！」

應青雲搖搖頭。「這場仗結束之後，凶手自然會現身，我們就會被放出去。幕後之人只是想暫時關住我們罷了，並不是想要我們的命，否則直接栽贓便是。」

封上上覺得自己的腦子不夠用了。「為什麼？這麼做的目的是什麼？」

看封上上一頭霧水的樣子，應青雲笑了，摸摸她的頭，輕聲道：「如果我們在外面，會不會想辦法追查殺害佳穆兒公主的凶手？」

「當然會！」封上上道：「我們被懷疑殺害了佳穆兒公主，那我自然要驗屍，查清楚凶手到底是誰，還自己一個清白。」

應青雲又道：「若是我們查明了凶手，那這場仗要打起來就需要花多一點時間，幕後之人應該是不希望我們插手，唯有等這場仗結束，我們才能脫身。」

封上上點頭道：「所以幕後之人是想排除造成干擾的所有因素，讓兩國快點打起來吧。但我還有件事想不通，兩國打起來，對幕後之人有什麼好處？難道他是韃靼的人，想併吞大魏？可大魏再怎麼說也不至於被併吞吧，最多是割地賠款罷了。」

應青雲搖搖頭道：「多想無益，我們現在被困在牢中出不去，猜測再多也無用，不如靜靜等待，說不定會有意想不到的發展。」
封上上心想，應青雲明明知道些什麼，但就是不說。也罷，他不想說就不說吧，她也不問了，現在他們在這裡什麼都做不了，費那個腦子幹麼，還不如省點力氣，免得肚子餓，畢竟這裡的飯菜可真是難以下嚥。
這麼一想，封上上便徹底放飛了自我，她投入應青雲的懷抱，整個人窩在他懷裡，道：「那咱們便當作來這牢裡享受兩人世界吧，外面可是有一堆電燈泡。」
應青雲一臉疑惑。「什麼是『電燈泡』？」
封上上笑著拉住應青雲的手，在他修長好看的手指上來回撫摸。「電燈泡就是打擾人家談情說愛的人。」
應青雲嘴角勾了起來。「嗯，府裡是有很多電燈泡。」
兩人都笑了起來。
笑過之後，應青雲正色道：「上上，從牢裡出去之後，我就去請媒婆好不好？」
封上上一時沒反應過來。「請媒婆幹什……」
說到一半，她突然停住了，睜大眼睛看著他。
應青雲的視線牢牢地鎖著封上上，瞳孔裡是她的倒影，占據了他的整個世界。「請媒婆正式向妳提親，三書六禮、明媒正娶，讓妳當我的應夫人，當應府的女主人，好嗎？」
封上上愣愣地看著應青雲，過了好一會兒才紅著臉嘛嘴道：「哪有人在牢裡跟女子求親的。」

「抱歉。」應青雲摟了摟她。「我本來想等妳生辰時求娶妳的，但計劃趕不上變化，沒想到我們兩人都進了牢裡，不知道還要多久才能出去，我實在忍不住了，想跟妳表明我的心意。」

說著，他從袖兜中掏出一個木匣子，遞給她。「這是我準備的聘禮。」

封上上的嘴角不受控制地向上揚，乾脆大大方方地笑了，她伸手接過木匣子。「你怎麼來牢裡還帶著聘禮啊？」

應青雲有些不好意思地笑了笑，低聲道：「就是覺得應該帶著。」

封上上打開匣子，下一秒倏地睜大眼睛，翻看過匣子裡的東西後，她訝異道：「這些……你哪來的？」

要不是知道他是清官，她都要以為他貪污受賄了。

匣子裡全是田契和京城商鋪的房契，粗略一看有十幾張。

「這些日子以來聖上給的賞銀，我全都拿去買房產，這些東西全在妳的名下，妳可以自由運用。」

本朝官員不許涉及商事，應青雲也不是個會錢滾錢的人，以封上上的名義置產，是他表達心意的一種方式。

若他只有一個人，那過著什麼樣的日子都可以，但他不能讓她跟著他吃苦。他不想委屈她，情願不升官，也要掙這些聘禮，所以他過了這麼久才求娶她。

「你……」封上上說不出話來，眼睛酸，心也酸，她沒想到他竟然私下做了這些事。

按照應青雲的行事作風，即便有功也不一定要受祿，可他卻這麼做了，只為了給她攢聘禮。

封上上不知道該說什麼才好，唯有緊緊地摟住應青雲的脖子，表達自己此刻的心情。

「妳答應了嗎？」

封上上在他肩頭蹭了蹭，甕聲甕氣道：「你給了這麼豐厚的聘禮，我哪捨得不答應啊。」

應青雲笑了，緊緊地攬住封上上，在她髮頂親了親。

成為未婚夫妻的應青雲跟封上上就這麼在大牢裡待著。半個月之後，牢門打開，牢頭說凶手已經抓到，他們洗清了嫌疑，可以出去了。

封上上無聲地看了應青雲一眼，心想情況果然和他說的一樣，就是不知道兩國有沒有爆發戰爭，但她不好在這裡問這個問題，只能保持沈默。

大理寺外，雲澤和吳為站在馬車旁望眼欲穿，看到他們出來，頓時激動地衝了過來。

雲澤眼眶都紅了，不住地打量應青雲與封上上。「少爺，您和封姑娘這次受苦了，都瘦了。」

封上上摸了摸鼻子，心道自己哪裡瘦了。兩人關在同一間牢房，天天談情說愛，不用工作，作息也正常，日子過得輕鬆愜意，哪怕牢裡的飯菜不好，也沒讓她掉肉。

這個雲澤啊，真是睜眼說瞎話。

等到上了馬車，確定離開了大理寺的範圍，封上上這才迫不及待地問道：「這段時間我們和韃靼開戰了嗎？」

雲澤驚訝地問道：「封姑娘您是怎麼知道的？您在牢裡有消息來源？」

封上上看向應青雲。「是你家公子告訴我的。」

雲澤還是驚訝。「少爺您又是怎麼知道的？」

應青雲沒回答這個問題，只道：「說說具體情況。」

「哦。」雲澤立刻說了起來。「佳穆兒公主被謀害，韃靼汗王震怒，直接斬殺我們派去說合的使臣，隨後揮軍南下，直攻嘉陵關。見一點轉圜餘地也無，聖上只好派兵迎戰，兩國就這麼打了起來。」

維持了將近三十年的和平，就這麼被突然打斷了。

吳為在旁邊激動插嘴道：「只打了不到七天，我們就戰敗了，嘉陵關三座城池全落入韃靼手中，輸得顏面全無！」

「為什麼？」哪怕早就聽應青雲推測過這個局面，封上上還是很好奇原因。

吳為說道：「因為嘉陵關三十萬大軍瘦骨嶙峋、衣著破舊，連武器都是多年前的老東西，壓根兒沒有大炮或火藥這樣厲害的玩意兒，這樣的軍隊怎麼可能打勝仗？」

封上上聽得目瞪口呆。大魏……不至於這麼窮吧？嘉陵關可是防守韃靼的要塞，軍隊的重要性不言而喻，再怎麼樣都不能虧待這些將士，武器就更是至關重要了，怎麼能用破爛的舊武器讓人去拚命啊？

這裡面一定有內情！

果然，雲澤接著說道：「聖上震怒，下令徹查此事，結果扯出了……三皇子。」

第七十三章　錯綜複雜

聽到這裡，封上上瞬間瞪大了眼睛。

雲澤繼續說道：「三皇子多年來貪墨軍餉，令邊關將士苦不堪言，然而邊關那邊傳來的求救信都被三皇子攔截，加上兩國簽訂和平條約，已將近二十年沒打仗了，所以此事才瞞了這麼久，要不是韃靼舉兵來襲，恐怕全天下都不知道此事。」

封上上一顆心跳得飛快，這件事太嚴重了，可說是無可挽回。

當著全大魏的老百姓面前爆出此事，只怕舉國上下都在痛罵三皇子宇文值，聖上要是不處理他，難平民憤，難堵悠悠眾口。就算再捨不得這個碩果僅存的成年兒子，聖上也得痛下殺手。

要是連三皇子都沒了……聖上會有多絕望啊？

封上上覺得事情非常不妙，彷彿有隻看不見的手在一步步操控著這一切，而他們都是任人擺布的棋子。

回到府裡，朱蓮音已經提前準備好火盆擺在大門口，讓兩人跨過火盆去去霉運，又為他們一人燒了一大盆的艾草水，好好地洗了個澡，洗完澡後再吃上一頓豐盛的餐點，算是結束這一場飛來橫禍。

吃飽喝足之後，封上上沒有睡意，而是跟著應青雲進了書房，關上門說起正事。

「之前我們還懷疑這一切的幕後黑手是三皇子，但現在連他自己都栽了，是不是能確定幕後黑手另有其人？」封上上說道。

應青雲點頭道：「幕後黑手可能早就知道三皇子貪墨軍餉，所以才設計讓佳穆兒公主死於大魏，令兩國爆發戰爭，讓三皇子的罪行公諸於世，毫無轉圜餘地，可謂一擊斃命。」

封上上很驚訝：「你早就想到了？所以你才會在牢裡說兩國必定爆發戰爭，且大魏一定會戰敗。可是你怎麼知道三皇子貪墨軍餉？」

應青雲搖搖頭。「我不知道，但佳穆兒公主無緣無故死在大魏，最可能的結果就是導致兩國開戰，若推動此事的是韃靼人，那麼他們求的是大魏戰敗；若是大魏人，那麼在這個時期挑起戰爭，求的便不是大魏戰勝，所以我猜測很可能是衝著三皇子去的，三皇子一定是對邊關將士做了什麼。」

封上上恍然大悟。「原來是這樣，你的推測完全正確。如今三皇子在劫難逃，皇位繼承人只剩下一個什麼都不懂的八皇子，看來幕後之人的目標就是剷除所有擋在路上的皇子，直攻皇位。」

說著，她湊近他，輕聲道：「你覺得是八皇子的母族何家，還是玉王爺？」

封上上並不想要懷疑玉王爺，畢竟他一向表現出對皇權不感興趣的樣子，對他們也相當友好，甚至救過她的性命；然而相較於其他與聖上同輩的王爺，玉王爺年紀最輕，也最有人望，不能排除他的友善全是在作戲，只為了換取他人的信任。

「都有可能。」應青雲神色凝重，似乎在思索什麼，片刻後他低聲道：「就算聖上之前沒想到這點，這會兒也該想到了，他也會懷疑何家或是玉王爺。」

「那聖上應該會做些什麼吧？」

「聖上只剩八皇子一個兒子了，肯定不希望何家日後把持朝政，但若聖上壓制何家，待他百年之後八皇子將無人扶持，皇位也容易落於他人之手。」

這個「他人」，指的自然是玉王爺。

封上上嘆了口氣。「這幕後之人，不是明主。為了一己私慾，輕易挑起兩國戰爭，隨意奉上大魏領土，這樣的人坐上了龍椅，真的能愛惜天下百姓嗎？」

在這個時代，底層老百姓日子真的不好過，他們需要的是心懷天下的君王，是視百姓為子女的仁君。

封上上所說的，正是應青雲的憂慮，他擰眉道：「我當官，想的不是享樂揮霍，也不是加官晉爵，而是在其位、謀其政，想為老百姓做點事。我希望大魏河清海晏、欣欣向榮，如居皇位者是個殘忍無德之人，那我這官也做不下去了。」

聞言，封上上笑了，拍了拍他的肩膀。「做不了便不做了唄，咱倆正好去遊覽四方，看遍各國山水，沒錢的時候，你可以代寫書信，至於我嘛，嗯……我可以去殺豬，這個可是我的老本行。」

應青雲原本沈重的心情被封上上這麼一說，頓時海闊天空。兩人拋下一切去欣賞大好山河，似乎比現在的日子還讓人期待。

見應青雲不皺眉了，封上上也不繼續開玩笑，正色道：「你當不當官無所謂，但我知道你不忍看到老百姓們受苦，就算你離開朝堂，心也不安。同樣的，我也想找出幕後之人，對方從我們在西和縣時就開始算計我們了，若是一直揪不出這個人，我可不甘心，我就不信我們兩個人鬥不過他。所以現在我們就盡最大的努力，找出幕後之人，讓他無緣皇位，怎麼樣？」

應青雲定定地看著封上上，過了許久，他抬起手，輕輕地撫上她的臉頰，低聲道：「好，我們一起盡最大的努力。」

封上上的臉頰在他的手掌上蹭了蹭，又在他掌心舔了一口，活像被主人疼愛的小狗。

手掌被她柔軟的唇瓣舔得酥麻，一股癢意從手中傳遍了全身，喉嚨也發乾，應青雲的眸色深了深，注視著她道：「上上，我們盡快成親吧。」

封上上眨巴眨巴眼睛，好奇地問道：「之前沒見過你這麼積極，這會兒怎麼突然著急起來了？」

應青雲喉結動了動，嗓音帶著些許難以察覺的沙啞，他說：「上上，我並不是妳想像中那樣，我是個正常的男人，在心愛的女人面前，也有慾望。」

這下封上上這個理論上的老司機還有什麼不懂的，臉被他說得有點發熱，眼睛悄悄往他下面瞟了瞟。

「封上上！」應青雲抬起她的下巴，讓她不規矩的視線挪開。

「咳咳咳——」封上上撓了撓臉，壓低聲音道：「那、那個，你再忍忍啊，等這些事情結束，咱們就成親吧。不抓出幕後之人，這親成得也不安心，總覺得自己隨時可能再次被算計。」

「好。」應青雲的眸中溢出喜悅。「我這就盡快調查。」

封上上點點頭道：「你說，涉事的幾位皇子，到底是本來就做了不可挽回的錯事，被幕後之人抓住了把柄，還是幕後之人一步步引導他們走上錯路，最終無可挽回呢？」

不管怎麼說，這一切都太巧了，幾個皇子全犯了大罪，就沒有一個克己復禮的？怎麼想都奇怪。

封上上突然想起前世辦的一個案子，犯罪嫌疑人是個心理變態，他不愛親自犯罪，但熱愛教唆犯罪，他總能找到人性的弱點加以放大，讓那些所謂的「同類」走上犯罪的道路，他是罪犯們的「教父」。她相信誘導犯罪並不是現代社會的產物，在這裡同樣可能會有，就是不知道她的猜測對不對。

應青雲聽了封上上的話，陷入沈思。

片刻之後，他抬起眸子道：「妳說的很有可能，我也覺得幾位皇子不太可能同時出狀況，很可能背後有人推動。但有一點，先不論何家，玉王爺今年二十有二，而幾位皇子謀劃之事，最早可追溯到十年前，那時候的玉王爺不過是個半大少年，這麼小的年紀，能籌劃如此大事嗎？」

封上上頷首道：「有道理，按理來說十幾歲的少年的確籌劃不了這麼大的事情，但我還是不想輕易排除玉王爺，萬一他是個高智商的人呢？」

應青雲疑惑道：「高智商？」

封上上回道：「就是特別聰明的人，從小就比別人聰明很多很多那種。」

應青雲點點頭。「世上這樣的人其實不少。」

聞言，封上上倒是想起來了，歪著頭興味盎然地盯著他，笑問：「話說，你多少歲考上秀才來著？」

應青雲回答。「十歲。」

「嘖嘖。」封上上感嘆道：「十歲就是秀才了，你不也是個高智商神童嗎？要是你少年時期想幹什麼壞事，估計能成。」

應青雲不說話了，想起了自己的少年時期。那時年紀雖然小，但只要有人欺負母親，他不僅會想辦法還擊，還會讓對方有苦說不出，再也不敢造次。

他道：「那麼，先不管年紀，雙方的嫌疑都不排除。既然我們都懷疑背後有人推動，就照這個方向去調查。現在第一個問題是，背後之人如何取得皇子們的信任，然後誘導他們做下那些事？」

封上上道：「對，如果背後真的有這麼一個人，那是如何同時讓皇子們相信他的呢？皇子們出身尊貴，不需要追逐名利，所以不會輕易被誘哄，此人的身分地位一定不低，但其他的訊息我暫時推斷不出來。」

應青雲回道：「我也一時想不出誰有這麼大的能耐，不過不要緊，就從幾位獲罪的皇子身邊查起，不管他們做得有多嚴密，一定有跡可循，只要找到共通點，便有線索。」

封上上點點頭，又打起了精神。「你說得對，既然牽扯到那麼多人，就不可能人人都做得天衣無縫，總會有蛛絲馬跡，咱們一點一點查。」

就像應青雲與封上上推斷的那樣，背後之人的確厲害，能神不知、鬼不覺地教唆皇子們做下那些事，但人不是神，終究有錯漏，在經過半個月的仔細調查後，終於讓他們發現了一處不尋常。

監禁二皇子的地方有一名不起眼的雜役，借著給別院送物資的機會幫裡面的人往外送信，似乎是急著聯繫什麼人。

二皇子因為犯下大錯，被聖上終身監禁在皇陵別院中為先祖守靈，身邊的人同樣終生不得踏出別院一步。別院外有重兵把守，旁人一律不許進入，只有給別院送物資的雜役每逢初

一、十五能進入別院，但不過一炷香的工夫便得離開。

雲澤一直盯著這處別院，發現這位送物資的雜役從別院出來後，沒按平時的路線回去，而是繞了一段路，到了一個山路入口時，才停下了馬車。

細細確認周圍沒人後，那雜役走到一棵枝繁葉茂、需要幾人合抱才能抱住的大樹下，從袖口掏出信號彈，輕輕一拉，一束耀眼的亮光頓時升上空中，片刻後消散。接著，雜役從胸口掏出一封信，在樹根邊挖了一個坑將信埋進去，填好坑之後，用腳把地踩平，便匆匆地離開。

待雜役走遠，雲澤才上前察看。這棵樹十分巨大，樹根向四面八方延伸，大概是土地的養分都被其吸收，這棵樹周圍沒有其他樹生長，就像一個睥睨眾生的王。雲澤繞著樹幹看了幾圈，找到雜役剛剛埋信的地方，用手將信刨了出來，打開信件，記下裡面的內容後，又原封不動將信埋了回去，布置得和剛剛一模一樣，這才起身離開，回府向應青雲稟報。

「先生，今夜子時，可否相見？」

封上上唸了這句話好幾遍，眉頭微微蹙起。「怎麼就這一句話？這信上說的『先生』到底是誰啊？」

應青雲說道：「我已派人盯著那棵大樹，並無人去取信。」

「難不成我們被對方發現了？」

「應該不至於，對方很可能是不欲再理會二皇子，所以才不取信。」
「那怎麼辦？今夜子時，背後之人會去見二皇子嗎？如果不去的話，那我們不就逮不到那個人了？」
「大魏皇室祖訓，凡被罰入皇陵守靈者，終身不得復出，因此二皇子已是棄子，對方沒必要再理會他，不見才是正常。」
應青雲說著，見封上上面有急色，安撫道：「此人不見二皇子，二皇子肯定著急，一著急就容易出錯，會給我們更多訊息，只需繼續盯著便是。」
正如應青雲所說，當天子時並無人去見二皇子，二皇子急了，等到下一次送物資之時，再次讓雜役捎了信。
信的內容當然第一時間傳到了封上上與應青雲這邊。
「先生，您說過會助我成就大業，如今我深陷皇陵，望先生設法救我出去。我向先生承諾，待我成就大業，先生想要什麼皆可滿足。」
封上上讀完信上的內容，說道：「二皇子如你所說的急了，這封信透露的訊息可不少。」
「不錯，透過這封信，我們能確定，二皇子背後之人就是這個『先生』，此人曾說過會助他奪得皇位，而他也深信對方能辦到，這就說明此人確實有真本事。」應青雲道。
封上上點點頭。「如果其他皇子背後也是這個人，那麼他肯定同樣說過會助他們奪得皇位，幾位皇子都相信他，並選擇聽他的話。這就有意思了，到底什麼人有這麼大的魅力，讓幾位皇子深信不疑，並按照他的指示行事呢？這種事一般人可辦不到。」

應青雲道：「也許這就是突破口。」

一時之間兩人都沈默了，思索著到底什麼人有這麼大的能耐。

想了一會兒，封上上說道：「不如我們把朝中有能力幫助幾位皇子的人都寫下來，再一個一個排除好了。」

應青雲同意這個做法，當下便將可疑人士的名字都寫在紙上。

宰相傅恆、太后、衛國大將軍尚明軒、六部尚書……

洋洋灑灑寫了半張紙，兩個人對著上面的人名，一個一個開始分析。

「傅恆是當朝宰相，門生眾多，有能力在背後支援皇子們，但傅恆即將致仕，缺乏動機；太后是聖上生母，做不出殘害親孫子的事情；衛國大將軍尚明軒手握重兵，倒是有辦法給予協助，但尚明軒的獨女嫁給了二皇子，尚家與二皇子便是一榮俱榮、一損俱損，不可能陷害二皇子；刑部尚書與皇子們都有牽扯，但此人靠父族庇蔭，能力不足……」

應青雲將每個人都分析了一遍，結果竟發現一個都不符合。

「都在這裡了嗎？」封上上看著紙上的姓名，撓了撓頭。

應青雲點點頭。「都在——」

話說到一半，他突然頓住。

封上上疑惑地看著他。「怎麼了？」

「我忘了一個人。」應青雲臉色突然嚴肅了起來。「一個很重要的人。」

封上上不禁眨了眨眼。

應青雲緩緩說道：「當朝國師，縈塑。」

「咱們還有國師啊？」

「先帝在世時，縈塑便被封為國師，極受重視。聖上和先帝一樣，對國師很是看重，極盡禮遇。」

這下封上上更好奇了，趕忙問道：「他有什麼厲害之處？」

應青雲說道：「縈塑擅長五行推算，可判災禍、算命理、斷生死。」

封上上瞪大了雙眸。「這麼厲害?!」

「四十年前，國師縈塑預言隴北將有地龍翻身，預言不過三天，隴北大震，傷亡慘重；三十年前，他預言先帝壽數將盡，當晚，先帝薨；二十年前，他又預言江南將有水災，聖上立刻命人轉移當地百姓，才得以避免江南生靈塗炭。此類情況不勝枚舉。」

應青雲說了不少國師縈塑的事情，讓封上上大開眼界。

天下之大，無奇不有，就算後來沒查出二妞的母親，也就是戴清華手上能讓人心臟驟停的藥到底是哪兒來的，但已經夠讓封上上這個從現代來的人驚訝了，想不到還有這麼個厲害的國師。

「真的很厲害，怪不得能深得帝王信任，但國師的年紀應該很大吧，算算應該是個白髮蒼蒼的老頭，那就和玉王爺還有何家的人對不上了，難不成我們推測有誤？」

「不，其實國師覆有面具，沒人見過他的真實長相，就連先帝跟聖上都沒有。但從身形及聲音來看，國師是位不過而立的男子，且從五十年前就是這樣，一直不曾改變，世人皆說，國師不老不死，是活神仙。」

「哇──」封上上驚嘆不已，連忙追問道：「那國師現在在哪兒啊？我怎麼都沒見過，也沒聽人提起過。」

應青雲回道：「國師十年前便雲遊四海去了，至今未再出現，甚至有傳聞說國師已經羽化成仙，所以我一時不曾想起這位。」

「十年前？」封上上對這個數字十分敏感。「幾個皇子的事情最早便能追溯到十年前……」

封上上繼續說道：「二皇子稱呼那個人『先生』，若是國師，倒是挺符合這個稱呼的，而且若國師表面上雲遊四海，實際上暗地聯絡幾位皇子，教唆他們呢？國師的形象是活神仙，先帝與當今聖上都十分信任他，如果是他，那麼就能明白幾位皇子為何深信不疑了，但國師好好的為什麼要做這種事呢？」

應青雲沒說話。

第七十四章　幕後黑手

封上上覺得整件事撲朔迷離，自言自語地分析國師這麼做的動機。「把幾個皇子一網打盡，看起來簡直是跟大魏有仇，可國師一向憂國憂民，不太可能這麼做，而且國師也不缺錢財，八皇子一黨或玉王爺很難收買他，除非他是想自己當皇帝！」

應青雲聞言，搖了搖頭道：「要是他想謀朝篡位，可以選擇不說出可能發生的災禍，讓大魏生靈塗炭不是更好？況且他幾十年前就可以謀劃，為何等到今日？」

「這麼說也對，他沒對先帝下手，也沒對聖上動手，偏偏推幾位皇子下水，說不通啊！」封上上覺得腦子要不夠用了，用手握拳搥了搥自己的頭。「而且，我們之前推測背後之人是何家或玉王爺，現在加一個國師進來，豈不是代表原先的推論都是錯的？背後之人跟何家或玉王爺都沒關係……」

封上上覺得越說越亂，再說下去她自己都要暈了，只好睜著圓滾滾的眼睛看向應青雲，等他來理一理思路。

應青雲被她的樣子逗笑了，翹著唇角道：「也許這三方本身就有聯繫，不論背後之人是八皇子一黨，還是玉王爺，都無法取得其他幾位皇子的信任，因為他們彼此是競爭關係，所以二皇子嘴裡的『先生』肯定不是他們，或者說，肯定不是明面上的他們。」

封上上一下子就被點醒了。「你的意思是，這位『先生』其實是何家或玉王爺派出的人？只是其他幾位皇子不知道而已，所以才會上當，被坑了。」

應青雲笑了笑。「這只是我的看法，因為我堅信背後之人是何家或玉王爺，而『先生』很有可能是國師，也就是說，背後之人利用其他幾位皇子對國師的信任，用國師的名義加以操控，借此一一剷除他們。」

「你這麼一分析，我的頭腦清楚了不少。」封上上拍了拍手道：「但為什麼國師要聽背後之人的話呢，那可是活神仙啊，幹麼幫他們？」

「國師的確沒理由幫他們。」應青雲抬頭看她。「但如果此國師非彼國師呢？」

封上上瞪圓了眼睛。「你是說，聯繫幾位皇子的，根本不是真正的國師，而是個假國師，假國師騙了所有皇子！」

應青雲微微頷首。

這是他的猜測，也是唯一能解釋現狀的推理。

封上上一開始相當震驚，但仔細想想，發現的確有這個可能，如果是這樣的話，那一切都說得通了！

坐著消化這個推論一會兒，封上上才長吁了口氣，搖頭感嘆道：「背後之人城府可真深，從十年前就開始謀劃這一切了，甚至想到假扮國師取得其他皇子的信任，利用他們對皇位的野心加以操縱，最後再一網打盡。此人除了心機深沈，手段也很高明，假扮成國師而不被發現，還取得皇子們的信任，頭腦、手腕兼具。」

應青雲點頭道：「確實厲害。」

封上上托腮沈思道：「我們發現了真相，但問題是怎麼揪出背後之人。唉，能不能找到真正的國師，讓他出來澄清一下，順便算上一卦，直接算出誰是幕後之人好了。」

應青雲抬手輕輕地摸了摸她的頭。「國師已經消失了十年之久，誰也不知道他去了哪裡，幕後之人也是抓住這點才敢冒充，真正的國師要是願意，早就出現了。」

封上上嘆了口氣。

見她的精神瞬間萎靡了，應青雲眼裡含著笑意，提醒道：「還記得曹岩那個案子嗎？」

封上上點點頭，不明白好好的怎麼說到那麼久之前的案子上了。

應青雲繼續說道：「此案我們查出了能讓人上癮，從而控制吸食者的神仙散，來到京城後，又查到那些權貴子弟吸食神仙膏。這兩樣東西雖然原料相同，但神仙散無論是色、味以及吸食難度都比神仙膏提升數倍，可說是神仙膏的改良版，普通人可製不出此物，所以此物定是幕後之人研製出來交給二皇子，再由二皇子轉給林元文之女林知月的。此物，便是我們的突破點。」

說著，應青雲又道：「知道神仙膏的人雖然不多，但畢竟在前朝風靡過，還是有不少老人家認得的，但是神仙散，除了涉及曹岩案的人，其他能辨認出來的人少之又少。曹岩案中吸食過神仙散的人都已被殺頭，如今除了我們和幕後之人，應該沒人能認出神仙散的味道，妳說，要是讓此人聞到那個味道，是不是第一時間就能認出來？」

封上上眼睛一亮，重重拍了一下應青雲的肩膀。「你怎麼想到的啊，實在是太聰明了！幕後之人製作了神仙散，自然能分辨它的味道，所以聞到以後肯定會露餡！」

她怎麼就沒想到呢?!

「屆時，只要將國師有假的訊息透露給二皇子，二皇子在受到刺激之下肯定什麼都願意透露，我們再將這一切呈給聖上，有了二皇子的證詞，聖上自然會相信我們，主動對付幕後之人，如此一來，便不需要我們出手了。」應青雲微微一笑。「到時候，不論幕後之人有什麼目的，都無法得逞。」

聖上雖然身體大不如前，但還是有他的一套，一旦有了二皇子的口供，再加上神仙散這個證據，就算幕後之人再厲害，也不可能再次於聖上的眼皮子底下得逞，那麼他們也算是破壞了他的計劃，讓他功虧一簣了。

封上上陷入深思。「那要用什麼辦法讓幕後之人聞到神仙散的味道呢？總不能把所有懷疑的對象都約過來，讓他們自己去聞吧？我們和他們又不熟，就這樣貿然行事，傻子也知道該懷疑。」

應青雲輕輕捏捏她的臉。「不用想得太複雜，我們不行，但聖上可以，讓聖上釣出幕後之人不就行了？」

封上上驚訝得說不出話來，真心佩服應青雲的膽子，如今他越來越無所畏懼，連聖上都能拿來當工具人了。

應青雲笑了笑。「現在除了我們，最恨幕後之人的便是聖上，最想查出真相的也是聖上，只要將我們知道的一切毫無保留地獻給他，他一定會接納，而聖上想讓誰進宮聞一聞神仙散的味道，可說是輕而易舉。」

封上上用力點頭。「你說得有道理，對我們來說難如登天，對聖上來說就是一句話的事，就算我們猜得不對，想必聖上也不會怪罪。」

商討出了對策，兩人的心情瞬間輕鬆不少。

當日，應青雲便藉口替京兆尹稟報案件，親自進宮面聖了。

誰也不知道應青雲跟聖上說了什麼，只知三日後，聖上舉辦了一場盛大的宮宴，下旨邀請所有五品以上官員進宮同歡。

按照封上上目前的身分，自然進不了宮，但是應青雲可以。她在家中坐了許久，終於在月上枝頭時，等回了身帶酒氣的應青雲。

「怎麼樣了？」她迎上前去，聞到了應青雲身上的酒氣，趕忙倒了杯茶遞到他手上。

應青雲喝了兩口茶，放下茶杯，這才道：「宮宴上，聖上讓我們喝了不少酒，接著為每位大臣都配了一個單獨的休息間。我猜，聖上應該是在休息間裡的熏香上動了手腳，又安排暗衛監視房間裡每個人的一舉一動，一旦有人識別出熏香不對勁，暗衛立刻就會發現。

「背後之人再厲害，在毫無準備的情況下聞到神仙散的氣味，一瞬間定會露出破綻，哪怕是一個不自然的表情，都逃不過暗衛的眼睛。」

「穩了！」封上上高興地拍了一下手掌。「他肯定沒想到我們會來這一招，這下可是打了他一個措手不及。」

說著，封上上問道：「所以……最後到底釣出了誰？」

應青雲微微一笑。「宮宴結束後，我找藉口逗留到最後，所有進宮的臣子都出宮了，除了一人。」

封上上抬頭看向他。「是玉王爺？」

應青雲點了點頭。

「還真的是他。」封上上有種猜測得到證實的安定感。「我一直就覺得他哪裡不太對，但說不上來為什麼。」

自從玉王爺「湊巧」路過救了她一命之後，封上上曾多次找機會和他接觸，想藉此探一探這個人，卻什麼也沒發現。玉王爺給人的感覺就是個溫潤如玉的翩翩公子，讓人無法詬病，不過她還是覺得不對勁，這大概就是女人的第六感吧。

應青雲說道：「整個皇室被一個人要得團團轉，幾位皇子因此受到牽連，這不是光彩之事，所以聖上不會公布事情的真相，應該會給玉王爺定個其他的罪名。」

不管玉王爺會有怎樣的下場，這個從西和縣開始一路進行至今的陰謀終於落幕，封上上總算放心了。

就如應青雲所說，聖上以玉王爺意圖謀反、篡奪皇位為由，將其押入大牢，不日問斬。朝野為此大震，許多人對此事皆是不敢置信，畢竟玉王爺一直以來的形象都是無心朝堂、閒雲野鶴，大夥兒怎麼也不會把他與謀朝篡位這種事聯繫在一起。

然而面對擺在眼前的事實，眾人最後只能感嘆一句：玉王爺隱藏得太深了。

三日後，玉王爺被從天牢中提押出來，前往午門問斬。

站在封上上的立場，自己畢竟牽扯其中，還識破了玉王爺的陰謀，如今塵埃落定，她也想親眼見證結局，所以特地調了休，和許多老百姓一樣前去午門「看熱鬧」。

午時二刻，一輛囚車被官兵推著緩緩地駛過來，囚車中，一身白色囚服的玉王爺坐在囚車裡，身形削瘦，囚服上帶著血跡，長髮披散下來遮住面容，讓人看不清他的神色。

昔日光鮮尊貴的王爺，轉瞬間便是階下囚，連命都保不住，也不知他為何放著富貴閒散的王爺不當，非要去謀奪皇位。

正當封上上試著猜測玉王爺的動機、推斷他的想法時，耳邊突然傳來一陣陣驚呼聲，她抬頭望去，就見圍觀的人群中竄出十幾個身穿普通百姓服裝、手拿武器、面容遮蔽的男人。

那些男人在眾人還沒反應過來前便殺了押解囚車的幾名官兵，其中一人手持長刀用力揮下，瞬間劈開囚車，將玉王爺救了出來，接著在官兵還沒來得及應對前便消失在人群中，不知去向。

封上上嚇呆了，完全沒想到會在這裡看到在電視劇裡才有的「劫囚車」。

人們因為這個突發事件驚慌失措，大家尖叫著到處逃竄，場面很是混亂，封上上怕被踩踏到，便順著人流前進，由於周圍實在太過擁擠，她沒注意到有人刻意靠近她，趁她不注意，一個手刀劈在她脖子後方。

封上上就這麼陷入了昏迷。

再次醒來，封上上發現自己躺在一個山洞裡，雙手雙腳被捆綁著，身邊靜悄悄的，彷彿只有她一個人。

「醒了？」

耳邊突然傳來一道低沈的男聲，嚇得封上上一個激靈，下意識朝發出聲音的地方看去，就見山洞深處還坐著一個人，要不是他出聲，她壓根兒不知道他的存在。

封上上深吸一口氣，努力平復剛剛被嚇出來的快速心跳，也沒開口問對方的身分，因為她知道他是誰。

「怎麼，妳似乎對於妳現在的境況不怎麼恐慌？就不怕本王對妳做什麼？」宇文濬再次開口。

「恐慌有什麼用，難道恐慌您就會放了小女？」封上上的聲音很平靜。

「呵……」宇文濬低聲笑了起來，只不過嗓音不再是溫潤柔和，而是嘶啞低沈，聽起來有點毛骨悚然。「妳果然很有趣。」

自從和封上上相遇之後，宇文濬就不能克制自己接近她的衝動，明知道封上上不在會更好，卻一直覺得她身上有種秘密等待著他去探索，才會在得知易惠敏要對她不利時出手相救，甚至讓自己受傷。

封上上問道：「您把小女綁來是想做什麼？」

「妳覺得呢？」宇文濬慢慢從黑暗中走出來，在封上上身邊蹲下，居高臨下地看著她，目光滿是冷意。「是妳和應青雲告訴皇帝的吧？」

封上上知道玉王爺指的是什麼意思，也曉得在他面前撒謊沒用，乾脆不說話，算是默認。

「要不是你們三番兩次壞本王的事，皇位很快就會到本王手裡了，在本王快要成功的時候，又被你們弄成現在這副模樣，妳說，我把妳綁來是要做什麼？」

封上上無話可說，腦子裡開始瘋狂想辦法自救。

「妳在想怎麼逃跑？」似乎是看穿了封上上的想法，宇文濬直接道：「別想了，沒人能找到這個地方，這裡全是本王的人，妳不可能逃得掉，還不如乖乖聽話，說不定能少受點罪。」

封上上抬頭直直看向他，直截了當地問道：「您要是想報復，直接動手殺人便是，現在把小女綁在這裡，是想從小女這裡知道什麼吧？」

宇文濬勾唇笑了起來，神色滿是不在乎。「妳覺得本王能從妳這兒知道什麼？如今的本王又想知道什麼？本王只是不想立刻就把妳弄死，那樣豈不是太過無趣了？」

封上上根本不信宇文濬這話，要是真的不想從她這裡知道什麼，為什麼還要冒著危險把她這麼大一個活人擄來？要是那麼恨她壞了好事，乾脆在人群中了結她不是更安全？

玉王爺絕對是想從她身上挖出什麼來，對，是從「她」這裡，而不是「應青雲」那裡，也就是說，他感興趣的是她，而不是應青雲。

她的身上，有讓他死到臨頭也放不下的東西。

思及此，封上上也笑著說：「您不想從小女這裡知道什麼啊？那……您想不想知道，小女是從哪裡來的？」

宇文濬臉上的笑容瞬間一頓，黑眸直勾勾地盯著封上上。

封上上心想自己猜對了，他的來歷看來也有問題。

她不過是隨便說一句來詐他，如果他一切如常，那麼她可以說自己來自柳下村，然而他的反應太不合常理了，這說明他也很關注她的背景。

那麼，他到底是跟自己一樣是穿越而來的，還是……重生？

「您跟普通人不一樣吧？」封上上又雲淡風輕地補充了這麼一句，語句雖是疑問句，語氣卻是肯定句。

宇文濬偽裝出來的漫不經心已全然消失，他身上的低氣壓擴散開來，甚至有一絲壓抑不住的殺意。

見他不說話，到這個地步還不肯透露自己的底牌，封上上決定再詐一詐他，於是她再次隨意地說了一句。「您上輩子沒見過小女吧？」

宇文濬的拳頭攥了起來，死死地盯著封上上，一字一句地問：「妳到底是誰?!」

果然猜對了。他跟她不一樣，他應該是重活了一世，這就能說明為什麼他從十幾歲起就能精心謀劃出那麼多事，小小年紀就能把幾個皇子耍得團團轉，因為當時的他根本不是少年。

「玉王爺，小女知道您上輩子過得很不如意，心裡有恨，所以這輩子才想奪得那個位置，但您為了自己的利益，置百姓與天下於不顧，就算皇位到了您手上，大魏也不會有希望。」

「妳懂什麼?!」封上上的話讓宇文濬暴怒，他一把掐住了她的脖子。「妳以為宇文浩就是個好東西?!表面上心胸寬廣，實際上陰險狹隘，就算本王無心皇位，就算本王一退再退，他還是容不下本王的存在，用莫須有的罪名讓本王滿門抄斬，所以本王為什麼不爭？本王要讓他的兒子們都死，要讓他最在意的皇位落在本王手中！」

若不是在這種情況下，封上上肯定要說一句「這真是太神奇了」。她是穿越而來，而他是重生，如果不是敵對的關係，應該能好好訴說彼此內心的苦楚。

前世他被聖上忌憚，一家子都被處死，因此這世不惜任何代價都要報仇奪位，而她和應青雲攪和了他的好事，他絕不會輕易放過她。

無論如何，封上上都不想就這樣死在這裡，她必須以拖待變。

「玉王爺，小女只是盡自己的職責才揭發那些事，但不正是因為我們參與其中，您才利用我們順利扳倒那些皇子嗎，您不能拿小女出氣吧？」

宇文濬陰沈沈地看著封上上，沒回答她的話，反而問道：「妳到底是從何而來？妳也是重活一世的？上輩子妳是誰？」

第七十五章　花好月圓

封上上的眼珠子轉了轉，誠懇地說：「對，其實小女跟您一樣，都是重活一世的，但小女前世只是一個生活在鄉村裡的普通村姑，爹不疼、娘不愛，早早就被迫嫁給一個混蛋，被折磨死了。

「死後靈魂沒到地府，反而各處飄蕩，也就是在那段時間，小女學會了很多東西，包括驗屍和破案。某天小女眼前一黑，失去了意識，再睜眼就回到了沒嫁人的時候。那個時候起小女就決心改變自己的命運，離開那個家，吃公家飯，為自己謀個保障。」

宇文濬靜靜地聽著，試圖找出封上上說假話的破綻，但沒有找出來。她說的跟現實中他調查到的都能對得上，也能解釋為什麼一個平凡的村姑會驗屍破案。

「那妳說，上輩子最後是誰登上了皇位？」

封上上眨眨眼，裝作老實地交代道：「小女一直都困在西南那塊地方，根本沒到過京城，只隱約聽說新帝好像是三皇子，但到底是不是真的，小女就不知道了。」

其實她是篤定玉王爺死的時候並不知道新帝是誰，才敢亂說的。

宇文濬上輩子被斬首時他的兄長宇文浩還活著，自然不知道最後是哪個皇子登基，問這個問題只是想看封上上回答時的表情，但她絲毫沒有破綻，看起來不像說謊。況且他分析過幾個皇子，他也認為三皇子宇文值最後登頂的可能性最大。

她說的，應該是真的。

「玉王爺，這些都是真的，小女騙您幹什麼呢？小女這條命掌握在您手上，可不敢騙您啊！」封上上試圖增加自己那些話的可信度，反正他絕對想不到還有「穿越」這回事，畢竟穿越小說可是二十一世紀才出現的。

宇文濬看不出來到底信還是不信，只是幽幽道：「不管妳說的是真是假，本王落到現在這個地步有妳的分，要是本王活著，妳也能活；要是本王被害，妳就得陪葬，所以妳最好祈禱本王活得好好的。」

封上上無言以對。現在全世界都在通緝玉王爺，他想活得好好的可真難，她的小命也不知道能不能保住。

應青雲應該急壞了，不曉得他們還有沒有再見的可能。

正在封上上思索之間，一個黑衣男人匆匆走了進來，對宇文濬躬身道：「王爺，外面好像來了追兵，必須盡快轉移。」

宇文濬神色一緊，沒想到追兵會來得這麼快。

「走！」他迅速起身，拽起地上的封上上往外撤離。

出了山洞，封上上才知道自己正身處一處荒山，周圍除了花草樹木，杳無人煙。

這個地方不太容易被人發現，也不知道所謂的追兵是不是應青雲他們。

宇文濬帶著一眾人挾持封上上，快速地穿梭在山林中，由於封上上的手臂被反綁，行動不便，再加上被半拖半拽，她身上被樹枝刮出許多傷痕，衣服破了不說，也流了不少血。

然而封上上顧不得疼痛，甚至故意往尖銳的樹枝上撞，加深身上的傷口，好讓血流得更多，滴到地上，讓追兵能發現他們的蹤跡。

不知道是不是封上上的法子起了作用，追兵一直沒被甩掉，且有越來越靠近之勢，氣得宇文濬臉都猙獰了。

「王爺，他們追得越來越近了，我們一直在往山上跑，要是被逼到山頂，就無路可逃了，該怎麼辦？」

跟在宇文濬身後的人也慌了，他們雖然都是好手，但身後的追兵人數過多，正面碰上，他們絕無勝算。

宇文濬沒想到躲在這麼偏僻的地方都能被找到，被找到就算了，速度還這麼快，什麼人有這麼大的本事？

難道老天爺真要亡他嗎？上一世他慘死，這輩子憑什麼又落到這樣的地步?!他不甘心！

「王爺，他們堵住了所有下山的路，意圖把我們往山上逼。」一名前去探路的士兵氣喘吁吁地跑回來說道。

宇文濬內心有股說不出來的絕望，他劇烈地喘著氣，只覺得老天爺在耍他，既然讓他重活一回，為何讓他功敗垂成?!

想到導致自己失敗的罪魁禍首，宇文濬目眥盡裂地看向封上上，眼裡的冷意讓她打了個激靈，生出了不好的預感。

果然，宇文濬笑了起來，一把抓住封上上。「肯定是應青雲追了過來，他這麼喜歡妳，那本王就看看，為了妳，他敢不敢抓本王！」

說完，宇文濬看了山頂一眼，眸中閃過一絲瘋狂。「走，上山！」

一群人往山頂奔去，直到逼近懸崖才停下，宇文濬下令所有人原地休息，而他則拽著封上上坐在最靠近崖邊的一塊大石上，看向通往山頂的那條山路，靜靜地等待。

不出一炷香的工夫，上山的小路傳來動靜，人影逼近，追兵來了。

當看見跑在最前面那道清俊的身影時，封上上忍不住眼眶一熱。果然是他，他來找她了。

應青雲也看見了封上上，他掩飾不住眼裡的焦急，兩人就這麼默默地對視著，什麼都不說，卻勝過千言萬語。

「站住！不許過來，不然本王就把她推下去！」宇文濬扣住封上上的脖子，把她拉到身前，大吼一聲。

應青雲忙抬手示意眾人別輕舉妄動。

「丟掉手上的武器。」宇文濬命令道。

「應大人，這……」應青雲身後的御林軍統領余威很是遲疑，握著武器遲遲不丟。

「丟。」應青雲說道。

「應大人！」余威壓根兒不想為了一個名不見經傳的小仵作讓步，丟了武器，他們很有可能抓不到玉王爺，回去怎麼跟聖上交差？

應青雲似乎知道余威在想什麼，直接道：「按照他的意思做，一切後果由本官承擔，本官說到做到，絕不連累余統領。」

余威心想，聖上下令務必抓住玉王爺，就算抓不住，也要就地處死，現在應大人為了一個女人要把人放走，到時候他能有好果子吃？

「余統領，聖上讓您配合本官！」應青雲冷了臉，對余威開口命令道。

余威的臉色不太好看，但這次的主指揮是應青雲，自己的確應該聽他的，猶豫了一下之後，他讓手底下的人放下武器。

宇文濬笑了笑，開口道：「全部讓開，放我們下山，不然我就拉著她一起陪葬！」

應青雲毫不猶豫地下令讓身後的人照做。

見狀，宇文濬抓著封上上便往山下走，然而，情況突然發生變化。

余威抓起地上的長刀，直直地朝玉王爺後背砍去。

他不在乎一個小仵作的性命，他只知道聖上下令絕不能將人放走，他乘機殺了玉王爺，那便是立了大功，說不定還能恢復家族榮耀，就算得罪應青雲，那也不算什麼。

宇文濬早有防備，在長刀砍下之前，抓著封上上一閃，迅速退回懸崖邊，表情陰沈地望著應青雲，咬牙道：「看來，你是不顧她的性命了。」

應青雲難以置信地看向余威。「余統領，你想幹什麼?!」

余威咬牙道：「聖上有命，必須抓住玉王爺，應大人為了私情想他放走，就不怕聖上怪罪？您想死便罷，不要拖著我們兄弟一起倒楣，今日卑職是不會放走玉王爺的。兄弟們，給我上，抓住玉王爺，大家就立大功了！」

說罷，他招呼手下撿起武器，雙方人馬頓時纏鬥了起來，余威自己則帶著兩個手下朝玉王爺攻去。

「住手！」應青雲怒吼一聲，下意識地朝封上上撲了過去，想從玉王爺手中救下她。

奈何應青雲的動作沒有余威快，玉王爺已經在余威幾人逼迫下一步步靠近懸崖，他的身上也被長刀砍傷了幾處。

宇文濬哈哈一笑。「既然你們不放過本王，那就都陪本王一起下去吧！」說罷，他拉下衣襟，露出綁在身上的炸藥。

余威及其兩名手下臉色一變，立刻停下攻擊往後退。

「怎麼，這下怕了？早這麼聽話，不就沒事了？」

余威帶著手下退得老遠，自動給玉王爺讓出路，與方才那強硬的態度完全不同，唯有應青雲幾人站在原地沒動，擔憂地看著封上上。

封上上的心完全沈了下來。她已經猜到玉王爺要做什麼了，他根本沒把她當作唯一的籌碼，他的王牌其實是身上的炸藥，而且他若是不能全身而退，就要應青雲等人的命，這是他對聖上的報復和挑釁。

她不能讓應青雲出事！

封上上焦急不已，眼看玉王爺就要帶她離開，她咬咬牙，使勁往後一撞，頭部撞向玉王爺的胸口，把毫無防備的他撞得一個踉蹌，趁此機會，她一個轉身，狠狠朝玉王爺再次衝撞，直接把他往懸崖下撞去。

然而，宇文濬的反應也很快，在跌落懸崖的那一刻，他一把抓住封上上，如他之前所說的，要她陪葬。

兩人就這麼摔下了懸崖。

摔下去的那一刻，封上上心想，看來小說鐵律誠不欺我，穿越必遇落崖，她遇到了。還有，落崖必然不死，她應該也會沒事吧？

崖上所有人都愣住了，一時之間沒有動作，現場死一般的寂靜，直到被一聲淒厲的呼喊打破。

「上上——」應青雲大吼，往懸崖邊撲了過去，要不是雲澤死命拉著，他直接就跳了下去。

「放開！我要去找上上！」應青雲第一次失去了優雅和穩重，此刻的他像是瘋子，一心只想跳下去尋找心愛的姑娘。

「少爺，您別急，封姑娘福大命大，說不定她根本沒事，我們先去懸崖下面找找再說。」雲澤難過到快哭出來了，雖然嘴上這麼說，但他心裡根本不信封上上能活著。從這麼高的懸崖上摔下去，別說活不成了，屍體的樣子也不會好看，可他要是不這麼說，他家少爺就要跟隨封姑娘而去了。

吳為等人也趕緊勸道——

「對對對，說不定沒事，大人，我們先下去找找。」

「是啊大人，封姑娘肯定安然無恙！」

「對，上上不會有事……她不會有事……」應青雲喃喃自語，轉身瘋狂地往崖下跑。

雲澤與吳為等人對視一眼，不曉得該如何是好，要是待會兒他家少爺在崖下看到封上上摔得殘破的軀體，應該會當場瘋掉。

應青雲帶著一群人跑到崖底，可是卻只看到了玉王爺的屍體，沒找到封上上的。

雲澤、吳為與其他人全傻住了，不知道這是什麼情況，唯有應青雲雙眸一亮，心中狂喜，趕忙讓大家順著崖壁往上找。

他的上上一定沒死！

崖壁頗為陡峭，眾人腰間拴著繩子小心翼翼地往上攀爬，一邊爬、一邊呼喊封上上的名字。

「應青雲，我在這兒……」

聽到了這聲微弱的呼喊，應青雲攀壁的動作瞬間頓住，抬頭往聲音傳來的地方看去，卻什麼都沒看到。

「上上，是妳嗎？妳在哪裡？」

「我在這裡……樹上！」

應青雲終於在崖壁的歪脖子樹上看到了一道熟悉的身影，他那顆猶如被油煎的心，在這一刻獲得了重生。

在眾人齊心合力下，封上上從懸崖壁上被救了下來。

「太好了，封姑娘您沒事，您沒死，太好了！」雲澤高興得又蹦又跳，興奮得快瘋了。雖然從這麼高的懸崖上掉下去都沒死，實在是讓人匪夷所思，但既然封姑娘沒事，那他家少爺也不會死了。

封上上沒理會雲澤，雙眼只盯著應青雲，應青雲也定定地看著她，通紅的眼眶洩漏了許多情緒。

互望了一會兒，封上上笑著舉起手，讓應青雲看自己手腕上的東西。「你忘了這個了，這是你特地找人為我打造的，我怎麼會有事呢？」

自從之前封上上被易惠敏派人抓走以後，應青雲就更加注重她的安全，哪怕她力大無窮也不放心，找人為她設計了跟她契合的武器，並透過江湖人士找上製作武器的大師打造。

此武器名為「千絲刃」，表面上是個普通的鐲子，但其實內部是空心的，裡面纏繞了一圈圈天蠶絲，按下開關便可彈出。

天蠶絲柔軟卻堅韌，輕輕一削就能把山石削斷，跟切豆腐一樣容易，若是遇到危險，可在敵人毫無察覺的情況下，將絲線拉出將其斃命。要不是她手腳被捆，宇文濬早就被幹掉了。

當初設計的時候，封上上也貢獻了一點智慧，便是在絲線尖端加了個鐵鈎，可以勾住東西，這樣她就可以借力把自己盪飛起來，達到「施展輕功」的效果，滿足一下自己隱秘的輕功夢。

沒想到這個小小的設計會在這次救了自己的命。

她之所以冒著風險去撞玉王爺，其實不是不要命，而是因為有千絲刃存在，就算她手腳被捆，只要能彈出絲線，勾住山壁上任何一樣東西，憑她的力氣就能把自己吊住，保證不會摔死。

掉下去的時候，封上上瞥見一棵很堅固的歪脖子樹，順利啟動了千絲刃的功能，成功等來應青雲的救援，這才保住了小命。

玉王爺死了，此事徹底了結，封上上以養傷的名義在府中好吃好喝了一段時間，把自己養得面色紅潤、白白胖胖，用朱蓮音的話說，她這樣的姑娘一看就旺夫，應青雲娶了她，定能步步高陞。

自從封上上在牢裡答應了應青雲的求親，他們早就是公認的一對，只差正式舉辦婚禮了。經過納采、問名、納吉、納徵、請期等一系列步驟，最終成婚時間定在四月十二這日。

封上上提前三日住進位於城北的一處宅子，這是應青雲給她的聘禮之一，也是她的嫁妝。她將在這裡等待他迎娶她回家，從此成為他的新娘，他的應夫人，他的終生伴侶。

想到這裡，封上上心中的甜蜜多得滿了出來，一天到晚傻笑。

時間就在忙碌與期待中度過，四月十二這日，封上上一大早便被挖起來，洗澡、洗頭、開臉、梳妝，一陣忙活下來便到了傍晚，應青雲身穿大紅喜服，騎著高頭大馬前來迎娶她。

穿著紅色喜服的他，氣質依舊清冷，整個人卻多了一股暖意，微揚的嘴角很是誘人，大姑娘、小媳婦的視線全定在他臉上挪不開，一個個小臉通紅，恨不得取代封上上。她們覺得封上上輩子一定是幹了什麼大好事，才能把這樣的男人給據為己有。

被投以羨慕嫉妒恨目光的新娘子本人，一點都沒有出嫁女子的傷感，隱藏在紅蓋頭下的臉上滿是笑容，一想到洞房花燭夜，腦子裡的黃色顏料就沒斷過，她的臉蛋微紅，是因為害羞還是激動，就只有她本人知道了。

這抹紅一直持續到進了洞房，封上上連剛剛是怎麼拜堂、怎麼進洞房都迷迷糊糊的，直到應青雲揭開她的紅蓋頭，她才有種終於成親了的實感。

「妳的臉怎麼這麼紅？」應青雲問道：「是太熱了嗎？」

封上上輕咳一聲，哪好意思說自己腦子裡那些不正經的想法，她努力端正臉色，一本正經道：「是啊，是有點熱，喜服太厚了。」

應青雲上前取下封上上的鳳冠，接著吩咐人備水。「妳先漱洗一下，把喜服換下來，換上輕便的衣裳，再吃點東西墊墊肚子。」

封上上抬頭看他。「你呢？」

應青雲回道：「我在這裡等妳。」

這句話說得應青雲自己耳根發燙，整個人都熱了起來。

「你不用出去敬酒嗎？」

「外面有景皓幫忙應酬。」他酒量不太好，今晚要是去敬酒，估計會醉到不省人事，所以乾脆讓景皓招待客人。

「哦——」封上上的視線在應青雲神仙般的面容上梭巡了一圈，越看越把持不住。

這麼好看的男人是自己的，垂涎一下是正常的吧？

原諒她一個兩輩子都是母胎單身，偏偏重度顏控、某方面知識十分豐富的剩女思想這麼不純潔吧，誰讓她找了個這麼誘人的丈夫呢？

她是真的把持不住啊！

況且，聽說那種事情第一次挺疼的，要是在水裡的話……嘿嘿……

應青雲被封上上猶如鈎子一般的目光看得渾身發燙，講話都結巴了。「妳、妳看我做什麼？」

「看你好看啊。」封上上相當猥瑣地嘿嘿一笑，伸手勾住應青雲的手臂。「我想搓搓背，你進去幫我吧。」

「什、什麼……」應青雲的臉瞬間紅得像煮熟的蝦子，整個人都快冒煙了。

封上上直接拉著他往浴間走。「你羞什麼嘛，我人都是你的，你還不好意思看啊？」

「不、不是……」

應青雲的語言系統當機，就這麼被封上上拽進了浴間，下一秒，裡面響起窸窸窣窣脫衣服的聲音，接著傳來水花灑在地上的聲音，再然後，便是曖昧到月娘都不禁羞澀的聲音。

夜，還很長。

一輩子，更長。

——全書完

娘子安寧，閨房太平／途圖

2024年1月出版

小虎妻智求多福

她的婚事是不能輸的賭注，押錯寶都得贏，
且夫妻同船而渡，她絕不允許這條船翻了！
既嫁之則安之，以後請夫君多多指教嘍～～

文創風 1220 1

為讓東宮成為家人的靠山，寧晚晴決定嫁給草包太子趙霄恆，
孰料備嫁時又起風波，前世身為律師的她連上山燒香都能遇到案件，
她當場戳穿神棍騙局，再搬出太子的名號，將犯人送官嚴辦！
這些大快人心的事全傳到趙霄恆耳裡，他挑著眉問她一句——
「還沒入東宮就學會拉孤墊背，以後豈不是要日日為妳善後？」
趙霄恆不呆耶！她幫百姓主持公道，他替她撐腰豈不是剛剛好～～

文創風 1221 2

嫁進東宮後，寧晚晴迎來春日祭典最重要的親蠶節，
她奉命依古禮採桑餵蠶，代表吉兆的蠶王卻被毒死在祭臺上。
幸好趙霄恆及時請來長公主鎮場，助她揪出幕後黑手，才還她清白。
他分明是稀世之才，又穩坐太子之位，為何要偽裝成草包度日？
接下來，因趙霄恆改革會試的提議擋人財路，禮部尚書率眾鬧上東宮，
不過身為賢內助的她沒在怕的，當然要陪著夫君好好收拾這些貪官啦！

文創風 1222 3

「別的人，孤都可以不管。但妳，不一樣。」
趙霄恆的偽裝和隱忍，是想暗暗查清當年毀掉外祖宋家的冤案，
她豈能任他獨自涉險？兩人抽絲剝繭下，真相即將水落石出，
但一道難題又從天而降——皇帝公爹要太子削去當朝太尉的兵權！
寧晚晴滿頭黑線，太尉跟此案亦有牽連，這差事可是燙手山芋，
而且皇帝公公只傳口諭，連聖旨都不肯頒，如何讓太尉乖乖就範呢？

文創風 1223 4 完

朝堂之事塵埃落定，可寧晚晴和趙霄恆的閨房不太平了——
「妳不能一生氣就離宮！妳走了，孤怎麼辦？」
她只是要回娘家探親，忙於政務的他居然以為她是負氣出走，
這誤會大了，可他的在意讓她心中泛甜，他在的地方才是她的家。
但北僚來使又讓大靖陷入不安，還要求長公主和親換取休戰，
北僚狼子野心，這婚約分明是個坑，他倆要怎麼替長公主解圍啊……

2024年1月出版

藥堂營業中

文創風 1224～1226

在末世橫著走的異能者，穿越成破落農家的孤女，
帶著兩個年幼的弟妹，還得防著惡鄰來欺壓，簡直負屬性疊加……
崩壞的末世她都能活下去了，古代生活應該也沒那麼難吧？
摘摘草藥，煉煉藥材，救人又能賺錢，這新人生才正要精彩！

細火慢熬，絲絲入扣／朝夕池

手擁火系異能，瀟箬憑藉著堅強實力，在末世殺出一條血路。
為了守護手中擁有的機密，最終卻落入叛軍手中……
沒想到睜開眼卻不是想像中的地獄，而是穿越到破落農戶家裡，
父母雙亡，還有一對年幼的雙胞胎弟妹等著她拉拔長大。
只是她下田不行，煮飯不會，加上如今這細胳膊細腿的小身板，
上山採野菜、摘野果，挖坑抓兔子，就累得差點去了半條命，
結果兔子沒逮著，卻撿到了個活生生的人……
這怎麼看，好像都是她坑了他，害他跌破頭、摔斷腿的？
為了表示負責，也只能把這眼神好像小狗崽的少年帶回家養，
她替失去記憶的他取了一個新名字——林荀，
從今以後他們就是一家四口，要一起努力活下去。
為了求醫，瀟箬拖家帶口到鎮上藥堂打工換宿，
憑藉對炮藥火候的精準掌控，讓藥堂生意蒸蒸日上，
在小小的鋪子裡，她實踐了讓家人過上好日子的承諾！

2023年12月出版

村裡來了女廚神

文創風 1215～1216

只要花點心思，小本經營也能成就大事業！
拿不出一大筆錢做生意根本沒什麼大不了的，
看她展現二十一世紀的思維，在古代餐飲市場引發一場革命……

恬淡暖心描繪專家／予恬

穿越到一個五穀不分、被當成膿包的女人身上，
宋寧真的是不知道該感謝老天仁慈，讓她有機會重活一回，
還是埋怨上蒼實在對她太殘忍，竟要在別人厭惡的眼光中生活。
也罷，既來之則安之，既然回不了現代，
不如老老實實當她的農家媳婦，順便做點吃食買賣補貼家用，
瞧她轉轉腦、動動手，白花花的銀子就飛進口袋啦！
只是生意雖然做得風生水起，宋寧卻始終猜不透丈夫的心，
畢竟他們兩個人不過是奉父母之命成親，
像杜蘅這般外貌、身材跟頭腦皆屬頂尖又知書達禮的男子，
真的願意跟她這平凡無奇的女子廝守一生嗎？

2023年12月出版

醫妻獨大

文創風 1212～1214

她允諾醫治他，他則答應入贅，待傷癒就離開，
小倆口過起假夫妻的生活，由她這一家之主獨力負責養家，
她一邊開藥膳湯鋪及醫館賺錢，一邊為人治病積攢功德，
直至他皇子身分揭曉的一刻，她才看見他頭頂上赫然出現一條黑龍，
此行她要渡的劫便是「黑龍禍世」，莫非……這黑龍指的就是他？

君子論跡不論心，論心世上無完人／踏枝

江月是孤兒出身，偶然間被師尊撿回家收養才沾上了仙緣，
身為靈虛界的一名醫修，她天分佳又肯努力，修為在二十歲時達到高峰，
但隨著年齡漸長，她的修為卻不升反降，師尊擔心地尋來大師為她卜卦，
大師說她得去小世界歷劫，修為才能再升，於是師尊就揮揮衣袖送走她，
豈料她竟附身在山上洞穴裡一個剛因病殞命、與她同名同姓的少女身上！
原身之父是藥材商人，日前運送一批貴重藥材時遇山匪搶劫，不治身亡，
由於原身是獨生女，傷心過後便與柔弱的母親一同為江父操辦起身後事，
那夜挨著感情甚篤的堂姊一起燒紙錢時，原身因身子撐不住便打起瞌睡，
半夢半醒間，原身突然往火盆栽去，幸好堂姊出手相救，卻燙傷了自個兒，
愧疚的原身得知山裡有個隱世的醫仙門，遂帶著丫鬟想去求醫診治堂姊，
哪知上山不久竟遇暴雨，丫鬟下山求救，發高燒的原身則在洞內躲雨直至病逝，
然後，一身靈力消失、只剩高超醫術的她就取代了原身……這下該怎麼辦？
且眼下最棘手的是，她聽見了山洞外響起此起彼伏的狼嚎聲！
正當她擔憂之際，洞裡又進來個血流不止的少年，血腥味引得狼群更加接近！
老天，她不會才剛來這世間，一條小命就要交代在狼群的肚子裡吧？

文創風 1240

大力作作青雲妻 3 完

國家圖書館出版品預行編目資料

大力作作青雲妻 / 一筆生歌著. --
初版. -- 臺北市 : 狗屋出版社有限公司, 2024.03
冊 ; 公分. --（文創風 ; 1238-1240）
ISBN 978-986-509-503-1（第3冊 : 平裝）. --

857.7 113000936

著作者 一筆生歌
編輯 連宓均
校對 沈毓萍
發行所 狗屋出版社有限公司
地址 台北市104中山區龍江路71巷15號1樓
電話 02-2776-5889～0
發行字號 局版台業字845號
法律顧問 蕭雄淋律師
總經銷 知遠文化事業有限公司
電話 02-2664-8800
初版 2024年3月
國際書碼 ISBN-13 978-986-509-503-1

本著作物由北京晉江原創網絡科技有限公司授權出版

定價290元
狗屋劃撥帳號：19001626
網址：love.doghouse.com.tw E-mail：love@doghouse.com.tw